땅에 두루 돌아
여기저기 다녀왔나이다

땅에 두루 돌아 여기저기 다녀왔나이다

초판 1쇄 발행 2023년 6월 12일

지은이 배종표
펴낸이 장길수
펴낸곳 지식과감성#
출판등록 제2012-000081호

교정 이주연
디자인 정한나
편집 정한나
검수 한장희, 윤혜성
마케팅 정연우

주소 서울시 금천구 벚꽃로298 대륭포스트타워6차 1212호
전화 070-4651-3730~4
팩스 070-4325-7006
이메일 ksbookup@naver.com
홈페이지 www.knsbookup.com

ISBN 979-11-392-1122-1(03810)
값 10,000원

- 이 책의 판권은 지은이에게 있습니다.
- 이 책 내용의 전부 또는 일부를 재사용하려면 반드시 지은이의 서면 동의를 받아야 합니다.
- 잘못된 책은 구입하신 곳에서 바꾸어 드립니다.

지식과감성#
홈페이지 바로가기

배종표 장편소설

땅에 두루 돌아
여기저기 다녀왔나이다

배종표 지음

지은이의 말

지은 책이 있습니다.
이전에 쓴 책 《새로운 데카르트의 스트레스》와 기타 독립출판물들은 기독교와 예수님에 대해 잘못 알고 아무것도 몰랐을 때 썼던 글입니다. 잊어주시기 바랍니다. 회개합니다.

일러두기

이 책에 쓰인 성경구절들의 출처는 《성경전서》 개역한글판입니다.

목차

1　땅에 두루 돌아 여기저기 다녀왔나이다 • 7

2　기독교 변증 • 255

3　크라이스트 프로젝트 • 263

1

땅에 두루 돌아
여기저기 다녀왔나이다

하루는 하나님의 아들들이 와서 여호와 앞에 섰고 사단도 그들 가운데 왔는지라
여호와께서 사단에게 이르시되 네가 어디서 왔느냐 사단이 여호와께 대답하여 가로되 땅에 두루 돌아 여기 저기 다녀 왔나이다
여호와께서 사단에게 이르시되 네가 내 종 곽에스더를 유의하여 보았느냐 그가 앞으로 하나님을 경외하며 악에서 떠날 것이니라
사단이 여호와께 대답하여 가로되 곽에스더가 어찌 까닭 없이 하나님을 경외하리이까
이제 주의 손을 펴서 그를 치소서 그리하시면 정녕 대면하여 영원히 주를 욕하리이다
여호와께서 사단에게 이르시되 내가 그를 네 손에 붙이노라 오직 그의 생명에는 네 손을 대지 말지니라 사단이 곧 여호와 앞에서 물러가니라

1

세상은 왜 이렇게 불공평한 걸까. 잘난 사람은 잘나고 못난 사람은 갈수록 못나지는 것 같다. 가난한 사람은 더 가난해지기만 하고 부자들은 점점 더 부자가 된다. 평생 착하게만 살아온 사람들이 병에 자주 걸리고 사기와 범죄를 쉽게 당한다. 어린 아이들은? 도대체 걔들은 무슨 죄를 지었다고 어려서부터 병에 걸리고 고통스럽게 살다가 일찍 죽도록 만드는 걸까.

그래서 신께 묻고 싶다. 아니, 따지고 싶다. 네가 진짜 창조주라면 넌 정말 선한 존재가 맞냐고.

그건 단순히 이 세상의 정의를 생각해서 혼자 되뇌는 말이 아니다. 순

전히 나를 위해, 내가 이토록 억울하고 한이 맺혀서 울부짖는 소리다. 난 너를 원망한다. 내게 당신, 즉 신은 없다.

2

지금 내 나이 30대 후반. 집안이 기독교 집안이라서 어려서부터 교회를 다닌 난 모태 신앙이었다. 그래서 신실하신 우리 아버지께서는 성경에 나오는 인물의 이름을 따 내 이름을 지으셨다. 곽에스더. 그게 내 이름이다. 김요한, 오바울, 뭐 그런 이름들 있지 않은가. 다만 요한이나 바울 같은 이름은 남자한테 쓰는 이름이고 난 여자라는 점이 다르다. 약간의 차이만 있을 뿐 내 이름 역시 이 한국 사회에서는 그리 흔하지 않다.

아버지, 어머니를 따라 초등학교 다니기도 전부터 쫄래쫄래 교회를 따라다녔다. 아무것도 몰랐을 나이, 난 정말 신이 있는 줄만 알았다. 교회 친구들, 어른들, 목사님, 집사님들 모두 친절하시고 내게 하시는 말씀마다 그 바탕에는 언제나 예수 그리스도가 숨어 있었다.

물론 교회가 좋아서 추억도 많았다. 하지만 그런 건 다 옛날얘기, 지나간 기억이고 지금 돌아봐서 내 인생에 큰 도움이 되는 장면은 거의 없다.

3

내가 신을 떠난 건 학창 시절부터였다. 중학교 때까지만 해도 난 건강한 신앙심을 가진 믿음의 자매였다. 그런데 고등학교에 올라가면서 내게 병이 찾아왔다. 누구에게도 말 못할 아주 큰 병이었다.

나는 일평생 착하고 선하게만 살아왔다. 곧 예수 그리스도 안에서. 그런데 내게 큰 고통과 환란이 닥쳐오게 되니까 정신이 번쩍 들었다. 누군가 망치로 머리를 한 대 세게 때려 그제야 깊은 잠에서 깨어난 것 같았다. 난 신을 찾았다. 그리고 열심히 기도했다. 하지만 신은 늘 그랬듯이 내 기도를 들어주지 않았다. 기도는 늘 응답 없는 공허한 메아리가 되었다. 신은 그랬다. 늘 그런 식이었다.

그래서 나는 신을 믿지 않기로 결심했다. 10여 년을 충실했는데 고작 나의 이 기도 하나조차 들어주지 않는다면, 내게 그런 존재란 필요 없다. 설사 정말 있다 하더라도 내가 싫다. 진짜 싫다.

아파서 학교를 자주 빠지게 되었고 그렇게 몸이 많이 아프다 보니 고등학교 새 친구들도 거의 사귀지 못했다. 자주 봤던 초등학교, 중학교 친구들도 몸이 멀어지니 마음도 멀어지게 되었다. 그렇게 나는 내 인생에서 친구도 얻지 못했다. 얻은 거라곤 고통 그 자체인 이 병뿐이다.

4

요즘도 몸이 많이 아팠다. 꾸준한 병원 치료 덕에 지금은 많이 나아졌지만 그래도 혼자 어디로든 다닐 수는 있게 되었다. 일차적으로 신체가 아픈 거였지만 몸이 아프다 보니 자연스럽게 우울증도 생기게 되었다.

오랫동안 집 밖으로 나가질 못했다. 내 기억에 그때 아마 공황장애도 있었나 보다. 매일매일 난 집에서 폐인처럼 지냈고, 좌절감과 미래에 대한 불안으로 내 몸과 마음은 철저하게 무너져 내렸다.

그래도 최근 들어 이제 버스도 잘 타고 한 번씩은 혼자 산책도 나가고 바깥바람도 쐬며 지낸다. 하지만 이 모든 게 신의 도우심이라고는 전혀 생각하지 않는다. 앞서 말했듯이 난 그가 싫다.

5

오늘은 저녁을 먹고 있는데 갑자기 어렸을 적 교회에 다니던 때가 생각났다. 자연스럽게 신을 떠올렸다. 분노가 났다. 한 번 직접 만나서 따져 보고 싶었다.

그래서 오늘은 식사를 마치고 어둑어둑해진 저녁에 정말 오랜만에 버스를 타고 내가 출석하던 제일교회에 갔다. 그 교회는 기도하는 사람들을 위해 항상 기도실이 열려 있었다. 나는 예배당 밑의 기도실로 들어갔다.

기도실 안에는 아무도 없었다. 나는 기도실 중간쯤 좌석에 앉았다. 한동안 멍하니 있었다. 손은 모으지 않았다. 기도도 하지 않았다. 나는 저 앞 벽에 걸린 대형 십자가를 노려보며 신에게 몇 마디 항의했다. 심하게 대들었다.

떳떳하다면 나와 봐. 나와서 나랑 얘기 좀 해 봐. 네가 정말 구세주라면 나는 왜 구원하지 않았는지 정당한 이유가 있다면 변명이라도 한 번 해 봐.

당연히 아무 일도 일어나지 않았다.

겁쟁이.

언제나 숨어만 있는 자식을 더는 신경 쓰지 않고 교회 밖으로 나갔다.

6

집에 가는 버스는 100번이었다. 정류장 전광판을 보니 대기 시간이 10분이었다. 주변은 어두워서 지나가는 사람들 표정이 잘 보이지 않았다.

10분 정도를 기다리자 저 멀리서 버스 한 대가 오기 시작했다. 번호를 보니 100번 버스가 맞았다. 정류장엔 그새 모든 사람들이 각자 자기 버스를 타고 집으로 돌아갔고 주변엔 아무도 없었다. 오직 나 혼자만이 천천히 다가오는 버스를 향해 타려는 폼을 취하고 있었다.

그런데 버스가 평소와 조금 달랐다. 버스 안에 달이 있는지 안에서 바깥으로 희고 밝은 빛이 번져 나오고 있었다. 마치 버스에 후광이 비치고 있는 그런 모습이었다. 달이 아니었다. 달보다는 차라리 태양에 가까웠다. 그만큼 강렬했다. 하지만 신기하게도 난 눈이 부시거나 아프지 않았다. 다가오는 버스를 바라보고 있는 것이 오히려 마음이 편안했다.

곧 버스가 내 앞에 정차했다.

삑. 감사합니다.

교통 카드를 찍었다. 아까 타기 전 예상과 마찬가지로 빛은 버스 안에서 새어 나오는 거였다. 앉을 자리가 있나 안을 둘러보는데 버스 안이 엄청 환했다. 슬쩍슬쩍 살피다가 버스 하차 문 쪽 2인석에 자리가 하나 비어 있었다. 나는 그곳으로 가까이 다가갔다.

버스 안에 사람들이 꽤 있었다. 손잡이를 잡고 서 있는 남자들도 있었다. 하지만 내가 본 그 자리에 앉으려는 사람은 없었다. 나는 가까이 갔다.

어?

자리에 막 앉으려는 찰나, 그 2인석 창가 쪽에 앉아 있던 어떤 남성과 두 눈이 마주쳤다. 이상한 사람 같았다. 머리는 여자처럼 길고 갈색에다가 가운데 가르마를 탔고 역시 갈색 수염과 턱수염을 길게 기른 사람이었다. 얼굴형은 갸름했고 옷은 새하얀 흰 천을 입고 있었다. 망토인지 원피스인지 헷갈리는 의상이었다.

그중에서도 가장 이상한 건 버스 안을 가득 채우는 환하고도 깨끗한 빛이 바로 그 사내로부터 뿜어져 나오고 있다는 사실이었다.

빈자리 바로 앞까지 왔으나 앉기가 꺼려졌다. 이상한 사람 옆에 한 번 앉았다가 무슨 봉변을 당할지 모른다는 생각이 들었다. 그냥 안전대를 잡고 서 있기로 마음먹었는데, 갑자기 그 남자가 내게 말을 걸었다.

"자네, 여기 앉게."

무시하고 지나치려 했는데 나도 모르게 시선이 마주쳤다. 나는 당황한 나머지 대답해 버리고 말았다.

"네?"

"에스더야, 마음 편하게 먹고 내 옆에 앉아."

누구야 이 새끼. 내 이름은 어떻게 알지? 치한인가?

"누구신데 제 이름을 아세요?"

"뭐, 난 다 아니까."

"얼굴이 기억이 안 나는데, 혹시 이름이 어떻게 되시죠?"

"사람들은 날 그분이라고 부르지."

미친놈인가? 난 말문을 닫았다. 남자가 이어서 말했다.

"그리스도."

뭐? 이거 완전히 미친놈이네. 코스프레도 예수님처럼 하고 다니고. 근데 후광 내는 건 어떤 속임수를 쓴 거지?

"네가 내게 한 말 다 들었다. '겁쟁아, 나와서 나랑 얘기 좀 하자'던가?"

어? 이거 뭐지?

"일단 내 옆에 앉게. 서서 집에 가려면 많이 피곤할 테니."

"뭐… 다리가 아파서 앉는 거예요. 이상한 짓할 생각은 안 하는 게 좋을 거예요."

내게 신은 없어. 이 자식은 미친 사기꾼일 뿐이야.

"내게 신은 없어. 이 자식은 미친 사기꾼일 뿐이야."

13

"뭐? 뭐… 라고 하셨어요, 방금?"
"네가 속으로 되뇐 혼잣말을 다시 들려준 거야."
이쯤 되면 속는 척 한 번 넘어가 주는 게 맞는 걸까?
"정말 예수님이세요?"
"그래. 그게 내 이름이지."
나는 일단 바보인 척하고 한 번 가볍게 믿어 주기로 했다. 주변을 둘러보니 아무도 나와 이 남자 사이의 대화에 관심을 기울이는 사람이 없었다.
"까짓것, 속는다 치고 신께 하듯이 당신에게 따져 볼게요."
"그러기를 지금까지 기다렸다."
"절 왜 이렇게 만드신 거예요?"
"자매야, 네가 도대체 어떻길래 그런 말을 하니."
"찢어지게 가난한 집안에 태어나서 소중한 학창 시절을 병 때문에 친구도 없게 만들고 공부도 못해 대학도 못 가서 아직까지 변변한 직장도 없는 사람으로요."
그리스도는 잠시 침묵을 지켰다. 허공을 잠깐 바라보다가 다시 내 두 눈을 마주하며 말을 이었다.
"네가 나를 찾아낼 수 있기를 바라서였다."
"제가 당신을 찾아내다니, 이렇게 따지기를 바라셨다는 거예요?"
"일견 그렇지."
나는 순간 화가 났다. 이 자식이랑은 더는 대화가 통하지 않을 거라는 생각이 들었다. 욕을 하고 자리에 박차고 일어나려고 하는 차에,
"네가 비참해하지 않는다면 나를 찾지 않을 테니까."
"뭐? 그럼 넌 이때까지 내가 비참해지기만을 기다렸던 거야?"
그리스도가 곧이어 대답했다. 그 목소리는 아주 부드러웠다.

"난 너를 가난한 집안에서 태어나게 했다. 그래서 너는 갖고 싶은 일제 고급 샤프를 용돈으로 못 사자 주인 몰래 훔쳤고, 내가 너에게 병을 주어서 너는 네 자신에게 있어 세상에서 가장 소중한 스스로를 미워하고 혐오하도록 만들었지. 네가 친구를 사귀지 못하게 만들어서 네 스스로 아무 죄 없는 세상을 원망하게 만들었고, 네가 일도 못하고 돈도 못 벌게 만들었기 때문에 너는 네 자신을 스스로 사회로부터 무고하게 방치해 버렸어."

"개자식, 입 닥쳐. 그게 자랑할 일이야? 내가 그래서 지금까지 얼마나 힘들게 살아왔는데."

"하지만 에스더, 그런 너를 내가 용서했다. 단순히 용서를 위한 용서가 아니었어. 나의 용서를 통해 네가 비로소 나를 만나고, 내 안에서 건강하게 변화되기를 바랐다."

나는 무슨 말인지 도무지 이해할 수 없었지만 일단 이 녀석의 말을 끝까지 들어 보기로 했다.

"너는 샤프를 도둑질하는 죄를 저질렀고 자기 자신을 미워하고 혐오하였으며 아무 죄 없는 세상을 원망했고 소중한 스스로를 방치하는 죄를 저질렀어."

"그건 어쩔 수 없었어. 어쩔 수 없는 선택이었어. 만약 당신이 내 인생 궤적을 100% 똑같이 걸어간다면 당신도 그렇게 살아왔을 거야."

"에스더야, 하지만 중요한 건 네가 이때껏 무수한 죄를 저질렀다는 사실에 있는 것이 아니란다. 내가 너를 용서했다. 신인 내가 너를 용서했기 때문에 너는 더 이상 도둑도 아니고 시기하는 자도 아니며 스스로를 학대하는 사람도 아니다. 내가 너의 죄를 모두 사하여 주었다. 너는 이미 순정하고 깨끗한 사람이 되었다. 신인 내가 너를 이미 용서했기 때문에 네가 나의 용서를 마음으로 믿는다면 너는 이제 새로운 피조물로 살게 되는 인생을 누린단다. 너는 완벽히 깨끗한 상태에서 새롭게 네 인생을 아름답게 걸어 나갈 수 있는 거야. 예수 그리스도의 이름으로. 바로 신의 이름으로."

멍했다. 버스 뒷문이 갑자기 열렸다. 창밖을 보니 우리 집 근처였다. 여기서 내려야 한다. 나는 아무 말도 못하고 황급히 버스에서 내렸다.

몇 분을 걸었다. 중동교가 나왔다. 다리를 건너는 도중 난간에 줄지어 심어져 있는 꽃들을 바라보았다. 꽃은 어둠 속에서 빛깔을 드러내고 있었다. 참 아름다워 보였다. 참 순수하고 깨끗하게 보였다. 아까 버스 안에서 신이 하신 말씀이 맞다면 나도 이미 이 꽃과 같은 사람이 된 것이다.

멀리 도심의 야경 속에서 달빛에 비친 한 교회의 십자가가 오늘따라 붉었다.

하루는 하나님의 아들들이 와서 여호와 앞에 섰고 사단도 그들 가운데 왔는지라
여호와께서 사단에게 이르시되 네가 어디서 왔느냐 사단이 여호와께 대답하여 가로되 땅에 두루 돌아 여기 저기 다녀 왔나이다
여호와께서 사단에게 이르시되 네가 내 종 현종을 유의하여 보았느냐 그가 앞으로 하나님을 경외하며 악에서 떠날 것이니라
사단이 여호와께 대답하여 가로되 현종이 어찌 까닭 없이 하나님을 경외하리이까
이제 주의 손을 펴서 그를 치소서 그리하시면 정녕 대면하여 영원히 주를 욕하리이다
여호와께서 사단에게 이르시되 내가 그를 네 손에 붙이노라 오직 그의 생명에는 네 손을 대지 말지니라 사단이 곧 여호와 앞에서 물러가니라

1

아버지는 여전히 응답이 없으셨다.

나는 비몽사몽 두 눈을 떴다. 밤이었다. 대학 병원 6인실 입원 병동 안 한 침대 위에서 나는 펼쳐 놓은 식탁용 테이블에 팔꿈치를 괸 채 두 손을 꼬옥 쥐고 있었다. 그렇게 앉아서 한참을 기도했는데, 병실 안은 여전히 조용했고 병원만의 그 향기는 여전히 독특했다. 여기 있는 건 오직 평화뿐이었다.

"예수님, 제 다리가 낫게 해 주세요. 저도 예전처럼 건강하게 두 다리로 걷고 싶습니다. 예수님… 예수님의 이름으로 기도합니다. 아멘."

나는 무릎을 꿇고 있었다. 이제 그만 다리를 서서히 풀었다.

2

교통사고가 나던 날은 아주 생생하게 기억한다. 어느 날 아침, 나는 여느 때와 같이 기분 좋게 병원으로 출근을 하고 있었다. 집 앞 564번 버스를 타고 영대병원역에서 649번 버스로 환승한 뒤 한참을 가다가 내려 8차선 사거리 앞 횡단보도에서 신호등 신호가 녹색으로 바뀌길 기다리고 있었다. 날씨가 조금 추운 날이었다. 나는 유행이 한참 지난 옛 시절 남색 경량패딩을 입고 있었고, 검은색 뿔테 안경을 쓰고 있었다.

녹색 신호가 들어오자 나는 길을 건너기 위해 발을 뗐다. 한 삼분의 일 정도 횡단보도를 걸었는데 갑자기,

"빠앙."

흰색 승용차 한 대가 무섭게 달려오더니 결국 나를 치고 말았다. 나는 공중으로 붕 떠 몇 미터를 날아갔다. 하늘을 날고 있을 때까지는 기억이 있었지만, 갑자기 차가운 아스팔트 도로 위로 무섭게 떨어진 순간 '뭔가 잘못됐다'라는 생각과 함께 온몸에 너무나도 강한 통증이 오더니 그만 정신을 잃고 말았다.

나는 대학 병원 중환자실에 누워 있었다. 눈을 떠 보니 두 다리가 하얀 붕대로 칭칭 감겨 있었다. 다리가 많이 아팠다. 옆에는 아버지와 어머니가 앉아 계셨다. 나는 고개를 들어 어머니에게 뭐라 말을 하고 싶었지만, 머리를 들자 뒷목이 너무 아파서 금방 다시 베고 있던 베개에 머리를 맡겼다.

"현종아… 아이고 현종아… 현종아, 네가 도대체 어떻게… 아이고 현종아…!"

아버지는 나를 내려다보며 절규에 가깝게 외치셨다. 목소리는 언제 그렇게 되셨는지 많이 쉬어 있었고, 두 눈에는 눈물이 주르륵 흘러내리고 있었다. 내가 기억하는 건 정신이 들어 있는 동안 내내 한시도 쉬지 않고 나를 위해 걱정하시는 아버지의 탄식 섞인 목소리였다.

병동에 오래 있으면 꽤 심심했다. 그래서 여러 가지 생각을 하다 예전에 있었던 기억들이 자꾸 떠올랐다.

어느 날은 혼자 공원에서 산책을 하고 있었는데, 가까운 곳에서 몇 살 안 돼 보이는 아주 작은 여자아이와, 그 아이의 부모님으로 보이는 두 분이 함께 있었다. 아버지와 어머니는 저 몇 미터 앞에 서 있었고, 분홍색 옷을 입은 어린아이는 아장아장 걸으며 자신의 아버지와 어머니 쪽을 향해 가고 있었다. 몇 걸음 뗐을까, 아이가 걷다가 갑자기 산책로 바닥에 넘어지고 말았다. 아이에게는 걷는 일이 꽤 벅찬 듯이 보였다. 그래도 아이는 울지 않았다. 저 앞 가까운 곳에서 부모님이 지켜보고 계신다는 사실 그것 하나만으로도 아이에게는 큰 응원과 힘이 되는 듯 보였다. 아이는 씩씩하게 다시 일어났다. 그리고 결국 아버지의 품에 안겼다.

아버지는 내가 교통사고를 당한 뒤 한참을 우시고 또 한참을 슬퍼하시더니 결국 스트레스성 실어증이 생기고 말았다. 내가 딱히 무슨 잘못을 저질러서 아버지께 실어증이 온 것은 아니었지만, 그렇다 해도 자식 된 입장에서 아버지께 죄송스러운 마음이었다.

고등학교에 막 입학하고 첫 번째 모의고사를 치르던 날이었다. 담임 선생님은 남자 선생님이었고 물리를 가르치셨다. 시험은 중학교 때처럼 과목마다 감독관 선생님이 바뀌어 들어오셨고 그렇게 시험을 보았다.

2교시 수리영역 시간이었다. 나는 문제가 너무 어려웠다. 많은 아이들이 일찍부터 엎드려 잠을 청했고 몇몇 공부 잘하는 친구들만 열심히 샤프를 움직이고 있었다.

갑자기 뭔가 인기척이 들어 교실 복도 쪽 창문을 올려다보았다. 담임 선생님이 서 계셨다. 선생님은 창문 너머로 아이들을 지켜보고 계셨다. 그러고는 엎드려 있는 학생 한 명 한 명을 기억하려고 애쓰는 듯이 보였다.

사실, 그날 시험을 치르기 전 아침에 담임 선생님께서는 이렇게 말씀하셨다.

"시험 치다가 엎드려 자지 마라. 내가 지켜보다가 자는 녀석들 시험 끝나고 죽음이다. 알았나."

나는 담임 선생님의 그 말씀 때문에 수학 시험 시간이 엄청 많이 남았지만 엎드리지 않았다.

어느 날은 작은 이모께서 나와 어머니를 조류사에 데리고 가 작은 참새같이 생긴 노란색 새 두 마리를 반려동물로 키우라고 사 주셨다. 내가 초등학생 때의 일이었다. 처음에는 새가 참 예뻤다. 그런데 새가 하루 종일 짹짹거리며 울고, 밤에도 잠 못 자게 울고, 자꾸 시끄럽게 해서 시간이 지남에 따라 사랑스러움보다 점점 짜증이 더 생겨났다.

"현종아, 새 모이 좀 줘라."

그날은 부모님과 바람도 쐴 겸 어딘가로 여행을 가는 날이었는데, 어머니께서 내게 새장에 모이를 좀 주라고 하셨다. 나는 모이를 주려고 새장에 걸린 모이통을 빼내려 하는데 새들이 나 때문에 너무 놀라고 겁을 먹었는지 격하게 파드닥거리며 새장 안을 무섭게 날아다녔다. 나도 어린 마음에 새들의 그런 행동에 놀랐고, 놀라기만 한 게 아니라 나를 놀라게 한 새들을 향해 짜증도 나기 시작했다. 나는 빨리 모이통을 채우고 다시 새장에 잘 걸어 놓았다. 그러고는 휙 뒤도 안 돌아보고 그 자리를 떠났다.

오후가 되어서 가족들과 집에 돌아오니 이상하게 집 안이 조용했다. 나는 곧장 새장 쪽으로 다가갔다. 그런데 이런, 새 두 마리가 물통에 머리를 박고 죽어 있었다. 물통에는 물이 전혀 없었다. 아뿔싸, 내가 물통에 새들이 마실 물을 채워 넣지 않고 집을 떠난 것이었!
충분히 새들을 살릴 수 있었다. 여행을 떠나기 전 그 사실을 알았더라면…. 내가 새장을 더 꼼꼼하게 확인하고 새들을 더 잘 지켜보았다면….
그 기억은 아직까지도 나에게 죄책감을 주는 악몽으로 남아 있다.

죽고 싶다는 생각을 고등학생 때 참 많이도 했다. 나는 고등학교 시절 친구가 거의 없었다. 밥도 거의 항상 혼자서 먹었고 이동 수업할 때에도 혼자 다녔다. 매점도 물론 혼자 갔다 오곤 했다. 너무 우울했다. 다음날 학교 가기가 싫었다. 하지만 부모님께 말씀드리기도 자존심이 상할 것 같았다.
"예수님….."
그럴 때면 예수님께 기도했다. 하나님 아버지께… 도와 달라고….

나는 모태 신앙이다. 부모님이 모두 교회에 다니셨다. 그래서 자연스럽게 나도 예수님을 알게 되었다. 기도하는 법도 자연스럽게 배웠고, 종종 예수님께 기도도 했다.

그런데 대부분의 모든 신자들이 공감하겠지만, 기도의 응답은 거의 없었다.

3

"현종아, 의사 선생님께서 카시던데, 수시로 걷기 연습 많이 해야 된단다." 어머니께서 말씀하셨다.

"예."

그렇게 나는 한 번씩 아버지와 함께 병실에서 나와 병원 산책로를 걸었다. 아버지는 실어증으로 내게 말씀은 못하셨지만 그래도 내가 재활운동을 할 때엔 항상 곁에서 함께해 주시고 힘이 되어 주셨다. 조금씩 조금씩 한 발자국 떼는 정도는 나도 충분히 가능했다. 하지만 몇 걸음 못 가 두 다리에 힘이 풀리면서 곧장 주저앉아 버렸다. 그럴 때면 잠깐 동안 숨을 골랐다가 다시 용기 내어 일어서곤 했다. 그렇게 아버지와 나는 병원 산책로를 열심히 걷다 오곤 했다.

의사 선생님과 면담을 했다. 선생님은 내가 아버지와 함께했던 재활운동 덕분으로 두 다리에 근육이 많이 재생되었다고 말씀하셨다. 이제 조금만 더 열심히 운동하면 나도 다시 예전처럼 건강하게 맘껏 걸어 다닐 수 있다고 하셨다. 그쯤 되면 아마 뛰어다녀도 문제없을 거라고 하셨다. 나는 정말 기뻤다.

"예수님… 제 두 다리가 완전히 낫게 해 주세요…. 제게 병 고침을 주소서…. 예수님, 제 기도에 응답해 주소서…. 예수님, 제발…."

아버지는 여전히 응답이 없으셨다.

나는 비몽사몽 두 눈을 떴다. 밤이었다. 대학 병원 6인실 입원 병동 안 한 침대 위에서 나는 펼쳐 놓은 식탁용 테이블에 팔꿈치를 괸 채 두 손을 꼬옥 쥐고 있었다. 그렇게 앉아서 한참을 기도했는데, 병실 안은 여전히 조용했고 병원만의 그 향기는 여전히 독특했다. 여기 있는 건 오직 평화뿐이었다.

그런데 그 순간, 나는 놀랍게도 예수님을 느낄 수 있었다. 예수님은 내 안에 계시고 또 내 바깥에 계셨다. 한 분 하나님께서 내 안과 밖의 차별 없이 내가 있는 곳, 이곳에 오직 예수님만이 가득했다.

그때 깨달았다. 내가 기도를 할 때, 예수님은 내 곁에서 나의 기도를 조용히 듣고 계셨다. 예수님은 당황하지도, 호들갑 떨지도 않으셨으며, 심지어는 화조차 내지 않으셨다. 그저 나를 가만히 지켜봐 주셨다.

내가 과거에 지은 허물과 죄들을 회개할 때에도, 예수님은 똑같이 무덤덤하셨다. 내가 이런 죄를 지었다는데, 그래서 이렇게 죄를 뉘우친다고 하는데도 예수님은 단지 나를 조용히 내려다볼 뿐이었다. 노하시며 정죄하지 않으셨다. 그제야 깨달았다. 이렇게 조건 없이 나를 언제나처럼 내려다보신다는 것, 그게 나를 향한 예수님의 사랑이었다. 그것 자체만으로 나는 예수님의 헤세드를 온몸으로 느낄 수 있었다.

이 세상에 그런 사랑이 또 없었다.

4

 병동에 오래 있으면 꽤 심심했다. 그래서 여러 가지 생각을 하다 예전에 있었던 기억들이 자꾸 떠올랐다.
 어느 날은 혼자 공원에서 산책을 하고 있었는데, 가까운 곳에서 몇 살 안 돼 보이는 아주 작은 여자아이와, 그 아이의 부모님으로 보이는 두 분이 함께 있었다. 아버지와 어머니는 저 몇 미터 앞에 서 있었고, 분홍색 옷을 입은 어린아이는 아장아장 걸으며 자신의 아버지와 어머니 쪽을 향해 가고 있었다. 몇 걸음 뗐을까, 아이가 걷다가 갑자기 산책로 바닥에 넘어지고 말았다. 아이에게는 걷는 일이 꽤 벅찬 듯이 보였다. 그래도 아이는 울지 않았다. 저 앞 가까운 곳에서 부모님이 지켜보고 계신다는 사실 하나만으로도 아이에게는 큰 응원과 힘이 되는 듯 보였다. 아이는 씩씩하게 다시 일어났다. 그리고 결국 아버지의 품에 안겼다.

 '아빠는 저기 저 나무 옆에 서 있을게. 여기서 저기까지 혼자서 걸어와 봐.'
 아버지는 말을 하실 수 없어서 휴대폰 메모장에 이렇게 적으신 후 내게 보여 주셨다.
 "예, 알겠어요."

 몇 발자국을 걸었다. 헉헉… 숨이 가빠 오면서 두 다리가 후들거렸다. 결국 나는 그 자리에 주저앉고 말았다. 아버지는 벌써 저 멀리 나무 옆에 도착해서 나를 바라보고 계셨다. 나는 외쳤다.
 "아버지! 못 걷겠어요. 다리에 힘이 안 들어가요!"
 아버지는 말씀이 없으셨다. 오로지 미소 지으시며 나를 지켜봐 주고 계셨다. 나는 한참을 주저앉아 있었다. 그런데 그렇게 있다고 해서 문제가 해결될 일이 아니었다. 아버지는 여전히 나를 바라보며 기다려 주고 계셨다.

나는 용기를 냈다. 누군가 나를 사랑하고 있으며 지켜보고 있다는 사실 하나만으로도 내게는 아주 큰 힘이 되었다. 나는 애써 다시 일어났다. 그렇게 몇 걸음 걷다 다시 주저앉고, 한참을 쉬었다가 다시 용기 내 일어나 몇 걸음 걷고 다시 주저앉기를 반복했다.

나무 근처까지 거의 다 왔다.

"아버지, 힘을 주세요…. 예수님의 이름으로 기도합니다…."

바로 앞에서, 아버지는 말없이 나를 지켜보고 계셨다.

> 하루는 하나님의 아들들이 와서 여호와 앞에 섰고 사단도 그들 가운데 왔는지라
> 여호와께서 사단에게 이르시되 네가 어디서 왔느냐 사단이 여호와께 대답하여 가로되 땅에 두루 돌아 여기 저기 다녀 왔나이다
> 여호와께서 사단에게 이르시되 네가 내 종 ○○를 유의하여 보았느냐 그가 앞으로 하나님을 경외하며 악에서 떠날 것이니라
> 사단이 여호와께 대답하여 가로되 ○○가 어찌 까닭 없이 하나님을 경외하리이까
> 이제 주의 손을 펴서 그를 치소서 그리하시면 정녕 대면하여 영원히 주를 욕하리이다
> 여호와께서 사단에게 이르시되 내가 그를 네 손에 붙이노라 오직 그의 생명에는 네 손을 대지 말지니라 사단이 곧 여호와 앞에서 물러가니라

> 그러나 나의 나 된 것은 하나님의 은혜로 된 것이니 내게 주신 그의 은혜가 헛되지 아니하여 내가 모든 사도보다 더 많이 수고하였으나 내가 아니요 오직 나와 함께하신 하나님의 은혜로라
> (고린도전서 15:10)

'모든 것이 하나님의 은혜입니다.'

나는 카카오톡 가장님의 프로필 상태 메시지를 내려다보았다.

교회를 다닌 지는 아직 얼마 되지 않았다. 처음엔 기독교와 예수님에 대해 알고 싶다는 생각과 '나도 천국 가고 싶다'라는 막연한 소망으로 교회에 발을 들였다.

초신자팀에서 많은 리더님들로부터 환대를 받았다. 참 감사했다.

어느 날은 주일 예배를 마치고 늘 하던 대로 초신자 교육을 받고 있었는데, 가장님께서 작은 책 하나를 한 명씩 주면서 말씀하셨다.

"우리 오늘부터 감사 일기를 써 보는 게 어때요?"

감사 일기? 어떻게 쓰는 거지? 가장님은 이어서 말씀하셨다.

"하루를 보내면서 감사할 거리가 생각나면 이 노트에 하나씩 적어 보는 거예요."

그날 이후로 나는 감사할 거리들을 생각해 보곤 했다.

자고 일어나서 양치할 수 있어서 감사합니다.
바람이 시원해서 감사합니다.
햇빛이 아름다워서 감사합니다.
낮잠 자고 일어나서 거울을 보니 평소보다 앞머리가 풍성해 보여서 감사합니다.
길을 걸으며 노래 부를 수 있어서 감사합니다.
걸을 수 있다는 사실에 감사합니다.
탄산음료를 사러 마트에 갈 수 있어서 감사합니다.
시원한 음료수를 마실 수 있어서 감사합니다.
기분이 좋아서 감사합니다.
오늘을 잘 보낼 수 있어서 감사합니다.
내일의 희망이 있어서 감사합니다.
감사할 수 있어서 감사합니다.
내 삶이 이만한 것에 감사합니다.
약을 먹을 수 있어서 감사합니다.
필요한 것을 살 수 있어서 감사합니다.

욕심내지 않아도 돼서 감사합니다.
내게 주어진 것들에 감사합니다.
추억이 있어서 감사합니다.
지나간 날들에 감사합니다.
내 삶에 친절하고 고마운 사람들이 있어서 감사합니다.
살아 있는 것에 감사합니다.
부모님이 살아 계셔서 감사합니다.
집이 있어서 감사합니다.
비 오는 날은 비 오는 날만의 운치가 있어서 감사합니다.
한 번씩 버스를 타면서 애수에 젖을 수 있어서 감사합니다.
맑고 화창한 날들이 많아서 감사합니다.
모든 것에 감사합니다.
공부할 수 있음에 감사합니다.
볼 수 있어서 감사합니다.
들을 수 있어서 감사합니다.
냄새 맡을 수 있어서 감사합니다.
맛볼 수 있어서 감사합니다.
느낄 수 있어서 감사합니다.
생각할 수 있어서 감사합니다.
내가 마음먹은 대로 몸이 움직여서 감사합니다.
요구르트가 맛있어서 감사합니다.
만족할 줄 알면 만족할 수 있어서 감사합니다.
독서할 수 있어서 감사합니다.
이 나라에서 살 수 있어서 감사합니다.

자연 속에서 아름다움을 볼 수 있어서 감사합니다.
끝없이 감사할 수 있음에 감사합니다.

나는 가장님께 카톡을 보냈다.
'가장님, 감사 일기 잘 쓰고 있습니다. 그런데 어느 순간부터 내 삶의 많은 것들이, 아니 모든 것이 감사함으로 다가오면서 내가 뭐라고 이렇게 많은 것들, 많은 사람들로부터 은혜를 받나 싶은 생각이 들었습니다.'
그러자 가장님으로부터 답장이 왔다.
'그렇습니다. 알고 보면, 생각해 보면 모든 것이 감사할 거리이고 내가 받은 은혜입니다. 그리고 그러한 사실은 우리에게 예수님의 사랑을 깨닫게 해 주죠.'
갑자기 예수님에 대해 말씀하시는 게 의아했다. 나는 가장님께 물었다.
'갑자기 감사와 예수님이 왜 나오는 거죠…?'
'이 세상은 감사할 거리로 가득합니다. 사실은 모든 것이 감사할 거리입니다. 감사하다는 것은, 그것이 내가 받을 자격이 없는데도 받았다는 것에 대한 고백이고 은혜임을 인정하는 것입니다. 이 세상에 많은 이들이 행위와 노력을 통해 구원을 받는다고 말하지만, 오직 기독교에서만이 은혜로써 구원을 받는다고 말합니다. 다른 모든 종교가 행위언약을 말할 때 예수님께서는 은혜언약을 말씀하셨습니다. 기독교에서는 모든 것이 은혜라고 말합니다. 그리고 그것은 사실입니다. ○○씨도 감사 일기를 써 보시면서 깨달으셨으리라 믿습니다.'
나는 채팅창을 나와 가장님의 프로필을 봤다. 그리고 상태 메시지를 읽어 보았다.
그렇다. 모든 것이 은혜이고 우리는 모두 조건 없는 큰 은혜를 받으면서 살아간다. 이와 같은 사실을 어떻게 설명할 수 있을까. 세상에 오직 은혜뿐인 이 현실을 우리가 어떻게 이해할 수 있을까. 나는 깨어 있는 매 순간 감사하다고 고백했다. 그런데 나의 고백은 풀 한 포기, 흙 한 줌에 그치는 고백이 정녕 아닐 것이다. 분명 그보다 더 큰 의미가 있을 것이다. 내 마음을 돌아보아 이제 비로소 분명해지는 사실이 하나 있었다. 희미하지만 결코 부인할 수 없는 무언가가 있었다.

'모든 것이 하나님의 은혜입니다.'
나는 한참 동안 멍하니 가장님의 상태 메시지를 내려다보았다.

하루는 하나님의 아들들이 와서 여호와 앞에 섰고 사단도 그들 가운데 왔는지라
여호와께서 사단에게 이르시되 네가 어디서 왔느냐 사단이 여호와께 대답하여 가로되 땅에 두루 돌아 여기 저기 다녀 왔나이다
여호와께서 사단에게 이르시되 네가 내 종 배종표를 유의하여 보았느냐 그가 앞으로 하나님을 경외하며 악에서 떠날 것이니라
사단이 여호와께 대답하여 가로되 배종표가 어찌 까닭 없이 하나님을 경외하리이까
이제 주의 손을 펴서 그를 치소서 그리하시면 정녕 대면하여 영원히 주를 욕하리이다
여호와께서 사단에게 이르시되 내가 그를 네 손에 붙이노라 오직 그의 생명에는 네 손을 대지 말지니라 사단이 곧 여호와 앞에서 물러가니라

김봉명 형님한테서 전화가 왔다.
"종표, 뭐해?"
"아예. 쉬고 있습니다. 뭐하십니까."
"집에 있어."
그러더니,
"나올 수 있어? 같이 산책이나 할까?"
"지금은 별로…. 흐흐."
이유는 단순했다. 늦은 오후였지만 그때 나는 하루 종일 샤워를 안 하고 있었다. 형님을 만나러 가려면 반드시 샤워는 하고 나가야 되는데 해도 저물어 갈 때쯤이고 결정적으로는 씻기가 귀찮고 싫어서 집에 있기로 했다. 일찌감치 이미 씻어 놓은 상태라면 평소엔 충분히 나갈 마음이

들 수도 있는데 그날은 그렇지 않아서였다.

요 근래 들어 예수님을 인격적으로 만났다고 자부하고 있다. 몇 달 전 알라딘 중고 서점에서 산 후 한 번 정도 읽고 잊고 있었던 유기성 목사님의《나는 죽고 예수로 사는 사람》이라는 책을 다시 몇 번 읽었는데, 느낀 바가 있어서 요즘엔 내가 마음만 모으면 예수님의 무한한 사랑을 몸소 느낄 수 있었다.

정말 은혜로운 책이었다. 거기다 재미도 있었다. 난 원래 금세 끓어올랐다가 다시 금세 식어 버리는 냄비 같은 성격이라 한 번 읽었던 책을 두 번 이상 읽는 게 드문 사람인데 첫째, 예수님이 좋고 둘째, 책을 읽고 있을 때 예수님께서 임재하시는 느낌이 좋고 셋째, 책이 너무 재미있어서 지금까지 여섯 번을 반복해서 읽고 지금은 일곱 번째 읽고 있는 중이다.

그런데 다른 챕터들은 다 대체로 와닿는 바가 많은데 유독 '하나님께 내 자아를 바쳐야 나는 죽고 예수가 산다.'의 말씀이 내겐 잘 와닿지가 않았다. 왜 그럴까. '내가 죽는다'라는 그 모습이 상상 속에서 실감 나질 않았다.

이틀쯤 전부터 왼쪽 어금니 하나가 단 것을 먹었을 때 살짝 아팠다. 처음에는 어머니께서 차려 주신 구운 식빵을 꿀에 찍어 먹었는데, 달콤한 꿀이 어금니에 닿았을 때와 저녁 식사로 물엿을 넣은 멸치볶음을 먹을 때 그 어금니로 씹으니까 이가 아팠다.

"엄마, 단 거 씹으니까 이가 아파요."

듣고 있던 어머니는, "충치겠지." 하고 대수롭지 않게 대답하셨다.

오늘은 잠이 일찍 깼는데, 요즘 이가 아픈 게 정말 충치가 생겨서 그런 게 아닐까 하는 생각이 들며 걱정되기 시작했다. 내가 알기로 충치는 진행이 되기 전에 빨리 치료를 해야 덜 아팠다. 그래서 오전에 일찍 샤워를 했다. 그러고 나서 점심시간이 지난 후 가까운 동네 치과에 갔다.

"충치가 많이 있네요. 치석도 많고. 여기, 여기, 여기, 여기…. 할 수 있는 건 다해 줄게요."

치료할 게 많다고 말씀하시는 여자 의사 선생님 말씀에 혹시나 치료비가 너무 많이 드는 건 아닐까 걱정이 돼서 여쭤보았다.

"비용이 어느 정도 듭니까?"

"보험으로 하면 10만 원 안 들지?" 의사 선생님은 옆의 치위생사로 보이는 분한테 말씀하셨다.

"××로 하면 치아 하나당 10만 원이에요."

깜짝 놀랐다.

"저렴한 걸로 할 수 있습니까."

"그럼 보험 되는 걸로 해 드릴게요."

그날 충치와 깊이 파인 치아를 대충 6개 이상 때우고 난생 처음으로 치석 제거하는 스케일링도 받았다.

73,100원이 나왔다.

집에 돌아오니 오후 5시쯤이었다. 편한 옷으로 갈아입고 쉬고 있는데 얼마 지나지 않아 조연준 형님한테서 카톡이 왔다.

"종표야, 오늘 시내에서 안 볼래?"

요즘 집에 틀어박혀 지냈다. 다른 날 같았으면 안 씻고 집에서 하루 종일 있었을 텐데, 그래서 거절했을 텐데 오늘은 치과에 간다고 샤워를 했었기 때문에 선뜻 나갈 마음이 생겼다.
"6시까지 교보문고에서 보자."
"예."

조금 일찍 도착해서 교보문고 3층 기독교 코너를 둘러보고 있었다. 루이스의 《순전한 기독교》를 보자마자 마음에 들어서 사야지 하고 들고 다니다가 '잠깐만' 하고 펼쳐서 조금 맛보기로 훑어보니, 마음이 사그라들어 다시 제자리에 올려놓았다. 그쯤에 연준 형님이 3층으로 왔다.
"밥부터 먹읍시다!" 내가 외쳤다.
"그러자."
"맥도날드 갈까요, 버거킹 갈까요."
"맥날 가자."
우린 내려가는 에스컬레이터를 타고 교보문고 밖으로 나와서 바로 옆 맥도날드로 들어갔다. 형님은 빅치즈버거를, 나는 항상 그렇듯 빅맥을 시켰다. 음식을 받고 자리에 앉아서 마주 보며 같이 맛있게 먹었다.
한두 개 주제로 짧은 대화를 나누면서 각자 햄버거를 다 먹었다. 연준 형님은 다 먹고 카페에 가지 말고 여기 맥도날드에서 얘기 나누자고 했다. 나는 알았다고 했다.

긴 침묵이 흘렀다. "화장실 좀 다녀올게요." 하고 화장실을 갔다 오니 형님이 바로 "갈래?"라고 말했다.
"어디 갈까요. 집에 가요?"
"할 말도 없는데 그냥 헤어지자."
황당해서 웃었다. 그러자 형님은 미안했는지 "좀 그런가? 혹시 서운

해?" 하고 물었다.

"아니요. 흐흐."

"근데 왜 웃어?"

"당황스러워서. 흐흐."

진심으로 미안했는지 "버스 타는 데까지는 같이 가 줄게."라고 말했다.

그렇게 교보빌딩을 나서는데 갑자기 알라딘 중고 서점에 한 번 가 보고 싶다는 생각이 들었다.

"알라딘 같이 갈래요?"

"응, 같이 있어 줄게."

알라딘에 도착하니 유기성 목사님이 떠올랐다. 바로 도서검색대에 가서 '유기성'이라고 검색했다. 그즈음에 이찬수 목사님의 책도 한 권 재밌게 읽은 게 있어서 '이찬수'로도 검색했다. 두 목사님들의 책이 D코너 어딘가에 있다고 나왔다. 바로 갔다. 유기성 목사님 책도 그렇고 이찬수 목사님 책도 그렇고 검색했을 때 여러 권이 나온 까닭으로 D코너 책꽂이에 빼곡히 나열된 책들 속에서 저자 이름만 찾으며 두 목사님의 책이 어디 있나 살펴보았다. 《나는 죽고 예수로 사는 사람》이 아직도 있었다. 반가웠다. 더 살펴보다가 유기성 목사님의 다른 책 한 권이 눈에 띄었다.

《내 안에 계신 예수님과의 행복한 동행》

책을 펼쳐서 차례와 편집 등을 훑어보았는데 꽤 마음에 들었다. 그래서 바로 계산대로 가서 결제를 하고 나왔다.

그리고 나서 연준 형님이랑 헤어지고 나는 401번 버스를 타고 집으로 돌아왔다.

가볍게 손과 발 그리고 얼굴을 씻고 침대에 앉아서 책을 읽기 시작했다. 책을 읽으면서 '성경에서는 성령님에 의해 예수님을 주로 고백하게 된다고 말씀한다.'라는 사실을 알게 되었다. 그리고 예수님과 관련된 마음과 일들은 다 내 안에 계신 예수님이신 성령님에 의한 것이라는 사실도 알게 되었다.

그 순간 나는 비로소 '내가 죽고 예수님이 산다'라는 목사님의 말씀이 무슨 의미인지 깨닫게 되었다. 책을 펼치기 전까지는 오직 믿음으로 내가 예수님의 품 안에 안겨 있고 내 온몸을 예수님께서 무한한 사랑으로 감싸 주고 계신다는 사실만 알고 있었는데 이제는 내 밖에서 나를 향하신 예수님은 물론 내 안에도 예수님이 거하시고 계신다는 사실이 마침내 분명해졌다.

나는 목사님의 말씀으로부터 큰 은혜를 여러 번 받았다. 하지만 목사님도 분명 인정하실 게 하나 있었다. 바로 '모든 것은 예수님의 은혜'이자 계획이었다는 사실이다.

내가 예수님을 더 가깝게 그리고 더 인격적으로 만난 것은 알라딘 중고 서점에 갔기 때문이고 알라딘에 간 것은 연준 형님이 먼저 나에게 만나자고 했기 때문이며, 연준 형님을 보러 밖에 나온 것은 그날 일찌감치 샤워를 했기 때문이고, 일찍 씻었던 것은 치과에 갔기 때문이며, 치과에 간 것은 이틀 전부터 왼쪽 어금니 하나가 아팠기 때문이다.

결국 따지고 보면 어금니 하나가 아픈 게 결과적으로 내가 예수님과 더 가까워지도록 만들었다.

나의 모든 일은 예수님의 계획 안에 있다. 계획이 아닌 한 그 어떤 것도 어금니로 신을 만나게 할 수는 없다. 당신에게 묻는다. 무엇이 예수님을 만나게 했나?

"몰라."

다들 이렇게 말할 것이다. 그런데 그거 아는지 모르겠다.

어금니는 영어로 'Molar'다.

— 철학적인 문제: 만약 신이 없다면?

논리학에서, 'A→B 그리고 B→C'이면 필연적으로 'A→C'이다. 어금니가 아픈 것 때문에 치과에 갔고(어금니→치과), 치과에 갔기 때문에 일찍 씻었으며(치과→샤워), 또 일찍 씻었기 때문에 연준 형님을 봤다면(샤워→형님)—시제는 중요하지 않다, 인과 관계는 시간 의존적이지 않기 때문이다-결국 어금니가 아픈 것 때문에 연준 형님을 본 것(어금니→형님)이 되기 때문이다.

혹자는 그렇게 생각하면 어떠한 사건도 다 자기가 마음에 드는 과거의 한 사건을 자의적으로 규정지을 수 있는 것이 아니냐고 반문할지도 모르는데, 만약 누군가가 '내가 뒤통수를 맞은 것은 친구가 나를 때렸기 때문이고, 친구가 나를 때린 것은 친구가 어머니 심부름으로 음식물 쓰레기를 버렸기 때문이다(친구가 음식물 쓰레기를 버린 일은 자의적으로 고른 친구의 과거 한 사건)'라고 말한다면 (그가 시인이 아닌 한) '친구가 음식물 쓰레기를 버렸기 때문에 뒤통수를 맞았다'라는 말(친구는 음식물 쓰레기를 버려서 화가 난 것이 아니다!)은 틀렸다는 사실을 쉽게 알 수 있다. 즉 'A→B 그리고 B→C(여기서 B→C는 오류였다)'인 경우에 B가 명제 A의 주인공 그리고 C가 명제 B의 주인공과 분명 관계가 있는 사이라고 하더라도 무조건적으로 그리고 자의적으로 A→C라고 할 수 없음을 확인할 수 있다. 즉 어떤 한 사건이 본인과 관련된 과거의 한 사건이라는 이유 하나만으로 모든 것을 자의적으로 그 사건에 수렴시킬 수는 없는 것이다.

그리고 또 다른 이유로 '몰라' 혹은 '그냥'이라고 답하게 되는 경우들이 있을 수 있다. "왜 짜장면 먹었어?", "짬뽕보다 짜장면이 먹고 싶어서.", "왜 짜장면이 먹고 싶었어?", "그냥."과 같은 경우에서다. 그럴 경우 '그냥'과 '몰라'라는 대답은 일종의 완전한 무화(無化)로서 무는 근원이 없다. 그것 자체로 이미 아무것도 아니기 때문이다. 없는 것에 이유를 댈 순 없다. 대상이 없기 때문이다. 문법적으로 말하자면 '~의 이유'가 요청되는데 '~의' 즉, 주어가 없는 것이 되기 때문이다. 그러니까 짜장면을 먹은 것이 내가 어제 짬뽕을 먹었기 때문이라고 말할 수 없게 되는 것이다('그냥'에서 이미 모든 소급이 끝났다!).

다시 이야기로 돌아가서, 어금니가 신을 느끼게 했다고 결론을 내렸는데 그렇다면 (신의 계획의 부재를 전제할 시) 어금니가 아픈 것은 사실상 그에게 일어날 수 있는 모든 사건 중의 하나라도 일으킬 수 있음이 진실 혹은 진리가 되는 것이다. 현실적으로 그리고 사실상 어금니와 신은 (시인이나 영성가가 아닌 이상) 전혀 관련이 없기 때문이다. 모든 개별 사건들 사이에 필연적 인과 관계는 해체된다. 그렇다면 그것은 무신론적 실존주의자인 사르트르의 말대로 '모든 인간은 자유롭도록 선고받은 것'과 같다. 하지만 그것은 과거의 내 행위가 미래의 내 행위를 필연적으로 일으키지 않는 것을 시사하는 것이므로 이 사고 실험의 경우에서도 신은 물론이거니와 나(주체)의 계획 역시 존재할 수 없게 된다. 실존주의적으로 표현하자면, 나는 영원히 세계에 피투(내던져짐)되는 것이며 자유의지적 기투(기획투사)는 절대 일어나지 않는다. 즉 신이 없다면 나의 자유의지도 실제로 없다(내 의지로 어금니에서 출발해 신으로 도착할 수는 없었다!). 과거의 (나의) 행동이 미래의 (나의) 행동을 야기하지 않기 때문이다('밥 먹고 공부해야지' 하고 계획한 후에, '밥을 먹었으니 공부를 하는 것'은 이치에 맞지 않는 설명이 되고 만다). 이때 모든 것은 공중에 떠다니는 영원히 방황하는 먼지가 된다. 아무런 목적도 없고 목적이 없으니 소망과 희망도 없다. 세상은 완벽할 정도로 지금 이 일이 왜 일어났는지 절대 알 수 없다. 이유는 인과 관계에서 찾을 수 있기 때문이다. 세상은 어쩌면 완벽한 신비가 되거나 아니면 완벽히 어처구니없는 것이 되거나 둘 중 하나가 되고 말 것이다.

하루는 하나님의 아들들이 와서 여호와 앞에 섰고 사단도 그들 가운데 왔는지라

여호와께서 사단에게 이르시되 네가 어디서 왔느냐 사단이 여호와께 대답하여 가로되 땅에 두루 돌아 여기 저기 다녀 왔나이다

여호와께서 사단에게 이르시되 네가 내 종 두 번째 배종표를 유의하여 보았느냐 그가 앞으로 하나님을 경외하며 악에서 떠날 것이니라

사단이 여호와께 대답하여 가로되 두 번째 배종표가 어찌 까닭 없이 하나님을 경외하리이까

이제 주의 손을 펴서 그를 이방신으로 유혹하소서 그리하시면 정녕 대면하여 영원히 주를 욕하리이다

여호와께서 사단에게 이르시되 내가 그를 네 손에 붙이노라 오직 그의 생명에는 네 손을 대지 말지니라 사단이 곧 여호와 앞에서 물러가니라

혹암 스님이 물었다.
"서쪽에서 온 달마 스님은 왜 수염이 없을고?"
《무문관》,〈제4칙 호자무수〉

무아(無我).

종정 큰스님께서는 이렇게 대답하셨다. 나는 크게 실망하고 말았다. 무아라는 것은 부처님의 법을 접한 자라면 삼척동자도 다 알고 있는 가르침 아닌가. 나는 큰스님께 단지 한마디면 족하다고 말씀드렸고 그래서 이 평범한 한마디를 듣기 위해 삼천배를 한 것이다.

분명하게 한마디만을 부탁드렸고, 그 한마디를 들었으니 도저히 다른 말씀을 부탁드릴 수가 없었다. 나는 예를 올리고 큰스님 방에서 조용히

물러 나왔다.

곧장 사형(師兄) 스님을 찾아갔다. 사형은 사형 방에 계셨다. 일기를 쓰고 계시는 듯했는데, 나는 방문을 열고 사형을 보자마자 허겁지겁 바닥에 앉으면서 대뜸 말했다.

"사형, 내가 삼천배를 하고 큰스님을 찾아뵀는데 큰스님께서 하신 말씀이 '무아'였어."

갑작스런 나의 말에 사형은 안경 너머로 나를 돌아보며 말했다.

"그래? 네가 뭐라고 물었는데?"

"깨달음이 뭐냐고."

"아하." 나의 예상과는 다르게 사형은 흡족한 미소를 지으며 대답했다.

"심오한 말씀이네."

"심오하다고?"

"그렇지."

"무아는 형도 알고 나도 알고 머리 깎은 모든 스님들도, 심지어는 행자들도 다 아는데?"

"그래, 맞아."

"그런데 그게 깨달음이라고?"

"응."

나는 사형의 말을 이해할 수 없었다. 물론 모든 중생이 곧 부처이기는 하다지만 그래도 종단에 깨달음을 점검하는 전통이 분명히 있고 범부와 부처의 차이가 있으니 종정 예하가 세워지는 것이 아니겠는가.

"내 말을 못 믿겠어?"

사형은 나를 생각하는 마음으로 내게 물었다.

"그럼 내가 큰스님으로부터 받은 화두 하나를 알려 줄까? 너도 이 화두로 참구해 볼래?"

"응, 사형. 무슨 화두야?"

사형은 마치 경전을 읊으려는 듯 근엄한 표정을 짓고 말했다.

"혹암 스님이 물었다. 서쪽에서 온 달마 스님은 왜 수염이 없을고?"

사형의 화두를 받아 든 순간, 나는 당황스러웠다.

"사형은 답을 찾았어?"

당돌한 나의 물음에 사형은 말없이 미소만 지을 뿐이었다.

"힌트를 줘."

"힌트? 음… 속담에 답이 있어."

"웬 속담?"

"우리 선종이 '언어도단 불립문자'인 거 알지? 사실 속담으로도 전할 수 없기는 마찬가지일 수 있는데, 속담 그게 원래 어떻게 생각해 보면 시 같잖아? 말할 수 없는 것을 말하는 게 시라면 시와 닮은 속담도 말할 수 없는 깨달음을 전달할 수 있다고 난 생각해."

사형은 알 듯 모를 듯 묘한 미소를 지으며 내게 말했다.

"음… 듣고 보니 그럴듯하네?"

"그런데 한 가지만 약속해."

나는 갑작스런 사형의 엄격한 표정에 짐짓 놀라며 대답했다.

"뭘…?"

"네가 이 화두가 가리키는 정확한 뜻을 확신에 찬 채 찾기 전까지는 절대 내게 이것에 대해 묻지 않는 걸로…."

나는 반드시 그렇게 하겠다고 다짐했다.

그날 이후로 나는 사형이 준 화두를 모든 곳, 모든 때에 걷거나 서거나 앉거나 눕거나 말하거나 침묵하거나 움직이거나 고요히 있을 때 항상 참구하며 지냈다.

'가는 날이 장날'일까?

아니야.

'가는 말이 고와야 오는 말이 곱다'일까?

아니야.

'가랑비에 옷 젖는 줄 모른다'일까?

아니야.

'가재는 게 편이라'일까?

아니야.

'개구리 올챙이 적 생각 못한다'일까?

아니야.

'계란으로 바위 치기'일까?

아니야.

'고기도 먹어 본 사람이 잘 먹는다'일까?

아니야.

'고래 싸움에 새우 등 터진다'일까?

아니야.

'고양이 목에 방울 달기'일까?

아니야.

'공든 탑이 무너지랴'일까?

아니야.

'구슬이 서 말이라도 꿰어야 보배'일까?

아니야.

'금강산도 식후경'일까?

아니야.

'꼬리가 길면 밟힌다'일까?

아니야.

'꿩 대신 닭'일까?

아니야.

'꿩 먹고 알 먹고'일까?

아니야.

'남의 눈에 눈물 나게 하면 자신의 눈에서는 피눈물 난다'일까?

아니야.

'달면 삼키고 쓰면 뱉는다'일까?

아니야.

'닭 잡아먹고 오리발 내민다'일까?

아니야.

'닭 쫓던 개 지붕 쳐다보기'일까?

아니야.

'독 안에 든 쥐'일까?

아니야.

'돌다리도 두드려 보고 건너라'일까?

아니야.

'등잔 밑이 어둡다'일까?

아니야.

'땅 짚고 헤엄치기'일까?

아니야.

'뛰는 놈 위에 나는 놈 있다'일까?
아니야.
'마른하늘에 날벼락'일까?
아니야.
'마음이 굴뚝같다'일까?
아니야.
'말 한마디에 천 냥 빚도 갚는다'일까?
아니야.
'말이 고마우면 비지 사러 갔다가 두부 사 온다'일까?
아니야.
'말이 씨가 된다'일까?
아니야.
'목구멍이 포도청'일까?
아니야.
'물이 너무 맑으면 고기가 안 모인다'일까?
아니야.
'믿는 도끼에 발등 찍힌다'일까?
아니야.
'밑 빠진 항아리에 물 붓기'일까?
아니야.
'바늘 가는 데 실 간다'일까?
아니야.
'바늘 도둑이 소도둑 된다'일까?
아니야.

'발 없는 말이 천 리 간다'일까?
아니야.
'밤말은 쥐가 듣고 낮말은 새가 듣는다'일까?
아니야.
'방귀 뀐 놈이 성낸다'일까?
아니야.
'배보다 배꼽이 더 크다'일까?
아니야.
'백지장도 맞들면 낫다'일까?
아니야.
'벼는 익을수록 고개를 숙인다'일까?
아니야.
'벼룩도 낯짝이 있다'일까?
아니야.
'벼룩의 간을 내어 먹는다'일까?
아니야.
'변덕이 죽 끓듯 하다'일까?
아니야.
'병 주고 약 준다'일까?
아니야.
'보기 좋은 떡이 먹기도 좋다'일까?
아니야.
'부뚜막의 소금도 집어넣어야 짜다'일까?
아니야.

'사공이 많으면 배가 산으로 간다'일까?
아니야.
'산 넘어 산이다'일까?
아니야.
'서당 개 삼 년이면 풍월을 읊는다'일까?
아니야.
'선무당이 사람 잡는다'일까?
아니야.
'설마가 사람 잡는다'일까?
아니야.
'세 살 적 버릇이 여든까지 간다'일까?
아니야.
'쇠뿔도 단김에 빼랬다'일까?
아니야.
'식은 죽 먹기'일까?
아니야.
'싼 것이 비지떡'일까?
아니야.
'아니 땐 굴뚝에 연기 날까'일까?
아니야.
'열 길 물속은 알아도 한 길 사람 속은 모른다'일까?
아니야.
'열 손가락 깨물어 안 아픈 손가락 없다'일까?
아니야.

'옛말 그른 데 없다'일까?

아니야.

'오는 말이 고와야 가는 말이 곱다'일까?

아니야.

'오얏나무 아래에서 갓을 고쳐 쓰지 말라'일까?

아니야.

'우물 안 개구리'일까?

아니야.

'울며 겨자 먹기'일까?

아니야.

'웃는 낯에 침 뱉으랴'일까?

아니야.

'원수는 외나무다리에서 만난다'일까?

아니야.

'원숭이도 나무에서 떨어진다'일까?

아니야.

'입에 쓴 약이 병에는 좋다'일까?

아니야.

'자라 보고 놀란 가슴 솥뚜껑 보고 놀란다'일까?

아니야.

'종로에서 뺨 맞고 한강에서 눈 흘긴다'일까?

아니야.

'죽 쑤어 개 좋은 일 하였다'일까?

아니야.

'쥐구멍에도 볕들 날 있다'일까?
아니야.
'지는 것이 이기는 것이다'일까?
아니야.
'지렁이도 밟으면 꿈틀한다'일까?
아니야.
'지성이면 감천이다'일까?
아니야.
'천 리 길도 한 걸음부터'일까?
아니야.
'콩 심은 데 콩 나고 팥 심은 데 팥 난다'일까?
아니야.
'하늘은 스스로 돕는 자를 돕는다'일까?
아니야.
'하늘을 보아야 별을 따지'일까?
아니야.
'하늘의 별 따기'일까?
아니야.
'하늘이 무너져도 솟아날 구멍은 있다'일까?
아니야.
'하룻강아지 범 무서운 줄 모른다'일까?
아니야.
'한술 밥에 배부르랴'일까?
아니야.

'호랑이에게 물려 가도 정신만 차리면 산다'일까?
아니야.
'호미로 막을 것을 가래로 막는다'일까?
아니야.
'호박이 넝쿨째로 굴러떨어졌다'일까?
아니야.
'혹 떼러 갔다가 혹 붙여 온다'일까?
아니야.
'황소 뒷걸음치다가 쥐 잡는다'일까?
아니야.
….

도저히 답을 찾을 수가 없었다.

정말 간절한 마음에 나는 지금이라도 사형께 찾아가서 이 화두의 뜻을 물어보고 싶었지만 내가 사형한테서 화두를 받을 때 사형과 했던 약속이 있었기 때문에 결코 사형께 답을 물어볼 수가 없었다. 이제 와서 나는 이 화두의 뜻을 찾아내지 못한다면 다른 것은 아무것도 할 수 없을 것만 같았다. 내 머릿속에는 온통 화두, 화두, 화두, 이것밖에 없었다.

고민 끝에 나는 큰스님을 다시 찾아뵙기로 했다. 종정 큰스님을 뵙기 위해 이번에도 고생하며 삼천배를 했고, 결국 큰스님 방에 찾아뵀다.

큰스님께서 말씀하셨다.

"그래, 학인 스님은 왜 또 나를 찾아왔는고?"

나는 예를 갖춘 후에 말씀드렸다.

"예, 스님. 제가 ××전부터 제 사형 스님으로부터 화두를 하나 받아 참구하고 있었습니다."

"그래, 어떤 화두냐?"

"예, '서쪽에서 온 달마 스님은 왜 수염이 없을고?' 화두입니다."

껄껄껄.

종정 큰스님께서는 소탈하게 웃으셨다.

"내가 그 스님에게 가르친 걸 너한테 가르쳤구나."

"예. 그런데 아무리 화두를 참구해 보아도 뜻이 찾아지지가 않습니다."

"네 사형도 네게 적절한 뜻의 속담을 찾아보라고 하였느냐?"

"예, 스님."

허허허.

또 한 번 웃으셨다.

"그래, 속담을 몇 개나 살펴보았느냐?"

"예, 한 500개는 넘을 겁니다."

"장하다. 이제 네가 곧 깨치리라."

"예?"

"기억을 되살려 보아라. 기억나는 속담이 뭐가 있느냐?"

"예, '땅 짚고 헤엄치기'입니다."

"또 뭐가 있느냐?"

"예, '식은 죽 먹기'입니다."

"또 뭐가 있느냐?"

"예, '콩 심은 데 콩 나고 팥 심은 데 팥 난다'입니다."

"한 번만 다시 묻겠다. 마지막으로 또 뭐가 있느냐?"

"예, '물에 빠져도 정신만 차리면 산다'입니다."

"그래. 내가 속담 4개를 물었고 네가 속담 4개를 말했다."

"예, 그렇습니다. 스님."

"그래, 이 속담들은 어디에서 생겨 나왔느냐?"

"예, 제 마음으로 생각해 내었습니다."

"그래, 속담들이 네 마음에서 생겨 나왔다는 말이냐?"

"예, 그렇습니다. 스님."

"그래, 네 마음은 어떻게 해서 그것들을 생겨나게 했느냐?"

"예, '서쪽에서 온 달마 스님은 왜 수염이 없을고'를 생각함으로써 제 마음이 속담들을 일으키게 되었습니다."

"장하다. 네 말이 옳다."

"예?"

"그래, 그럼 그 화두를 생각하는 네 마음이 첫 번째 속담이더냐?"

"아닙니다. 첫 번째 속담은 금방 아니라는 사실을 알았습니다."

"그래, 그럼 그 화두를 생각하는 네 마음이 두 번째 속담이더냐?"

"아닙니다. 두 번째 속담은 금방 아니라는 사실을 알았습니다."

"그래, 그럼 그 화두를 생각하는 네 마음이 세 번째 속담이더냐?"

"아닙니다. 세 번째 속담은 금방 아니라는 사실을 알았습니다."

"마지막으로 묻겠다. 그럼 그 화두를 생각하는 네 마음이 500개의 속담이더냐?"

아하!

그 순간, 나는 위없는 깨달음의 심연 속으로 빠져들었다. 수십 년을 묵혀 왔던 밑동이 쑥 빠지는 느낌이었다. 나는 형언할 수 없는 법열 속에서 무릎을 꿇고 슬피 울며 종정 큰스님께 아뢰었다.

"큰스님! 제 마음은 500개의 속담들을 생각해 일으켰지만 제 마음 자체는 어떠한 속담에 대한 성질도 들어 있지 않았습니다. 첫 번째 속담을 생각해 일으켰지만 금방 잊고 그것과 상충되는 두 번째 속담을 일으켰으므로 제 마음은 첫 번째 속담에 대한 자성이 지워진 것과 마찬가지며, 두 번째 속담을 생각해 일으켰지만 금방 잊고 그것과 상충되는 세 번째 속담을 일으켰으므로 제 마음은 두 번째 속담에 대한 자성이 지워진 것과 마찬가지며, 세 번째 속담을 생각해 일으켰지만 금방 잊고 그것과 상충되는 네 번째 속담을 일으켰으므로 제 마음은 세 번째 속담에 대한 자성이 지워진 것과 마찬가지며, 네 번째와 500개의 속담들도 모두 그러합니다.

첫 번째 속담이기도 하다가 두 번째 속담이기도 하다가 세 번째 속담이기도 하다가 네 번째 속담이기도 하다가 500개의 속담이기도 하므로 저는 제 마음을 첫 번째 속담을 일으키는 성질이 있다고도 두 번째 속담을 일으키는 성질이 있다고도 세 번째 속담을 일으키는 성질이 있다고도 네 번째 속담을 일으키는 성질이 있다고도, 또 생각은 끝이 없으므로 여기서 화두선(話頭禪) 가운데 끝도 없는 의심으로 비유되는 500개의 속담들을 일으키는 성질이 있다고도 할 수 없습니다.

제가 만약 제 마음이 첫 번째 속담을 일으키는 성질을 갖고 있다 말한다면 두 번째, 세 번째, 네 번째, 500개의 속담들을 일으키는 성질을 갖고 있다고 말할 수 없을 것이며, 제가 만약 제 마음이 두 번째 속담을 일으키는 성질을 갖고 있다 말한다면 첫 번째, 세 번째, 네 번째, 500개의 속담들을 일으키는 성질을 갖고 있다고 말할 수 없을 것이며, 제가 만약 제 마음이 세 번째 속담을 일으키는 성질을 갖고 있다 말한다면 첫 번째, 두 번째, 네 번째, 500개의 속담들을 일으키는 성질을 갖고 있다고 말할 수 없을 것이며, 네 번째와 500개의 속담들도 그러합니다!"

껄껄껄.

큰스님께서 기분 좋게 웃으셨다.

"그렇다면 네 마음은 어떠한 물건인고?"

"이 속담도, 저 속담도, 다른 속담도, 어떠한 속담의 성질도 제 마음에 있지 않았습니다. 만약 제 마음에 하나의 속담을 내는 성질이 있다고 한다면 제 마음은 그 하나의 속담만을 내는 마음일 뿐 그다음 오는 속담을 낼 수 없을 것이기 때문입니다. 왜냐하면 제 마음이 그다음 속담의 마음이 된다면 이전의 마음은 폐기되어 지워졌기 때문입니다. 제 마음은 끊임없이 지워졌고 또 지워졌습니다. 제 마음에는 아무것도 없었습니다. 예, 텅 비어 아무것도 없습니다."

나는 이어서 말씀드렸다.

"마치 여기 긴 나뭇가지가 하나 있는데 이것을 보고 길다고 생각할 수도, 짧다고 생각할 수도 있지마는 내가 이것을 길다고 여겼다가 짧다고 여길 수도 있고 짧다고 여겼다가 길다고 여길 수도 있으므로 제 마음은 이것을 길다고 여기는 마음이 아니며 이것을 짧다고 여기는 마음도 아닌 것과 같습니다. 모든 게 텅 비어 고요합니다."

"그래, 네 마음뿐만이 공한 것이 아니라 네 몸도 공한 것이니라. 네가 네 자신을 어떻게 보는지 나는 모르겠지마는 네 키가 크다고 할 수도 있고 작다고 할 수도 있다. 하지만 마찬가지로 네 키는 큰 것이 옳을 때도 있고 작은 것이 옳은 때도 있으므로 크다 할 땐 작은 몸이 아니요 작다 할 땐 큰 몸도 아니니라. 네 몸도 실체가 없고 모든 것이 그러하니 그 스스로의 성품은 무엇이든지 텅 비어 있느니라. 이렇듯 마음은 끝도 없이 생겨나는 것이므로 네가 500개의 생각을 했다손 치더라도 네게 그 500개의 생각을 일으키는 성질이 있다고 할 수 없을 것이로되 왜냐하면 네가 곧 700번째 생각을 일으키게 되기 때문이며, 네가 84,000개의 마음을 냈다손 치더라도 네가 결국에는 무한한 마음을 일으키기 때문으로 내가 네 마음의 성품을 말할 수가 없느니라. 설사 자성이 있어서 이전의 마음을 냈다고 할지라도 네가 새로운 마음을 내면 네 현재의 마음은 이 새로운 마음을 내는 자성을 가진다 해야 옳되 이전의 자성은 이 새로운 자성을 갖춤으로써 폐기되어 없어져 버린 것이니라. 더욱이 실상은 새로운 마음이 거듭거듭 무한하게 펼쳐지니 언제나 지워지고 지워져 이제 내가 바른 말을 하리니 자성은 영원히 없는 것이니라. 또한 앞서 말했듯이 물질 역시 자성이 없으므로 내 마음이 바라보는 우주, 곧 삼천 대천세계는 영원히 무한하게 펼쳐지는 세계로다! 왜냐하면 일체유심조 일수사견이라, 내 세계는 내가 바라보는 대로의 세계이고 세계를 바라보는 내 마음은 끝도 없이 끊어짐 없이 무한하게 펼쳐지기 때문이로다! 그러므로 내 마음이 무한하게 동하는 한에서는 삶 역시 무한하게 돌고 도는 윤회의 수레바퀴 속에 놓이니라. 왜냐하면 세계가 그렇듯 일체유심조 일수사견이라, 나는 내가 바라보는 대로의 나이되 내가 나를 바라보는 마음이 끝도 없이 무한하기 때문이다. 그러나 복이로다, 만약 중생이 만법이 텅 비어 없음을 알면 나의 자아도 텅 비어 없음을 알아 자아가 없으므로, 곧 무아이므로 윤회의 주체가 사실상 없음을 깨달아서 윤회의 수레바퀴를 벗어 나오는지라."

큰스님께서는 이어서 말씀하셨다.

"이제 네게 묻겠다. 깨달음은 사소해 보일 수도 있고 위대해 보일 수도 있다. 이치가 이와 같을진대 네게 필경에 일구는 무엇인가?"

옛말에 이런 이야기가 있었다.
달마대사가 처음으로 중국으로 왔을 때였다. 양 무제는 사람을 보내

달마대사를 불렀다. 그를 본 왕이 물었다.

"내가 지은 불사(佛事)가 얼마만큼의 공덕이 있겠습니까?"

그러자 달마대사가 말했다.

"아무 공덕도 없습니다."

왕은 언짢았다.

"성스러운 진리의 첫 번째가 무엇입니까?"

그러자 달마는,

"텅 비어서 성스럽다 할 것이 아무것도 없습니다."

"당신은 누구요?"

그러자 달마가 대답했다.

"나도 모릅니다."

무아.
이것이 결국에 깨달음이었다.

심심해서 이와 같은 글을 쓰기도 했다.

요즘 며칠 전부터 기분만으로, 느낌만으로 예수님의 무한한 사랑을 느낄 수 있었다. 오늘도 느꼈다.

낮에 호식이 프라이드와 닭발이 생각나 먹고 싶어졌다. 그런데 신기하게도 호식이 프라이드와 닭발을 생각만 하고 있는데도 기분이 좋아졌다.

예수님의 사랑도 그런 게 아닌가 싶다. 예수님한테서 내가 사랑받고 있다는 생각이 그것만으로도 실제로 내가 사랑받고 있는 상태를 만들어 주는 것 같다. 그리고 물론 예수님이 나를 사랑하시고 있다는 생각은 그게 곧 믿음이라고 할 수 있다.

오늘 우울증약은 빼먹고 먹지 않았다.

문득 힐링 애니 〈자다 깨서 마신 우유〉에서 토끼가 꿀우유를 마시고 기분이 좋아지고 힐링받는 장면이 생각났다.

"토끼 넌 마음먹은 대로 다해 낼 수 있을 거야."(그 말을 새기니까 힐링)

"난 할 수 있어. 난 최고야. 예어."

이 애니를 본 것도, 지금 문득 생각난 것도 다 오늘을 예수님을 깨닫기 위한 계획이었으리라.

예전에 내가 '하나님의 영광을 보게 해 주세요'라고 말하는 동영상을 찍고 유튜브에 올린 적이 있었다. 예수님을 느끼고 예수님의 사랑을 느낄 수 있는 순간들이 하나님의 영광이 나타나는 때라고 생각한다. 예수님은 오래 참음(사실 그리 오래도 아니다)이라는 성령의 열매를 통해 내 삶에 역사하시고 기도에 응답해 주신 것이다. 아멘.

새벽에 경건서적 읽다가 예수님의 부활을 합리적으로 설명한, 내가 몇 년 전 228도서관에서 읽었던 책이 떠올랐다. 바로 책 제목이 떠오르지 않아서 포기했는데 새벽 2시 반쯤에 잠이 오지 않아 일어나서 폰으로 '예수님의 무덤을 지키던 경비병들은 처벌을 감수하고도 도망갔다'라고 이전에 학습한 게 있어서 네이버에 검색했더니, 한 블로그 게시 글에서 출처로 그 책 제목이 적혀 있었다. 《누가 예수를 종교라 하는가》, 조쉬 맥도웰, 션 맥도웰이다.

요즘 이렇게 하나둘씩 나를 향하신 계획들이 짜 맞추어지고 있다.

동신교회 청년부 아포슬 '뭣이 중헌디' 유튜브 예배를 드렸다.

며칠 전 《외과의사가 다녀온 천국》을 읽다가 우리가 사는 이유는 '예수님을 닮기 위해 혹은 남이 예수님 닮아 가는 걸 돕기 위함'이라는 걸 읽고 놀랐었는데 오늘 예배 중에 목사님으로부터 그 말이 맞았음을 확인할 수 있었다.

오늘의 깨달음이 있기까지 《외과의사가 다녀온 천국》 책, 동신교회 같이 가자고 해 준 ○○형님, ○○가장님이 있었다. 우연이라기엔 너무 디테일하다. 다 하나님의 계획하심이었다.

교회 안 가고 온라인 예배도 할 생각 없었는데 가장님이 유튜브 영상 예배 안내해 주신 것도 그렇다.

호식이 프라이드 배달이 오늘도 너무 늦어서 사장님이실 기사분께 대사는 부드러웠지만 짜증 섞인 마음을 내뱉었다. 식사하고 방에서 경건서적 읽다가 '해야겠다'라는 생각에 아까 그 마음을 회개하는 기도를 했는데 눈을 떠 보니 방이 뭔가 좀 더 환해진 느낌이 들었다. 남들은 기분 탓이라고 하겠지만 나한테는 회개해서 응답받은 것이다. 감사합니다, 예수님.

내가 성령의 열매인 '오래 참음'을 실천하지 못했음을 회개했었는데 며칠 전 일기를 지금 다시 읽어 보니 그 단어가 나왔다. 내가 조금씩 예수님을 닮아 가려고 하는 중이고 예수님도 그 길을 계획하시고 있음을 깨달았다. 아멘. 놀랍다.

새벽 3시 10분쯤 나를 감싸는 예수님의 사랑이 정말 강하게 느껴졌다. 뭔가 기쁘다.

치과 가서 스케일링, 충치 때우기 했다. 집에 왔다가 ○○형님한테서 연락이 와서 보러 시내에 갔다. 만나자마자 맥도날드 갔다가 황당하게도 바로 헤어지자고 했는데 어떻게 형님이 내가 알라딘 가는 건 같이 가 주었다. 그곳에서 유기성 목사님의 절판되었던 책을 정말 새 책같이 깨끗한 책으로 샀다. 읽는데 너무 은혜롭고 크게 깨달았다. 결국 은혜받고 깨닫기 위해 ○○형님이 나를 불렀고, 그것은 이미 샤워를 해 놓은 상태였기 때문이고, 그것은 치과에 다녀왔기 때문이고, 그것은 단거를 먹었을 때 어금니가 시렸기 때문이었다(어금니가 아픈 것 → 은혜와 깨달음).

예수님은 이렇게 놀랍도록 나를 인도해 주시고 계획해 주신다. 아멘. 감사합니다, 예수님.

예수님께서 성령님의 모습으로 내 '안'에 계신다는 사실을 깨달았다. 책을 읽기 전까지는 예수님의 무한한 사랑이 내 온몸을 감싼다고 느꼈고 생각 내리게 됐었는데 이제 '그리스도가 내 안에' 계신 의미를 깨달았다. 아멘. 감사합니다.

일요일에 기사님(사장님일 듯)께 너무 배달이 늦어 눈치를 줘서 그런지 또 호식이 두 마리를 시켰는데 오늘은 훨씬 빨리 왔다. 예수님, 감사합니다.

○○에게 연락이 와서 ○○프로그램 참여한다고 말했다. 조금 이따 ○○한테서 전화가 왔는데 주민등록번호를 알려 달라길래 불안해서 ○○에 말해 놓겠다고 하며 끊었다. 호식이 먹고 나서 그때까지 ○○을 상상 속에서 거의 돈 빼돌리는 사기꾼으로 만들어 놓고 나쁜 생각을 일으켰는데 ○○선생님과 통화하고 오해가 풀려 좋은 분이시라는 걸 알았다. ○○님과의 통화 중에 내 나쁜 마음이 분명 전달됐을 것이다. 그래서 나에 대한 노여움을 풀어 달라고 내가 죄를 자백하고 회개 기도를 드렸다. 약간 장문의 카톡을 그분께 보내고 답장이 왔는데 다행히 잘 넘어가게 되었다. 예수님의 은혜 덕분이다. 감사합니다, 예수님. 아멘.

《내 안에 계신 예수님과의 행복한 동행》을 읽고 있는데 기독교가 정말 스펙터클하구나 하는 생각이 들었다.

오후에 ○○형님 만나서 카페에서 얘기를 나누며 교회 관련해 고민을 털어놓았는데 ○○형님이 말씀하시기를, "나도 1년 동안 매일 처음에 말 걸어 주는 사람 없고 왕따였는데 시간이 지나고 나중에 그와 비슷한 상황에 처하니까 그때 그 경험이 자산이 되어서 다음부터 웬만한 상황은 끄떡없다."라고 했다.

그렇다. 소외감 느끼고 소외받는 그런 상황을 하나의 환난이나 고난이라 생각하며 고난인 소외받는 상황을 잘 참고 이겨 내면 다음번 비슷한 상황 때 강건히 이겨 나가게 만들어 줄 인내와 연단의 시기가 되어 준다. ○○형이 또 말씀하셨다. "넌 믿음이 강하니까 믿음으로 교회를 잘 다녀 봐."

○○형, 예수님, 감사합니다. 교회 열심히 다니겠습니다.

내게 교회는 나의 성숙을 위한 자리다.

교회 잘 갔다 왔다.

저녁인가 밤일 땐가, 침대에 누워 있는데 갑자기 ○○형님은 아무래도 나를 하찮은 존재로 생각하시는 게 아닐까 하는 생각이 들었다. 그때 다행히 느낀 바가 있어 속으로 외면서 선포했다. "이건 마귀가 심어 놓는 생각이다. 예수님의 이름으로 명하노니 마귀야 물러가라. 예수님, 감사합니다. 아멘." 기도를 마치자마자 그런 생각이 더 이상 들지 않았다! 그 생각은 그 즉시 내 머릿속에서 떠나갔다. 이렇게 더욱 예수님을 믿는 믿음이 굳건해지고 또 마귀의 존재와 마귀를 물리치는 예수님의 권세를 체험하게 된 소중한 날이었다.

앞으로도 허물과 죄에 사로잡히거나 사로잡힐 뻔할 땐 오늘처럼 행동해야겠다. 아멘.

갑자기 쇼하고 정신 병동에 입원하고 싶은 충동이 든다. 왜일까. 마귀가 내게 심어 놓는 생각이다. 예수님의 이름으로 명하노니 마귀야 내게서 물러가라. 예수님의 이름으로 기도합니다. 아멘.

옥한흠 목사님의 《나를 사랑하느냐》를 알라딘 중고 서점에서 샀다.

권태가 문제다. 뭔가 자극적인 것에 길들여졌는데 이제 그만한 자극이 없으니까 미쳐 버리는 거지. 미치면 안 된다. 미치지 말자.

○○형님을 만나 카페에서 얘기했는데 자기는 어머니의 사랑을 이해할 수 없다고 하셨다. 조건 없는 사랑은 본인에게는 손해일 테니까 라고 말했다. 그런데 밤에 옥한흠 목사님의 책을 읽는데 146페이지에서 다음과 같은 구절이 있었다.

"사랑이 진짜라면 그 안에는 항상 일종의 낭비라고 여겨지는 것이 있기 마련이다."

아멘.

교회 잘 갔다 왔다.

교회 화장실에서, 교회 로비의 거울 앞에서(그리고 버스 창문 앞에서) 자격지심을 갖지 않기로 마음먹었었는데 오늘 정말 예수님께 감사하게도 평소엔 내 외모가 바보 같다 생각했었지만 오늘은 전혀 안 이상하고 오히려 나도 괜찮네 하는 긍정적인 마음, 자신감, 자기애가 솟아올랐다. 평소에 자격지심을 갖지 않게 해 달라고 예수님께 기도드린 것에 예수님께서 응답해 주신 것이다. 정말 감사합니다. 아멘. 오늘처럼 사람 욕심 내지 말고 자격지심 내려놓고 혼자서 사람들한테 서운하게 생각하지 말고 오직 예수님만 바라보며 예배에 충실하자.

자격지심에 대해서… 마귀가 자격지심을 심어 놓고 역사할 때와 예수님께서 나를 향한 사랑으로 내 안에 역사하실 때의 차이가 정말 천지 차이임을 느꼈다. 예수님만 의지하자. 감사합니다, 예수님. 아멘. 앞으로도 마귀가 역사하려 할 때마다 빨리 알아차리고 예수님만 바라보자. 힘내자. 내가 정말 딴사람이 된 기분이었다. 이제껏 내가 '나 자신을 바보처럼 생겼다는 생각을 도대체 왜 했을까, 나를 보니까 실제로 괜찮은데'라는 생각이 들었다. 왜 이때까지 나를 바보처럼 봤는지 도대체 내가 이해가 안 될 만큼 내가 달라져 있었다. 예수님으로 인해 내가 변화한 것이다.

"새로운 피조물이라… 보라 새 것이 되었도다" 말씀에 동의합니다. 믿습니다. 아멘. 앞으로도 쭉 나 스스로 나를 비하하지 않기를 예수님의 이름으로 기도합니다. 아멘. "주는 영원히 찬송할 이시로다. 아멘."

《나는 죽고 예수로 사는 사람》 책 읽다가. 십자가가 있었기 때문에 내 안에 예수님께서 계시는 것이다. 믿음으로 성령 충만을 체험하고 (이어지는) 믿음으로 십자가, 부활을 확신한다. 아멘. 예수님 감사합니다. 놀랍다. 이렇게 예수님이 확신이 되니까 천국도 확신이 든다. 또 이 모든 확신이 믿음을 통해서였으니 당연히 '믿음으로 구원을 받는다'라는 사실도 확신이 든다. 아무튼 성경 전체를 확신하게 될 수 있다.

한 권을 반복해서 8번 읽으니까 점점 더 엄청난 것을 깨닫게 된다.

일기를 꾸준히 써서 일기를 바탕으로 간증 에세이를 써 보는 것도 참 의미 있겠다는 생각이 들었다.

○○한테 전화가 와 신천 스케이트장에서 스케이트를 탔다. 태어나서 두 번째 스케이트를 탄 것이다. 처음에는 잘 걷지도 한 발 떼기도 힘들었는데 구석에서 왔다 갔다 반복해서 연습하니 두 시간도 안 돼서 실력이 크게 향상됐다. 무엇이든지 반복할 때 실력이 빠르게 는다는 삶의 지혜를 깨달았다. 유기성 목사님의 책을 반복해서 읽었던 경험도 그렇고. 또 '바쁠수록 천천히 해라. 그래야 사고 안 난다.'라는 말씀을 유념하면서 조금씩 지금 수준을 다지다가 자신감이 좀 붙으면 반 발자국 더 내딛

어 보고, 그렇게 한 발 한 발 내딛는 게 실력에 대한 정석이 아닐까 생각해 보았다. 나는 정말 잘 탔다. 한 번도 넘어지지 않았다. 예수님의 이름으로 감사 기도 드립니다. 아멘. 감사합니다, 예수님. 오늘도 크게 깨달은 날이었다. 이 일기장 앞표지에 오늘을 기념하는 '스케이트장 입장권'을 붙였다.

마음이 예수님만 바라보고 있으니까 발을 씻든 물을 마시든 모든 것이 예수님의 은혜임을 더 이상 이론상이 아닌 체험적으로 느끼고 깨달았다. 감사합니다, 예수님. 아멘.

○○형님과 카페에 갔는데 ○○형이 "뭘 하든 재미있어야 된다."라고 말씀하셨다. 오늘 교회를 떠올렸는데 교회 다니는 게 참 재밌다는 생각이 들었다. 내가 예수님의 크신 계획 속에 있는 것이다. 예수님께 항상 감사합니다. 아멘.

동신교회 새벽기도회 잘 갔다 왔다. 정말 즐거웠다.

저번 주 목요일에 감사하게도 나를 새벽 기도에 픽업해 주신 ○○ 가장님의 차에서 들었던 찬양이 심형진 님의 〈비 준비하시니〉, 특히 Classical music version인 것 같다. 요즘에 그 노래를 알고 싶었는데 내 간구를, 나의 구함을 내게 주시는 예수님 감사합니다. 저녁에 닭발 먹고 배불러서 방 침대에서 쉬고 있을 때 들었던 찬양이 정말 은혜로워서인지 속으로 예수님께 말씀드렸다.

'예수님 사랑합니다. 주의 백성이 주님을 사랑합니다.'라고….

낮에 어머니와 ○○에 가서 기모 바지를 샀다. 저번에 간 ○○에서. 바지 고를 때 사장님께 짜증을 내서 옷 갈아입고 나와 결제하는 시점에 "사장님, 아까 짜증내서 정말 죄송합니다."라고 용서를 구했다. 밝게 용서해 주시는 모습에 참 많이 감사했고 또 다행이었다.

용서를 구하고 용서를 받는 것이 정말 복이 됨을 절실히 깨달았다. 용서라는 것, 그것은 그것 자체로 은혜다. 예수님의 마음으로 예수님의 용서. 감사합니다, 예수님. 아멘.

밤 12시 13분쯤에 잠이 안 와서 뭐할까 하다 사 놓고 이때껏 거의 안 읽은 유기성 목사님의 《당신은 행복하십니까?》 교재를 빠르게 훑으며 읽었다. 좋은 책이었다. 그런데 다 읽고 새로운 마음으로 앞표지부터 뒤로 휘리릭 빠르게 넘기는데 책 앞날개에서 금열쇠를 본 듯했다. 다시 펼쳐서 앞날개를 보니 그건 유기성 목사님 사진이었다! 사실 내가 구원의 확신을 얻은 건 유기성 목사님 덕분이었다. 난 환상(?)이었던 황금열쇠가 바로 '나의 천국 열쇠는 유기성 목사님이셨다'라는 사실을 예수님 안에서 내게 알려 주신 거라고 장난스럽게 믿는다. 예수님, 감사합니다. 아멘.

낮에 ○○형님 집에서 피자 먹고 실수로 교회에 안 좋은 말을 했다고 말했는데 후회되어 집에 오는 버스 안에서 회개 기도를 하며 내 말이 다른 사람 귀에 퍼지지 않도록 해 주세요, 라고 기도를 했다. 그런데 내 안과 밖에 차별 없이 오직 한 분이신 예수님을 느끼며 기도하니 마음이 새로웠다. 뭔가 기도가 '예수님과 대면하고 만나는 것'이라는 동부교회 청년부 목사님의 예전 말씀이 떠오르면서 진정한 기도란 이와 같은 것이 아닐까 생각했다. 예수님의 임재를 느끼면서 하는 기도. 아멘. 예수님, 예수님, 감사합니다. 아멘. 뭔가 그렇게 기도하니까 '구한 것은 이미 받은 줄로 알고 감사하라'라는 진리의 말씀이 정말 와닿았다.

밤 12시 4분에 예수님께 기도했다. 내가 사람 욕심내지 않겠다 다짐했는데 성도의 교제라는 것 안에서 좋은 교회 친구를 사귈 수 있게 해 달라고 기도했다. 그런데 몇 분 기도를 쭉 하는 중에, (물론 계속 혼잣말 통성 기도를 한 것이었지만) 예수님께서 내 마음에 예수님 당신의 생각을 심어 주시며 역사하셔서 깨달은 바가 있었다. 일주일에 한 번 주일성수 하는 날 교회라는 곳 안에서 만나 함께할 때 기쁘고 즐겁게 마음을 조금씩 조금씩 나누며 서로 환대하고 서로 환대받는다면 그것이 바로 성도의 교제 틀 안에서 진정하고 참된 친구가 아닐까 하는 생각에 이르렀다.

그렇다. 예수님은 분명 세상적인 가치와 다른 가치의 관점을 내게 가르쳐 주신다. 깨우쳐 주신다. 세상적인 관점에서의 친구란 그것과는 훨씬 다르다. 하지만 이제 안다. 예수님께서 깨우쳐 주신 '친구'라는 것이 훨씬 건강하고 행복한 관계라는 사실을. 그렇다. 세상적인 친구, 세상이 주입하는 생각 마음은 친구라는 대상에 집착하게 만들고 결국 실망하고 상처받는 삶을 만들어 낸다. ○○형이 불편해지고 실망하게 되고 점점 멀어지게 되고 같이 있을 때 내 마음 불편해지는 것과 같다. 하지만 예수님 안에서의 친구란 그런 것이 없다. 내가 진 짐을 덜 수고롭게 해 주시는 예수님. 친구라고 하는 '관계의 종'에서 벗어나 나를 자유케 해 주시는 주님. 감사하고 감사하고 또 기도합니다. 아멘. 예수님 오늘도 기도 응답 정말 감사드립니다. 아멘. 홀로 영광 받으소서 예수님. 아멘.

예수님께 기도하면 난 내 안에 계신 예수님 안에서 내 답을 찾게 된다.

잠이 안 와서 《나는 죽고 예수로 사는 사람》 책을 11번째로 읽고 있는데… 와… 놀랍다. (좋은) 책 한 권을 10번 넘게 읽으니까 수미가 일관되고 일이(一以)로 관통이 되는 경험을 하게 된다. 역시 '독서는 반복'이다.

결국 복음의 핵심은 내 안에 예수님이 거하시는 것(내주하심)이 아닐까? 그저 11번째로 읽고 있는 현재의 판단일 뿐이다. 예수님 제게 지혜의 눈 영의 눈 뜨게 해 주셔서 감사합니다. 예수님의 이름으로 감사드립니다. 아멘.

중학교 2학년 때 같은 반 친구였던 ○○이 갑자기 떠올랐다. 당시 그 친구를 다른 친구들과 함께 따돌렸던 기억도 함께 떠올라 예수님께 즉시 회개했다. 그런데 오늘 깨달았다. 이제 예수님을 항상 느낄 수 있고 나와 언제나 함께 계심을 알고 그래서 예수님을 의식하고 대면하면서 기도를 드렸는데 내 앞에 그리고 내 안에 계신 예수님은 노하지 않으셨다. 무덤덤하셨다(아무 일도 일어나지 않았고 이전처럼 집안에 평화로움이 죽 이어졌다). 그때 깨달았다. 예수님은 우리가 회개해도 노하지 않고 화내지 않으시는 분이라는 사실을! 예수님 감사합니다. 예수님은 언제나 나를 지켜보시며 나를 사랑으로 감싸 주시는 분이시다. 감사합니다, 예수님. 아멘.

저녁에 신년특별기도폭풍집회(신년기폭)에 다녀왔다. 이번이 두 번째로 저녁도 교회분들이랑 같이 먹었다. 다 같이 먹으면서 혼자 약간씩 소외감을 느꼈는데 그럴 때마다 바로 알아차리고 마귀의 역사임을 깨달아 '이런 자리에 참여하는 것만으로도 충분히 감사합니다'라며 스스로 자족하고 만족하니까 정말 즐거웠고 행복했다. 항상 소박하고 겸손하고 기뻐하며 자족해야겠다. 그렇게 예수님 안에서 항상 기뻐하고 감사함으로 나아갈 때 내 자신이 초라해지지 않고 즐거울 수 있다는 사실을 깨달았다. 감사합니다, 예수님. 아멘. 신년기폭 오늘까지 두 번 들었는데 모두 너무 은혜로웠다. 아멘.

오후 6시쯤. 동신교회 신년기폭 가려고 버스 정류장에서 한참을 버스 기다리다가 갑자기 내면에서 예수님의 기도하라는 명령이 들려서 가벼운 마음으로 '예수님 349번 버스가….'까지만 기도했는데 바로 그 순간 버스가 왔다!

기도를 응답해 주시는 예수님을 만났다. 아멘. 감사합니다, 예수님. 아멘. 그러면서 《외과의사가 다녀온 천국》 앞부분 간증이 생각났다.

이날은 정말 기적과 같은 날이었다.

(버스는 도착하자마자 한 대가 가 버려서 정류장에서 한 20분 정도 기다렸다)

불교.

선(禪). 화두를 참구하면서 마음속에 아무것도 없는데, 마음이 텅 비어 있는데 그 텅 빈 곳에서 이런 생각 저런 생각 여러 의심들이 생겨난다. 아무것도 없는데 생겨난다는 것. 이것이 깨달음이었던 것이다. 진공묘유. 무아.

예수님께서 자꾸만 이러저러한 불교적 깨달음 지혜를 주시는 걸로 보니까 마음의 중심을 예수님께 온전히 두는 한 이웃 종교에 대한 이해가 나쁘지 않을 거라는 생각이 들었다. 교양으로 불교 등을 읽어도 괜찮을 것 같다. 마귀가 심은 생각은 아닐 것이다. 마귀는 거짓의 아비요 지혜가 있는 자가 아닐 테니까. 예수님, 감사합니다. 아멘.

밤에 침대맡에 무릎 꿇고 예수님께 기도하고 난 뒤 바로 누워서 잠을 청하고 있는데 갑자기 불교적 깨달음을 얻었다. 견성성불이라고 했다. 스스로의 성품을 보게 되면 부처가 된다고 했다. 그렇다. 앞에 적어 놓은 것에 이어서. 내가 (내 마음이) 텅 비어 있어 그 자리에 실상 아무것도 없음을 깨달았을 때, 스스로가 텅 빈 존재임을 깨달았을 때 그때가 견성성불 하는 순간이고 부처가 된다. 나는 원래 텅 비어 아무것도 아닌 존재인데, 내가 '나는 겁 많은 사람이다'라고 (마음으로) 여겨서 내가 실로 겁 많은 사람이 되고, 내가 '나는 용기 있는 사람이다'라고 (마음으로) 여겨서 내가 실로 용기 있는 사람이 되는 것이다. 이때 실상은 '내'가 겁쟁이도 아니고 용감한 자도 아니며 결국 아무것도 아닌 텅 빈 존재다. '무아'

라는 말이다. 그렇게 이런 지혜(깨달음)를 통해서 불교적 구원을 얻는구나…. 아무아(我無我)는 자연스럽게 법무아(法無我)로 확장이 된다.

기도하면서 "불교 사상을 떠올리니까 예수님을 바라보고 집중하는 것이 확실히 흐려지는 것 같아서 불교에 관심을 두지 않겠습니다."라고 기도했는데 이런 지혜의 응답을 곧바로 받은 이상 불교를 적어도 무시는 하지 않아야겠다. 예수님, 감사합니다. 아멘.

지금 이건 예수님께서 내가 불교에 대해서 깨닫게 되었음에도 내가 예수님께 온전히 마음의 중심을 드리고 예수님만 믿게 되는지 지켜보시는 '가데스 바네아'(최병락 목사님, 신년기폭)일 것이다. 아멘. 저는 그럼에도 영원히 예수님만 믿겠습니다. 아멘. 저를 지켜 주소서. 감사합니다, 예수님. 아멘.

《법륜스님의 금강경 강의》,《법륜 스님의 반야심경 강의》를 조금씩 읽고 누웠는데 내면에서 '이제 알겠느냐' 하시는 예수님의 음성을 들었다. 그렇다. 불교를 깨닫고 싶어 했던 과거의 진실한 소망을 오늘에서야 예수님께서 응답해 주신 것이다. 내게 지혜의 복을 주신 예수님이시다. 아멘. 감사합니다, 예수님.

요한복음을 읽다가 문득 깨달았다.

불교에서 사람마다 대상을 다르게 보기 때문에 대상이 무아이고 텅 비었다고 하는데, 잘 생각해 보면 인간적인 시선에서는 정말 아무 고정된 것도 없고 텅 비어 있는 것으로 보이지만, 과연 누가 그 아무것도 안 보이는 자리에 우리보다 고차원의 대상이 있어서 우리가 그것을 인지하지 못하는 것이 아님을 알 수 있겠는가! 마치 천사가 사람의 눈에 안 보이는 것과 마찬가지이다('공도 공하다'는 독단이 불교가 침묵으로 방어하는 최후의 약점이다).

그런데 기독교는 고차원의 존재를 말한다. 예수님, 천사, 성령, 마귀 등등. 그렇게 생각해 본다면 어떤 점에서는 기독교가 불교보다 더욱 합리적이라는 생각이 든다. 아멘. 감사합니다, 예수님. 아멘. 아멘.

저녁에 방에서 책 읽으며 쉬고 있었는데, 교회에서 옆 사람과 인사 시간 때 여자 성도분이 내 인사를 안 받아 주셨던 것 같다는 생각이 들면서 나 자신이 너무 초라해지고 우울해졌지만 순간 '마귀가 심는 마음'임을 알아차리고 마음을 추스렸다. 이런 때들이 앞으로도 수없이 많을 것이다. 이번이 처음도 아니고. 그럴 때마다 즉각 '마귀의 역사'임을 깨닫고 오직 예수님만 바라보며 작고 작은 내게 이것조차 한없는 은혜임을 깨달으며 항상 감사하자고 다짐한다. 예수님 감사합니다. 저를 부디 끝까지 붙들어 주소서. 저는 주님에게서 돌아서길 결코 원하지 않습니다. 한없는 은혜 한없는 믿음 내게 이루소서. 예수님의 이름으로 경배하고 기도합니다. 아멘.

오늘 정신과 외래 동산병원에 갔다 왔는데 진료 다 보고 2층 주사실로 내려올 때였나 '선한 소원은 예수님께서 나중에 이루어 주실 것을 미리 알려 주시기 위해 내 마음속에서 품어지는 것'이라는 덴젤 워싱턴님의 말씀이 떠올랐다. 《감사의 기적》 책에서 감사를 많이 하면 예수님의 임재를 체험하게 된다고 했다. 예전에 내가 유튜브에 '하나님의 영광을 볼 수 있게 해 주셔서 감사합니다'라고 말했던 영상도 찍어 올리고, 요즘 마음속으로 수시로 감사도 했는데 정말 그 선한 소원이 거의 온전하게 실현되었음을, 이루어졌음을 깨달았다. 인생이라는 게, 세상이라는 게 정말 신기하다. 신비롭다. 중학생 때부터 고등학생 때 겨우 생각해 냈던 내 꿈인 소설가가 이제 곧 있으면 자비출판으로나마 실현될 것임을 아는 것과 함께. 놀랍다. 감사합니다, 예수님. 아멘.

이미 받은 넘치는 은혜만으로 항상 기뻐할 순 없을까 고민이고 그렇게 되고 싶고 예수님께 기도하고 싶다. 아멘.

낮에 깨서 폰을 확인해 보니 튀르키예, 시리아 지진 긴급 구조 모금을 바라는 세이브더칠드런 문자가 와 있었다. 최근 들어 불우 이웃 돕기는 잘 안 하게 됐는데 며칠 전에 동신교회 목사님의 '어려운 자를 돕는 것은 여호와께 꾸어 주는 것'이며 예수님이 더 크게 내게 갚으신다는 말씀이 생각나기도 해서 세이브더칠드런에 10,000원을 후원했다. 그런데 어제 호식이 프라이드와 닭똥집튀김 세트를 내 돈으로 주문해서 부모님과 다 같이 먹었는데 오늘 점심 먹고 좀 쉬고 있을 때 어머니가 "똥집값은 내가 줄게."라고 하시며 13,000원을 내게 주셨다! 전혀 기대도 하지 않았는데! 예수님께서 내가 튀르키예 이웃들을 도운 것을 대신 갚아 주신 것이라 믿는다. 오늘도 간증 있는 하루였다. 예수님 감사합니다. 아멘. 기쁘다.

○○랑 〈더 퍼스트 슬램덩크〉 영화를 봤다. 강백호 왈, "포기하는 순간 경기는 끝나는 거다."

감명 깊었다. 명작이었다. 예수님, 감사합니다. 아멘.

저녁 먹기 조금 전에 갑자기 고향만두 군만두가 먹고 싶어져서 폰으로 네이버 이미지들을 살펴보았다. 그런데 사진을 바라보고 있기만 해도 기분이 너무 좋았다. 내게 예수님도 그런 분이시다. 생각만 하고 상상만 하는데 믿음으로 예수님의 사랑을 느끼는 버릇이 체화가 되니 이제 예수님 아닌 세상 것들에도 생각과 상상만으로도 흡족하고 기쁠 수가 있게 된 것이 아닐까 하는 생각도 해 본다. 모든 것이 예수님의 은혜입니다. 감사합니다, 예수님. 아멘. 아멘.

어제 집에서 양치할 때, 오늘 탕에서 목욕할 때 거울을 보고 있는데 나

외에 누군가가 있는 것 같은 느낌이 들었다. 아마 예수님이실 것이다. 아멘. 예수님, 제가 앞으로도 예수님을 더 잘 느낄 수 있도록 은혜 내려 주시옵소서. 예수님의 이름으로 기도합니다. 아멘.

교회 갔다 왔다. 청년부 '흔들릴수록 선명해진다'라는 전승욱 목사님의 설교 너무 은혜로웠다. 감사합니다, 예수님. 아멘. 초신자팀 10주 차로 마무리 잘했고 성경과 핸드워시 선물 받았다. 은혜 감사합니다, 예수님. 홀로 영광 받으소서. 아멘. 감사합니다.

족발이 먹고 싶어져 배달의 민족 족발집 리뷰란에서 족발 사진들을 몇 개 봤다. 배가 고파 라면이 먹고 싶어져서 부엌에 불 켜고 라면 수납장 열어 신라면, 짜파게티 봉지라면 쳐다보다가 '상상하게 됐으니 됐다' 하고 방으로 돌아왔다. 자려고 누웠는데 내면에서 예수님의 말씀이 들려왔다. '구하고 기뻐하라' 그렇다. 예전에 호식이 프라이드와 닭발 먹고 싶어졌을 때 마음속으로 생각하고 나니 안 먹어도 기분 좋았었던 것처럼 오늘도 족발, 신라면, 짜파게티를 눈으로 보기만 했는데도(리뷰 사진, 봉지 라면) 마치 내가 방금 그 음식들을 먹은 양 배도 덜 고파지고 기분이 좋아졌다. 그래서 예수님께서는 '무엇이든지 구하고, 구한 것은 이미 받았다고 생각해라'라고 하신 것이리라. 구해서 실제로 물질적으로 받게 되는 것도 응답이지만(아멘) 구한 후 물질적으로 받지 않아도 정신적으로 받게 되는 것도 응답인 것이다(아멘). 깨달음의 은혜 오직 예수님께 감사드립니다. 아멘. 저의 믿음 단단하고 견고하게 키워 주시옵소서. 감사합니다, 예수님. 아멘. 예수님 제가 예수님만 의지할 수 있도록 도와주시고 은혜 내려 주시옵소서. 감사합니다, 예수님. 아멘.

(순간 문득) 무슨 생각, 말, 기도를 하고 이어서 감사하는 것 자체가 이미 구한 것이 이루어졌음에 기뻐하고 예수님께 감사하는 것이라는 생각

이 들었다. 감사합니다, 예수님.

'구하고, 이미 받았음을 믿고 감사하자.'

상상만으로도 구하는 것을 받을 수 있다.

믿음만으로도 내가 예수님 안에 예수님이 내 안에 거할 수 있다. 만세! 불 끄고 침대에 누워서 "예수님은 여기 있습니다. 감사합니다."라고 소리 내며 작게 혼잣말을 하니 그 순간 바로 예수님이 여기 계심이 강하게 느껴졌다. 역시 작게라도 입으로 말로 기도하는 것이 예수님의 역사하심이 강하구나, 말의 힘이 세구나 함을 느꼈다. 감사합니다, 예수님. 아멘.

디지몬 스티커 붙이고 일기장이 너무 예뻐져서 기분이 정말 좋다. 기쁘다. 감사합니다, 예수님. 아멘.

문득 깨달았다. '모든 게 텅 비어 없다.'라고 주장하는 불교는 논리적이되 영성적이지는 않다. 불교는 공함 가운데 아무것도 없다고 한다. 곧 텅 빈 자리에 우리가 보지 못하는 고차원의 무언가가 있지 않을까 하는 질문에 입을 막는다. 그런데 자연을 살펴보면 고차원과 저차원은 분명히 있다. '돼지에게 클래식 음악은 그저 음파의 진동일 뿐이다.' '개미는 용서의 개념을 죽었다 깨어나도 알지 못할 것이다.' 그렇다. 우리보다 하등 생물 사이에도 차원의 다름이 있듯, 저차원이 고차원을 볼 수 없고 이해하지 못하듯 우리도 비교해 보아 우리보다 상위 차원의 무언가가 분명 있을 것이다. 그리고 그 고차원은 분명 신일 것이다. 양자역학과 불교는 모든 게 텅 비었다 하되 철학(러셀,《철학이란 무엇인가》)과 기독교는 세상의 실상을 말한다. 아멘. 지혜의 깨달음 주신 예수님께 감사드립니다. 아멘.

새벽에 성경 읽다가 깨달았다. 나는 마태복음에 나오는 백부장처럼 오직 예수님의 사랑과 능력을 믿는 믿음만으로 내 기도가 이루어질 것을 믿습니다. 만일 그렇지 않다면 내 생각보다 높으신 주님의 뜻이 이루어진 것임을 믿습니다. 아멘.

새벽 4시 반, 늦은 점심시간 때 롯데시네마 만경관 가서 영화 끊고 기다리며 핫도그 사 먹고, 영화 보면서 팝콘 먹는 계획을 기대하며 머릿속으로 상상했는데, 신기하게도 낮에 굳이 그렇게 안 먹더라도 지금 이 순간 핫도그와 팝콘을 둘 다 맛있게 잘 먹은 것처럼 매우 기분이 좋아졌다. 누군가는 날 이해하지 못할 말이지만, 나는 이 순간 이미 핫도그와 팝콘을 먹은 것이다!

그런 생각이 들면서 놀랍게도 예수님에 대해서도 깨닫게 되었다. 예수님을 믿고 구원을 믿어 확신하고 언젠가 천국에 가서 살게 될 거라는 믿음과 확신 및 상상만으로도 이미 그것은 내가 이미 구해 받은 것이 되는 것이다! "구하고, 구한 것은 받은 줄로 믿으라 그러면 그렇게 되리라"라는 예수님의 말씀이 선명해졌다. 아멘. 천국을 믿고 마음으로 상상하며 사는 삶은 이미 하나님의 나라가 우리 안에 있는 것이리라. 아멘.

오직 예수님만으로 행복한 인생, 바로 이것이다! 감사합니다, 예수님. 아멘. 정말 믿음으로 받을 수 있고 인생에서 받을 수 있는 최고의 복은 이것이다.

갑자기 그런 생각이 들었다. 예수님을 믿는 삶은 내 인생의 계획을 아는 삶이다. 내 인생을 아는 삶이다. 내가 믿음으로 예수님께 기도를 하면 내 인생은 그렇게 되리라는 것을 안다. 설사 막상 그렇게 되지 않았다 하더라도 내 기도와 다른 상황이 내 생각보다 크신 예수님의 나를 향하신 계획임을, 그래서 결국 내 인생의 계획은 이것이었다는 사실을 안다. 비록 나는 사람이어서 내 인생을 미리 다 온전하게 알 수는 없을지라도 기도를 하고 예수님의 인도하심을 믿는다면 현재에 있는 나는 비록 부분적으로라도 내 미래의 계획을 아는 것이다. 내 미래가 나의 기도 나의 예상과 달라도 상관없다. 현재 나는 기도로 내 미래를 이 만큼 알고 있고 혹 내 기도와는 다르게 펼쳐진 미래에서 내 계획을 다시 새롭게 이 만큼 알게 되었기 때문이다. 어느 모로 보나 내 인생은 예수님의 크신 계획 속에 있다. 아멘. 감사합니다, 예수님. 아멘.

이전에 적은 글에 이어서, '돼지에게 클래식 음악은 그저 음파의 진동일 뿐이다.' 돼지보다 고차원에 속한다고 할 수 있는 우리에게는 음악이 그 안에 사람의 마음을 움직이게 하는 무언가가 있음을 알 수 있다. 우리에게 그것이 당연하니 분명 클래식에는 그러한 무언가가 그 안에 있을 것이다. 그런데 앞서 말했듯 돼지의 인식 속에는 그러한 것이 전혀 없다. 아마 말할 수 있다면 아무것도 없다고 그럴 것이다. 우리는 이 세상에 지진을 미리 알려 주는 것은 없다고 믿는다. 하지만 뱀이나 개구리 등은 지진이 오기 전에 본능적으로 미리 알아챈다. 우리에게 지진을 미리 알려 주는 것이 없다고 이 세상에 지진을 미리 알려 주는 것이 없는 것은 아니다.

불교도 마찬가지라고 생각한다. 돼지와 우리의 차이가 물론 여러 가지가 있을 수 있겠지만 결정적으로는 저차원과 고차원의 차이라고 본다. 이때 돼지를 우리로, 클래식을 대상 사물로, 인간을 우리보다 고차원일 무언가로 대입시켜 보게 되면, 돼지가 클래식을 아무것도 아닌 것으로 보듯 우리가 논리 등으로 대상 사물이 텅 비어 그 안에 아무것도 없는 것으로 보는 것이다. 돼지가 클래식을 대하는 태도와 무엇이 다를까. 불교적 표현을 빌려 말하자면, 이 말은 사물의 공함 가운데는 우리가 인지하기 어려운 무언가가 있는 것이 아닐까 하는 의문이다. 그럼 이 물음에 불교는 뭐라고 답변하느냐, "공도 공하다. 공마저 실체로 보는 사람에게는 부처님이 오셔도 그를 구제하지 못 한다."라고 말한다. "이거 무슨 색이야?", "응, 빨간색이야.", "왜 이게 빨간색이야?", "빨간색이 빨간색인데 이게 왜 빨간색이라고 묻는다면 아무도 너에게 이게 빨간색이라는 사실을 알려 줄 수 없어." 이와 같은 논리와 무엇이 다를 것인가.

그래서 나는 나의 합리성으로 예수님을 믿는다.

새벽 1시쯤에 자다 깨서 깨달았다.

장*혜 가장님께 감사드리고, 이*나 가장님께 감사드리고, 이*진 가장님께도 정말 감사드리고, 정*성 을장님께 감사드리고, 황**이 가장님께 감사드리고, 대표 을장님께 감사드리고, 총무님께 감사드리고, 회계님께 감사드리고, 전도사님께 감사드리고, 이*지 자매님께 감사드리고, 홍*혜 가장님께 감사드리고, 김*섭 가장님께 감사드리고, 전*애 을장님께 감사드리고, 다른 모든 리더님께 감사드립니다. 모든 목사님들께도 감사드리고, 담임 목사님께 감사드리고, 디렉터 목사님께 감사드리고, 전*욱 목사님께 감사드리고, 이*욱 목사님께 감사드리고, 김*수 목사님께 감사드리고, 화*부 목사님께 감사드리고, 최*락 목사님께 감사드리고, 유기성 목사님께 감사드리고, 김*택 목사님께 감사드리고, 이*준 목사님께 감사드리고, 권*수 목사님께 감사드리고, 이*수 목사님께 감사드리고, 김*환 목사님께 감사드립니다.

모든 게 은혜였구나. 모든 게 은혜였구나. 내가 뭐라고…. 내가 뭐라고…. 이렇게 살아 계신 예수님의 은혜가 정말이구나 함을 깨닫는다.

감사 노트 하나 장만 해야겠다. 감사가 믿음으로 믿음이 결국 간증과 확신으로 나아감을 믿습니다. 아멘. 예수님, 감사합니다. 아멘.

감사는 그것 자체로 은혜를 깨닫게 한다. 감사는 모든 것이 은혜였음을 깨닫게 한다. 그리고 은혜는 예수님을 깨닫게 한다. 감사할 수 있다는 것, 그것은 하나님이 살아 계심을 알게 해 준다.

하루는 하나님의 아들들이 와서 여호와 앞에 섰고 사단도 그들 가운데 왔는지라
여호와께서 사단에게 이르시되 네가 어디서 왔느냐 사단이 여호와께 대답하여 가로되 땅에 두루 돌아 여기 저기 다녀 왔나이다
여호와께서 사단에게 이르시되 네가 내 종 박종필을 유의하여 보았느냐 그가 앞으로 하나님을 경외하며 악에서 떠날 것이니라
사단이 여호와께 대답하여 가로되 박종필이 어찌 까닭 없이 하나님을 경외하리이까
이제 주의 손을 펴서 그를 치소서 그리하시면 정녕 대면하여 영원히 주를 욕하리이다
여호와께서 사단에게 이르시되 내가 그를 네 손에 붙이노라 오직 그의 생명에는 네 손을 대지 말지니라 사단이 곧 여호와 앞에서 물러가니라

1

사랑은 예고 없이 찾아온다. 이것은 상당히 식상한 표현이라 할지라도 살면서 한 번이라도 사랑을 경험해 본 사람이라면 누구나 고개를 끄덕일 것이다. 어디 사랑을 느껴 보지 못한 사람이 과연 이 세상에 한 명이라도 존재할까?

소설 속에서, 어쩌면 로맨틱한 혼자만의 상상 속에서라도 우리는 사람을 만나고 사랑에 빠질 수 있다. 그리고 물론 우리 각자의 삶 속에서 사랑을 발견하기도 한다.

짝사랑은 힘들다. 그건 역시 해 본 사람들은 안다. 짝사랑이 힘들지 않다면, 뱅크의 〈가질 수 없는 너〉와 같은 노래가 오랫동안 지금까지 그렇

게 쭉 사람들의 마음을 울릴 수 있었을까.

우리는 내가 사랑하는 사람을 향한 사랑만이 내 삶 속에서의 유일한 사랑이라고 생각한다. 하지만 알게 모르게 그러니까 나도 모르게 다른 사람이 나를 사랑해 주는 경우가 있다.

그럴 때마다 주는 사랑 쪽으로 내 마음도 항상 그쪽 방향으로 쉽게 쉽게 향해 갈 수 있다면 우리는 살면서 얼마나 큰 기쁨을 누리며 살게 될까. 얼마나 많은 것을 배울까.

우리는 다들 사랑에 대해 잘 알고 있을까. 혹 놓치고 있는 사랑은 없을까.

시간을 되돌릴 수 있다면 한 치의 망설임도 없이 달려가고 싶은 그런 사람이 당신에게는 있는가.

2

예술고등학교를 다니다가 4년제 대학교 피아노과에 진학하게 되었다. 학교가 기독교재단이어서 학교 규정에 따라 모든 신입생들은 두 학기 동안 채플이라는 예배를 의무적으로 이수해야만 했다. 채플은 교회 예배 같은 것으로 단순히 예배 장소에 앉아 대충 시간만 때우면 되는 시간이었다. 물론 매 시간마다 주제는 한 가지로 기독교와 밀접한 내용이었지만 설교자도 바뀌고 말씀 내용도 바뀌어서 크게 지루하지는 않았다. 하지만 뭐 대부분의 사람들이 그렇듯이 나 또한 채플 시간에 딴짓하고 목사님 말씀에 크게 귀 기울이지 않았다.

나는 왠지 모르게 채플 시간이 의미 없게 느껴졌다. 그래서 채플이 있는 요일이면 언제나 의욕저하로 집에서 평소보다 늦장 부리다가 지각하는 날이 잦아졌다. 채플은 다섯 번 지각하면 미수료 처리가 되어 탈락된다.

그렇게 되면 앞에서 말했듯이 졸업을 할 수가 없다. 그래서 나는 1학년을 마치고 2학년 1학기가 되어 채플을 다시 수강하게 되었다. 눈치 챘듯이 나는 다섯 번을 지각하고 말았던 것이다.

단과대학 음대 안에 바이올린 전공 학과도 있었다. 나는 신입생 때 학교 동아리를 뭘 들까 고민하다 내가 모태 신앙이기도 해서 기독교 동아리에 가입했었는데 그때 이강희를 만났다. 그 친구는 같은 음대 바이올린과였는데 나랑 같은 1학년 신입생이었고 재수도 한 게 아니라서 나와 동갑이었다. 비록 우리 둘은 이성이었지만 서로 친구가 별로 없는 처지라 가깝게 지냈고 마음도 잘 맞아 좋은 친구 관계로 발전하게 되었다.

나는 강희가 좋았다. 당당한 모습이 멋있었다. 친구야, 친구야 했지만 내 마음 한편에선 그녀를 점차 나의 이상형으로 자리매김하고 있었다.

그렇게 강희와 같이 등교도 하고 수업 끝나고 동아리에서든 따로 밖에서든 자주 사적인 만남을 가졌고, 우리 둘은 서로 상대의 마음을 확인할 필요도 없는 베스트 프렌드가 되었다.

그래서 강희도 채플을 수료하지 못했다. 채플은 항상 나와 함께 수강하러 가곤 했는데, 내가 워낙 지각도 많이 했고 그 친구도 그럴 때마다 나 때문에 채플이 미수료가 되면 "별것도 아닌데 내년에 다시 수강하면 되지, 뭐."라고 말하며 내가 미안해하지 않도록 배려해 주던 참 쿨한 친구였다. 그럴 때마다 나는 강희에게 더욱 호감을 느끼게 되었고 강희가 더욱 좋아졌다.

그렇게 2학년 1학기 봄날, 강희와 나는 채플장을 가득 메우는 1학년들 사이에 2학년으로서 함께 채플을 수강하기 시작했다.

3

오혜진을 만난 건 그때쯤이었다.

한 네 번째 채플 시간이었을까. 여느 때처럼 강희와 나는 함께 채플장에 도착해 비어 있는 자리가 어디 있는지 살피다가 채플장 중간 즘에 앉았다. 출석 체크는 입장 전에 학생증으로 확인하기 때문에 일단 채플장 안에 들어오면 어디에 앉아도 상관없었다. 나는 오히려 지정 좌석제보다는 이게 더 마음에 들었다. 강희와 내가 평소보다 조금 일찍 와서 자리를 잡고 앉아 고요히 시작하기를 기다리고 있는데, 그때 내 옆에 어떤 여자아이가 앉았다.

"안녕, 옆에 앉아도 되지?"

메고 있던 가방을 내려놓은 그녀가 웃으면서 내게 말했다.

"아, 예."

"나도 1학년이야. 너도 1학년이지? 같은 신입생끼리 웬 높임말? 말 편하게 해. 친구잖아."

내 두 눈을 바라보며 미소 지은 채 말하는 여자아이의 첫인상이 왠지 모르게 호감이었다.

그래도 나는.

"신입생이에요? 난 신입생 아니에요."

"아! 그러세요? 몰랐어요. 죄송합니다."

여자아이는 깜짝 놀랐는지 두 눈을 크고 동그랗게 뜨며 어색해하는 표정을 지었다. 나는 그 친구가 민망해할까 봐 일부러 굳이 말할 필요는 없지만 미소 지으며 그 아이를 향해 한마디를 더 했다.

"저는 2학년이에요."

"아, 2학년이시구나."

잠시 침묵이 흘렀다. 그러다가,

"혹시 오빠는 무슨 과예요?"

약간 용기를 내어 물은 것 같은 그 아이의 말에 마음을 편안하게 해 주고 싶었다. 그것도 그렇지만 솔직히 '오빠'라는 말을 들어 본 것도 나름 기분이 괜찮았다. 아이가 귀엽게 느껴졌다.

"아, 저는 피아노 전공해요."

아이의 눈이 커졌다. 원래 리액션이 좋은 아이인가보다 했다. 여자아이는 다시 웃으면서 말했다.

"저는 국악해요. 가야금 전공."

"아, 그래요?"

하하.

분위기가 나쁘지 않아서 그 친구와 나는 서로 가볍게 웃었다.

"오빠는 이름이 뭐에요?"

처음 보는 낯선 사이였지만 왠지 모르게 마음이 잘 맞고, 나도 이 친구와 가까워지고 싶은 생각이 들어 이 아이한테 스스럼없이 대답했다.

"박종필입니다."

"저는 오혜진이에요."

"아, 오혜진 씨."

"오빠, 말씀 편하게 하세요. 저보다 오빤데."

혜진이가 여전히 미소 지은 눈으로 나를 빤히 보며 말했다.

4

 강희는 나를 정말 친구로만 생각하는가 보다. 나는 강희가 너무 좋은데, 그래서 진지하게 그리고 더욱 가까운 사이로 발전시키고 싶었는데 강희에게 나는 처음부터 친구 이상도 그 이하도 아니었나 보다.
 강희와 같은 동아리에 들고 있었고, 강희와 함께 동아리에서 활동도 자주해 나도 점차 눈치를 채게 되었다. 강희는 김우성이라는 선배를 좋아하고 있었다. 김우성 선배는 국문학과로 강희나 나와 다른 과였지만 학교 선배도 선배라는 생각에 나도 강희도 김우성 선배를 선배라고 부르기 시작했다.
 김우성 선배는 모든 사람에게 친절하고 유쾌한 사람이었다. 강희가 나랑 있을 때 김우성 선배의 얘기를 많이 했는데 그럴 때마다 나는 속으로 강희한테 '그 형은 너뿐만 아니라 원래 다른 사람들한테 다 그래'라고 진심으로 말해 주고 싶었지만 정작 강희는 그런 사실을 아는지 모르는지 별로 신경을 쓰지 않는 것 같았고 또 무엇보다도 내가 그런 말을 강희에게 해 줄 만한 때와 장소와 상황이 잘 오지 않았다.
 강희와 내가 함께 동아리실에 있을 때 강희는 항상 김우성 선배하고만 얘기를 했다. 누가 봐도 강희가 그 선배를 좋아하고 있다는 사실이 눈에 빤히 보일 정도였다. 강희가 김우성 선배를 바라보는 동안에 그녀의 두 눈은 항상 반달 모양으로 미소 짓고 있었다. 물론 걔가 평소 잘 웃는 성격이긴 했지만 확실히 나랑 있을 때와는 다르게 동아리실에서 김우성 선배와 함께 있을 땐 미소 짓지 않고 웃지 않을 때가 없을 정도였다.
 하지만 김우성 선배는 강희의 그런 마음을 그리 크게 신경 쓰지 않는 것 같았다. 마치 그 형에게 있어서 친구든 이성이든 누군가가 자기를 좋아해 주고 호감 표시해 주는 것이 그저 자신의 자존감을 높여 주는 수단일 뿐인 것처럼 생각되었다. 원래 세상에는 그런 사람들이 많지 않은가. 그 선배가 나쁘다는 소리는 아니고 다만 내 눈에 비친 그 형에게 있어서 강희는 단순히 어항 속의 물고기 한 마리가 아닐까 하는 생각이 들었다. 동아리실 안에서 강희를 바라보고 또 강희를 대하는 그 형을 번갈아 보고 있노라니 강희를 속으로 짝사랑하고 있는 나로서는 내심 강희가 안타깝게 느껴지기도 하고 김우성 선배한테 약간 화가 나기도 했다.

아니, 어쩌면 그건 삼각관계에 있는 사람의 단순한 질투였는지도 모른다.

5

"아, 연애하고 싶다."

어느 맑고 화창한 봄날, 공강 시간대에 강희와 혜진이와 같이 캠퍼스 내 경치 좋은 벤치에 앉아 내가 한숨 쉬듯 말했다. 참, 혜진이를 포함해 우리 셋은 채플 시간 이후로 서로 많이 친해지게 되었고 많은 시간들을 함께 보냈다.

"아~ 오빠, 저두요."

혜진이가 말했다.

"야, 연애 안 하고 싶은 사람이 어딨냐?"

강희가 뭔가 꾸짖는 듯한 그런 묘한 표정으로 우리 둘의 넋두리를 맞받아쳤다. 강희는 그런 면이 항상 매력적이었다.

"오빠는 좋아하는 사람 있어요?"

"나? 솔직하게?"

"솔직하게. 아하하."

"있지~ 근데 그 사람은 내가 자기를 좋아한다는 것도 몰라."

"퍽이나 널 좋아하겠다."

혜진이와 나의 대화 중간에 강희가 갑자기 한마디 툭 던져서 분위기가 웃음바다가 됐다.

"왜요, 언니~ 종필 오빠 얼마나 멋진 사람인데. 아하하."

"사람은 겪어 봐야 돼. 내가 이 자식 겪어 본 지 1년이 넘었다. 여자 앞에선 숫기 없는 자식을 누가 좋아해 주냐?"

"언니 앞에서는 되게 잘 챙겨 주시잖아요. 아하하."

"지가 좋아하는 여자한테 잘해 줘야지. 나한테 잘해서 뭐하냐. 드응신."

"내가 등신이야? 하하. 야, 너는 내가 잘해 줘도 그런다?"

"몰라. 나도 연애하고 싶어."

"김우성 선배겠지."

"알고는 있네. 아~ 우리 우성 선배. 마이 러브."

강희의 드문 애교 섞인 목소리에 우린 한바탕 웃었다.

"야 근데, 이제 몇 시냐? 나 2시에 수업 들으러 가야 되는데."

"1시 40분이에요, 언니."

"오케이. 나 먼저 일어난다. 다들 이따 봐."

"네, 언니."

"어, 이따 봐."

그렇게 강희가 떠나고 혜진이와 나 단둘이 벤치에 남아 있었다. 내가 말했다.

"강희 너무 좋지?"

"네, 오빠. 강희 언니 너무 웃겨요."

"사람이 되게 매력적이지 않아? 같은 여자가 봐도 그렇지?"

"네. 아하하."

나는 잠시 기다렸다가 땅을 바라보며 말했다.

"너도 벌써 눈치 챘지?"

"뭐가요?"

"내가 강희 좋아하는 거."

잠깐 동안 침묵이 흘렀다. 얘가 갑자기 놀랐나?

"아… 오빠가… 강희 언니 좋아하고… 있었어요? 전 잘 몰랐는데…."

"이제 알았으면 됐어."

"네…."

"혜진아."

"…네?"

"네가 나 좀 도와주라. 짝사랑 이거 너무 힘들다. 너도 알지? 강희 눈에는 내가 그냥 좋은 친구로밖에 보이지 않는다는 거. 그래서 내가 적극적으로 다가가기가 너무 조심스러워. 너도 내 베스트 프렌드니까 내 마음 이해할 거야. 같은 여자끼리 내 얘기도 잘해 주고 또 다리도 잘 놔 주고. 하하."

민망함에 그만 말끝을 웃음으로 마무리 지었다.

"…네."

혜진이가 또 말했다.

"저도 두 분이 잘됐으면 좋겠어요."

"고맙다. 근데…."

"네."

"…너도 좋아하는 사람이 있을 거 같은데. 넌 누구 좋아하냐?"

"전… 아직 딱히 좋아하는 사람 없어요."

"그래? 너 여자여자한 사람이라서 다가오는 남자들도 많을 텐데. 인기 많지?"

"불편하게 만드는 애들 몇 명 있는데 다 아무 사이 아니에요."

"넌 네가 좋아하는 사람도 없고…. 혜진아, 넌 짝사랑 같은 거 하지 마라. 속만 탄다. 특히 내가 좋아하는 사람이 나도 아는 사람을 좋아할 경우 아주 환장해. 그 사람하고 원수질 수도 없는 노릇이고. 질투는 올라오고. 넌 짝사랑 그런 거 아직 몰라서 부럽다. 에휴."

혜진이는 말이 없었다. 내가 너무 사적인 얘기를 했나 보다. 아무리 가까운 친구 사이라도 그런 말은 웬만해선 안하는 게 나은 일이었나 보다. 순간 너무 어색해졌다. 나는 그만 일어나 보기로 했다. 우리도 곧 수업 준비하러 가야 하기 때문이었다.

"러브 메신저 혜진, 나중에 전화할게."

"네, 오빠. 수업 끝나고 봐요."

"응."

6

학교 수업이 모두 끝나고 같이 하교하러 평소처럼 강희와 혜진이에게 전화하기로 했다. 지금쯤 걔들도 수업이 막 끝난 시간이다.

두두두두두두 두두두두두두.

먼저 혜진이한테 전화를 해 봤는데 한참을 기다려도 전화를 받지 않았다.

'아직 수업 중인가? 오늘따라 오래하네.'

나는 다음으로 강희에게 전화를 걸었다. 강희는 전화를 바로 받았다.

"야, 이강희. 어디야, 수업 끝났어?"

"어? 어어… 끝… 났지. 넌 어디?"

나는 너무 좋아서 나도 모르게 환하게 웃었다.

"우리 셋이 같이 집에 갈 때 항상 모이는 곳. 도서관 앞."

"종필아, 나 오늘 약속이 생겨서… 다음에 얘기하자. 내가 좀 이따 전화할게."

"아… 그래? 그래, 그러지 뭐. 혹시 김우성 선배랑 오붓한 데이트 시간 보내러 가냐? 하하."

"그런게 아니라… 사실… 기분이 조금 안 좋아서 그래. 오늘 나 혼자 갈게."

"아, 그래? 그렇구나… 알았어. 집에 가서 푹 쉬고 내일 보자."

"어."

뚜뚜뚜.

그날 밤새 잠들기 전까지 강희의 전화를 기다렸는데 끝내 강희로부터 전화는 오지 않았다.

7

다음 날 강희도 혜진이도 보지 못했다. 둘 모두에게 전화도 해 봤지만 다 묵묵부답이었다.

'혜진이가 너무 눈에 보이게 내 얘기를 강희에게 전해 줬나?'

아아아.

내가 괜한 짓을 했나 봐. 친구 한 명 잃는 건 아니겠지? 강희가 나 보는 게 불편해서 앞으로 날 피하면 어떡하지? 근데 강희는 그렇다 치고 혜진이는 왜 연락이 안 되지?

내 베스트 프렌드들이 다 연락이 안 되는 까닭으로 그날 하루는 캠퍼스를 나 혼자 거닐었다.

혜진이한테 전화가 온 건 집에서 저녁 먹고 잠시 내 방에서 쉬고 있던 때였다.

"야, 오혜진. 너 오늘 하루 종일 연락도 안 되고. 왜 잠수를 타. 우리 사이에."

"…."

"여보세요? 혜진아?"

"오빠."

"응."

"저 오늘… 학교 안 갔어요."

"학교를 안 갔다니? 그게 무슨 말이야. 무슨 일 있었어?"

나는 너무 놀랐다. 큰일이 아니었기를 진심으로 바랐다.

"뭐, 별 일은 아니고… 어젯밤에 술을 너무 많이 마셔서…."

"안 좋은 일 있었구나, 그치? 무슨 일이야. 강희가 뭐라 그래?"

잠시 조용했다. 전화기 너머로 혜진이의 놀란 얼굴이 보이는 듯했다.

"강희 언니… 제 욕 많이 했죠?"

역시 강희 때문이구나. 내가 괜한 부탁을 해서.

"아니, 너 강희랑 싸웠어? 나 때문에? 나 때문에 싸웠지? 내가 괜한 부탁을 해 가지고…."

"그런 거 아니에요."

"아니긴 뭐가 아니야. 내가 네 마음 이제 열 길 속도 다 꿰뚫고 있다. 지금은? 지금은 기분이 좀 어때? 괜찮아? 도대체 강희가 너한테 뭐라고 그랬길래."

"아니, 그런 게 아니라…. 강희 언니랑 얘기하다 제가 너무 화가 나서…."

"네 마음 이해해. 네가 강희 좀 이해해 주라."

"아니요, 오빠는 제 마음 이해 못 해요. 언니랑 대판 싸웠어요."

혜진이의 그렇게 단호한 목소리를 처음 들은 것 같았다. 강희랑 엄청 많이 싸웠구나.

"안 되겠다. 너 지금 누가 옆에 많이 필요한 것 같아. 지금 만나자. 나올 수 있지? 학교 동문에서 볼래?"

"…."

또 잠시 침묵이 흘렀다. 그러나 다행스럽게도 오겠다는 혜진이의 대답이 들려왔다.

"네, 지금 거기로 갈게요."

8

학교 동문 식당가 분식집에 같이 들어갔다. 혜진이는 얼굴이 많이 초췌해져 있었다. 마음으로 많이 걱정이 되었다. 큰일 아니기를.

"우선 음식부터 시키자. 떡볶이랑… 순대 좋아하지?"

"…순대요?"

이유는 모르겠지만 순대 얘기에 혜진이가 갑자기 놀라는 듯했다.

"응, 순대. 떡볶이에는 순대지. 하하."

"아하하. 맞아요. 떡볶이에는 순대죠."

환하게 웃는 혜진이의 얼굴을 다시 보니 내 마음이 다 행복했다.

"어? 웃었다. 이제 기분 많이 풀렸어?"

"네. 거의…."

"다행이다. 내가 너 때문에 걱정을 엄청 많이 했는데…. 너 내가 네 걱정 많이 하는 거 항상 기억해야 한다. 알았지?"

"네. 고마워요, 오빠."

혜진이가 밝게 미소 지었다.

몇 분 동안 할 말도 딱히 없고 약간 나도 모르게 어색해지기도 해서 서로 조용히 창밖만 바라보다가 음식이 나왔다.

"자, 먹자. 오늘은 내가 쏘니까 많이 먹어."

"네."

그때 문이 열렸다.

"여~ 미스터 박종필, 그리고 미스…."

"언니…."

"내가 불렀어. 화해하라고. 어차피 화해할 거면 한시라도 빨리 화해하는 게 낫잖아? 괜히 시간만 지연되다가 스트레스만 커져. 난 잠시 밖에서 전화 좀 하고 올게. 둘이 잘 얘기하고 있어."

강희가 자리에 앉으려고 하자 나는 의자에서 일어나 문으로 향했다. 내가 문을 막 열고 이제 가게 밖으로 나가려는 찰나, 저 멀리서 조그맣게 혜진이의 목소리가 들려왔다.

"언니, 제가 언니 그렇게 살지 말라고 한 거 정말 죄송해요…."

짤랑짤랑.

떡볶이집 문에 걸어 놓은 작은 종소리가 예쁘게 들렸다.

9

"네 꺼 남겨 놨어. 우리가 원래 좀 빨리 먹어서. 한없이 기다릴 수도 없는 노릇이고. 떡볶이 식으면 맛없잖아. 빨리 먹어."

내가 돌아오자 강희가 말했다. 둘 모두 표정이 밝은 걸로 봐서 성공적으로 화해했나 보다 싶었다. 다행이었다.

"잘들 화해는 했어? 하하."

"혜진이가 참 착하잖아. 먼저 사과하더라."

"혜진이 착하지. 어? 근데 순대는 왜 그대로 있어? 아무도 안 먹었어?"

"내가 몇 개 집어 먹었는데, 오늘 저녁을 많이 먹었더니 배불러서 순대는 많이 못 먹었어."

"안 되는데. 순대 이거 나 혼자 다 못 먹는데."

"괜찮아요. 천천히 드세요, 오빠."

"근데 혜진이는 아예 순대에 손도 안 대더라? 혜진아, 너 순대 싫어하니?"

"아니요, 전 다 잘 먹어요, 언니. 그냥 오늘따라 배가 불러서… 언니처럼."

혜진이가 강희에게 미소 지으면서 말했다.

"아니야. 누가 사는 건데. 사는 사람 성의를 생각해서라도 순대 한 입만 먹어."

"괜찮아요."

"아~ 이렇게까지는 안 하려고 했는데, 내가 한 입 먹여 줘야겠네?"

그러고 나서 나는 내 젓가락으로 순대 하나를 집어 혜진이 입 앞에 가져다줬다.

"아~"

"…"

"괜찮아. 아직 나 한 입도 안 먹었잖아. 젓가락 깨끗해. 이런 기회 자주 오는 거 아니다? 빨리 '아~'해. 오빠 팔 아프다."

"괜찮은데….”

한 3초 정도 망설이다가 결국 혜진이가 입을 열었고 나는 순대 한 점을 먹여 주었다. 옆에서 그 장면을 지켜보던 강희가 한 손으로 물을 마시면서 웃긴지 미소 짓고 있었다.

"누가 보면 연인 사이인 줄 알겠다."

"그래? 내가 너무 오버했나?"

"원래 오빠가 성격이 다정하시잖아요. 아하하."

평소처럼 밝은 표정으로 기분이 풀린 혜진이의 모습에 그날 내내 나도 흐뭇했다.

10

시험 기간이 되었다.

우리 셋은 시험을 모두 치르고 음대에서 만났다. 아직 시험이 남은 수업들이 있어서 지금도 시험을 일찍 끝내고 공실로 비워져 있는 강의실이 꽤 있었다.

우린 시험도 각자 모두 끝났겠다, 이제 뭐하고 놀까 하면서 음대 안 휴게 시설 의자에 나란히 앉아 있었다.

혜진이가 먼저 내게 물었다

"오빠, 오빠는 뭐 좋아해요?"

"뭘 좋아하냐고?"

"네. 뭐 취미 같은 거 뭐 좋아하세요?"

"나? 나는 뭐 피아노도 치고 하니까 음악 듣는 거 좋아하지."
"나도 음악 듣는 거 좋아해."
강희도 나랑 취미가 같다고 했다.
"아, 음악. 음악 하니까 〈캐논〉 듣고 싶다."
"파헬벨의 〈캐논〉?"
강희가 물었다.
"응."
"〈캐논〉이 뭐에요, 오빠?"
혜진이는 아직 〈캐논〉을 못 들어 봤나 싶었다. 내가 말했다.
"아, 클래식인데… 하아… 〈캐논〉 듣는 것보다 직접 연주하고 싶어지네."
"나돈데. 야, 그럼 우리 비어 있는 강의실 찾아서 같이 협주할까?"
"피아노와 바이올린 협주 〈캐논〉. 야… 멋있지."
"저는 〈캐논〉 잘 모르지만 같이 갈게요, 오빠, 언니."
"그래. 같이 가자."
우리는 그 길로 일어나서 피아노가 있는 빈 강의실을 찾아다니기 시작했다. 바이올린을 전공하는 강희는 시험 기간이라 바이올린을 휴대하고 있어서 피아노만 준비되면 딱이었다. 우리 셋은 열심히 강의실을 두리번거렸다.
"여긴 수업하고 있고."
"여긴 피아노가 없고."
몇 분을 돌아다니다가,
"언니! 여기 비었어요."
"어디?"
"어디? 거기?"

우린 안으로 들어갔다. 마침 그 강의실에 아무도 없었고 피아노도 있었다.

강희는 바이올린 케이스에서 바이올린을 꺼내 어깨에 올리고 나는 바로 피아노 앞에 앉아서 수많은 건반 위에 열 손가락을 가볍게 올려놓았다.

나는 시작했다.

"혜진아, 이게 〈캐논〉이야. 잘 들어 봐."

딴— 딴— 따— 단.

피아노 소리를 시작으로 곧이어 바이올린이 켜졌다. 혜진이는 뭔가 감상적이 된 것 같았다. 눈이 뭔가 새로운 세계를 맛본 것 같았고 혹은 뭔가에 푹 반한 것 같았다. 〈캐논〉이 좋긴 좋지.

따안—.

강희와의 협주가 끝났다.

"브라보!"

"야, 나도 브라보. 너 피아노 되게 잘 친다?"

하하.

"와, 너무 멋있어요, 언니, 오빠."

"그렇지? 정말 좋지?"

"네."

이어서 내가 말했다.

"나한테 거창한 꿈이 있는데, 실현이 될까 못 될까는 상당히 의문스럽지만, 나중에 학교 졸업하고 나서 피아노랑 다른 악기 기타 등등과 함께 협업해서 밴드를 만드는 게 꿈이야. 클래식 밴드라고 하면 될려나? 타이틀은 '캐논' 하하."

"너, 나 스카우트해야 되겠다?"

강희가 웃으며 말했다.

"당연히 스카우트해야지. 피아노 옆엔 바이올린이 있어야 하니까."

한동안 가만히 듣고만 있던 혜진이가 말했다.

"가야금으로 연주하면 어떨까요?"

"가야금? 좋지. 와 정말 멋있겠다."

내가 흐뭇해하는 표정을 지으며 혜진이의 질문에 답했다.

"그럼 나중에 졸업하고 나서 다 같이 모여서 캐논 밴드 하는 거다? 하하."

나는 농담조로 말을 하긴 했지만,

"콜."

강희가 대답했고,

"좋아요. 아하하."

혜진이가 활짝 웃었다.

11

"고등학교 때 어떤 선생님이 말씀하셨어. 세상에서 가장 아름다운 악기는 피아노래."

"뭐래, 박종필. 그건 당근 바이올린이지."

"아, 오빠. 오빠는 그렇게 생각해요?"

"응. 피아노는 있잖아… 음이 너무나도 다양해. 깔끔하고. 딱딱 아름답게 떨어지잖아."

"동의 못함. 야, 혜진아, 너랑 나는 같은 현악기 클래스니까 네가 피아노 밟아 줘라."

"아하하. 언니도 참."

"바이올린이랑 가야금은 무슨 매력이 있길래 좋아하게 됐어?"
그러자 혜진이가 말했다.
"가야금은… 그리고 바이올린은… 현악기잖아요? 뭐, 피아노도 아름답지만 현악기는 연주가 쭉 이어져요. 피아노는 건반 악기라서 음이 하나씩 하나씩 뚝뚝 끊어지는데. 그래서 현악기가 좋아요. 사람의 마음이라는 게… 감정이라는 게 뚝뚝 끊어지는 게 아니잖아요? 마음은 계속해서 처음부터 끝까지 쭉 이어지고. 그래서 심금을 울린다는 표현 있죠? 현악기는 소리가 울려요. 현악기 연주를 듣고 있으면 음악이 어떻게 이렇게까지 사람의 마음을 잘 표현해 낼까, 끊어짐도 없이 쭉 이어지면서. 뭐 그런 생각을 해 봐요. 세상사도 마찬가지 아니겠어요? 어디 세상에 우연한 일들이 있을까요? 다 어쩌면 필연적인 것 같기도, 신의 계획 같기도 하지 않아요? 우리가 다 기독교를 믿고 동아리도 기독교 동아리라서 해 본 소리예요."
"좋은 말씀이다."
"야, 좋은 말씀 새겨들어."
강희가 말했다.
세상사 인생사 그거 결국은 피아노 같은 걸까, 가야금 같은 걸까? 바이올린이래도 좋고. 난 강희가 좋으니까.
우리 셋이 함께 자주 가던 카페 안에서 배경 음악으로 잔잔히 〈캐논〉이 들려오기 시작했다.

12

어느 날은 강희와 단둘이 만났는데, 가슴이 많이 아픈 날이었다.

"뭐? 김우성 선배랑 사귄다고?"

"응. 우성 선배랑 사귀기 시작했어."

나도 뭐 김우성 형이랑 별로 친하진 않았지만 남자 대 남자로서 그 선배가 그리 좋은 남자는 아니라는 사실 정도는 알고 있었다. 강희를 말리고 싶었다.

"사귄 지 얼마나 됐는데."

"응. 뭐 이제 일주일 정도?"

"강희야, 내가 너 생각해서 진심으로 얘기하는 건데 김우성 선배 좋은 사람 아니야."

"너 질투하냐? 내가 연애해서?"

강희가 약간 기분 나쁜 표정을 지었다.

"그게 아니고…."

약간 찔리는 게 있어서 더듬거렸다. 그래도 다시 말했다.

"내가 김우성 선배와는 서로 잘 모르지만 그 형이랑 친한 형들 몇 명 알거든."

"그래서?"

"그 형이랑 사귀면 너 상처받아. 그건 확실해."

"네가 뭔데 그런 말을 해."

"이런 말까진 안하려고 했는데, 그 형 여자 갖고 노는 사람이야. 그 형이랑 친하다는 형들 사이에 소문이 자자하더라. 너 그놈한테 장난감처럼 갖고 놀다가 금방 버려진다고."

나는 조심스레 강희의 안색을 살폈다. 아무리 그래도 자기가 좋아한다는 사람보고 이렇게 말을 해도 괜찮을까 하는 걱정이 조금 생겼다. 강희가 그렇게 기분 나빠하지 않았으면 하고 바랐다. 아니나 다를까.

"야, 박종필. 너 사람 그렇게 안 봤는데 남의 말 정말 나쁘게 한다? 네가 감히 그런 말할 자격이 있는 사람이라고 생각하냐? 넌 얼마나 잘났는데? 정말 실망이다. 기분 정말 더럽네. 내가 좋다잖아. 네가 무슨 내 남자친구라도 된다고 착각하냐? 너 인간성 이제야 드러난다. 그렇게 살지 마."

"아니, 강희야 그게 아니라…."

흥분한 강희가 자리에서 벌떡 일어나며 말했다.

"다시는 연락하지 마."

13

그 후 오랫동안 강희와 연락이 되지 않았다. 그래서 나는 내 마음을 잘 아는 혜진이에게 도움을 요청하기로 했다. 혜진이에게 전화해서 말했다.

"혜진아, 할 말이 있는데… 강희 문제로."

"…네, 오빠."

나는 자초지종을 설명한 후 혜진이에게 부탁했다. 그새 꽤 얘기가 장황해졌다.

"혜진아, 네가 내 마음 잘 알잖아. 내가 강희 좋아하는 거. 이제 나도 더 이상은 강희를 이대로 못 기다리겠다. 이제 내 마음 강희한테 밝히려고. 내가 강희 너 정말 좋아한다고. 더는 가만히 바보처럼 있으면 내가 강희를 놓칠 것만 같아. 만나서 잘 얘기를 해 보고 싶은데. 강희가 내 전화를 안 받아. 나랑 대판 싸웠거든. 강희가 나보고 다시는 연락하지 말라고 하더라. 왜 싸웠냐면 강희가 글쎄, 김우성 선배 너도 알지? 그 양아치 같은 놈하고 사귀게 됐다는 거야. 나 강희 상처받는 거 가만히 두고 볼 수만은 없을 것 같아. 이제 고백해야겠어. 친구에서 연인이 되자고. 나 사실 너 처음 봤을 때부터 좋아했다고. 그러니 혜진아, 네가 좀 도와줘. 강희한테 연락해서 나한테 전화 한 통만 해 달라고…."

"오빠."

내 말을 갑자기 끊던 혜진이의 모습에 살짝 놀랐다. 평소에 한 번도 그런 적이 없던 아이인데.

"오빠, 도대체 강희 언니가 뭐가 좋은 건데요. 오빠가 늘 그렇게 잘해 주고 좋아하는 눈치도 많이 줬는데도 언니가 오빠한테 마음을 안 준 거면 강희 언니가 삐꾸거나 오빠한테 관심 1도 없는 거 아니에요? 오빠 이제 그만하세요. 그리고 제가 오빠 그런 거까지 해 줘야 돼요? 저는 아무것도 아니에요? 오빠가 그럴 때마다 제가 얼마나 비참해지는지 아세요? 아니요, 오빠는 제 마음 전혀 모르실 거예요. 오빠 충분히 멋있는 사람이에요. 제발 자기 좋아해 주지도 않는 사람한테 너무 집착 좀 하지 마세요. 그럴 때마다 제가 얼마나 답답한데…."

"야."

나는 순간 갑자기 화가 일어났다. 내가 예전부터 그렇게 혜진이한테 나랑 강희 사이에 다리 좀 놔 달라고 부탁을 했는데. 내가 유일하게 강희 좋아하는 마음 털어놓은 게 오혜진 바로 넌데. 네가 어떻게 그럴 수 있어. 방금 내가 부탁한 게 그게 뭐 그리 힘든 일이라고. 얘기 잘 하다가 나한테 전화 한 통만 해 주라고 한마디만 해 주면 끝나는 일인데.

강희가 나에게 실망했던 것처럼 나도 혜진이에게 크게 실망했다. 그래서 절대 해서는 안 될 말을 하고 말았다. 나도 강희와 똑같은 사람이 되고 말았다. 사람 사이, 왜 이렇게 꼬이는 걸까.

"야, 오혜진. 너 앞으로 나 볼 생각하지 마. 절대 연락하지 마. 너랑 인연은 여기서 끝이다."

14

그렇게 영원할 것만 같았던 우리 셋도 인연이 다한 것 같았다. 나는 계속 학교를 다니며 새로운 친구들을 사귀어 나갔다. 강희와 혜진이랑은 서로 연락을 안 하게 되자 조금씩, 조금씩 내 마음 한 구석에서 점차 잊혀졌다. 나는 처음엔 강희를 못 보게 된 것에 대해 가슴이 많이 아팠지만, 시간이 답이라는 어른들의 말씀이 정답인 듯 점점 괜찮아져 갔다. 물론 그 와중에 한 번씩 혜진이에 대한 생각도 했다. 당연히 혜진이를 잃은 것에 대한 안타까움도 있었다.

15

시간은 흘러 난 음대를 졸업했다. 졸업하고 한두 달 뒤 갑자기 강희가 생각났다. 문득 강희가 보고 싶어졌다. 내가 많이 좋아했던 애고, 또 오랫동안 가장 친했던 친구였는데.
나는 강희와 나 그리고 혜진이와 피아노가 좋냐, 현악기가 좋냐고 말씨름하던 그 당시의 우리가 자주 가던 카페를 찾아갔다. 아이스 아메리카노를 앞에 두고 잠깐 상념에 잠겼다. 폰에 아직 강희가 저장되어 있을까. 내가 워낙 정리를 자주 하는 성격이라서 혹시나 강희 번호를 지워 버린 것은 아닐까 걱정이 되었다. 그러면 안 되는데. 나는 간절한 마음으로 제발, 제발 연락처에서 강희의 이름을 찾기 시작했다.
'이강희.'

다행이다. 정말 다행이다. 강희 번호가 있었다. 설마 그새 번호를 바꿔 버린 것은 아니겠지. 조마조마해하며 곧바로 전화를 걸었다. 신호음이 오래 들렸다.

"여보세요."

아, 하나님 감사합니다. 강희가 받았다.

"강희야… 나야, 박종필. 오랜만에 생각이 나서 전화해 봤어…."

"어… 종필아… 오랜만이다. 이게 얼마만이지…."

나는 우선 그날 내 실수에 대해 사과하고 싶었다.

"강희야, 그날… 내가 김우성 선배에 대해 나쁘게 말한 거 미안해. 사과할게. 나쁜 의도는 아니었어."

"어… 그거? 뭐… 괜찮아, 이제… 나도 너… 내가 연락처 차단시켰던 거 미안하다. 괜히 사이만 멀어지게 되고… 지금 생각해 보면 내가 참 어리석었지."

"괜찮아. 많이 화나면 그럴 수도 있지."

"너랑 다시 얘기하니까 옛날 생각난다."

"그래 그러네. 나 지금 우리 같이 놀 때 자주 갔었던 카페에 있어."

내 말이 끝나자 한동안 강희가 말이 없었다. 왜 침묵이 흐르는 걸까. 강희와 나, 우리 사이 그동안 안 보고 지낸 시간만큼 멀어진 걸까. 침묵을 깨고 싶어 생각나는 아무 말이나 내뱉으려 했는데 강희가 먼저 말을 꺼냈다.

"종필아, 혜진이… 혜진이 어떻게 생각해?"

나는 순간 멈칫했다. 아, 우리 사이에 혜진이도 있었지.

"아 맞다, 혜진이. 아, 혜진이 보고 싶네."

"이제 와서 내가 예전에는 미처 못 내 본 용기 내서 물어 보는 건데, 너

혜진이 어떻게 생각하느냐고."

나는 강희가 갑자기 무슨 말을 하려고 이런 얘기를 하는지 궁금했다.

"혜진이 참 착했지."

"착하다… 종필아, 너 혜진이에게 가진 마음 그게 다야? 정말 그게 다야?"

"그렇지 뭐. 좋은 친구였지. 물론 너도 내 베스트 프렌드였고."

"눈치 없는 자식."

"뭐라고? 그게 무슨 말이야, 갑자기? 하하."

나는 당혹감에 머쓱한 웃음을 지었다. 강희가 이어서 말했다.

"야, 박종필. 잘 들어. 혜진이가 너한테서 앞으로 보지 말자는 말 듣고 나서 엄청 울었어. 너도 알지? 나도 네가 혜진이랑 친했던 것처럼 나도 똑같이 혜진이랑 베프였던 거."

카페 안에서 때마침 잔잔하게 〈캐논〉이 울려 퍼졌다. 강희가 계속 말했다.

"혜진이랑 난 비밀 없는 사이야. 혜진이 제적당한 거 알아? 그때 네가 지금도 기억하는지 모르겠는데 우리 셋이 모여서 빈 강의실에서 〈캐논〉 연주했던 적 있잖아. 혜진이는 듣고 있었고. 난 그때 네가 했던 말 생생하게 기억해. 나중에 졸업하고 〈캐논〉을 연주하는 밴드 같은 거 해 보는 게 꿈이라고. 그리고 그 밴드에 가야금도 있다면 정말 멋질 거라고. 혜진이 네가 절교 선언하고 난 후에 한동안 울면서 수업은 빠지고 술만 마시다가 다시 시작한 게 뭔 줄 알아? 걔 가야금으로 〈캐논〉 연습하기 시작했어. 네가 절교하겠다고 했지만 나중에 자기가 가야금으로 〈캐논〉을 멋있게 연주하게 된다면 네가 다시 마음을 받아 줄지도 모른다고 하면서. 그래서 걔 학교생활도 다 때려치우고 〈캐논〉만 연주했어. 결국 제적당하고 학교에서 쫓겨났지. 다 너 때문에. 더 얘기해 줄까? 그때 기억해? 나랑 혜진이가 처음으로 싸웠던 때. 그때 네가 나 없을 때 혜진이한테 너랑 나랑 이어 달라고 말했다며. 네가 나 좋아한다고. 나 그때 혜진이한테서 그 말 들었지만 왜 내가 널 남자로 안 봤는지 알아? 이 바보야. 혜진이가 너 좋아한대. 그래서 오히려 그런 말도 하더라. 네가 나를 좋아하는데 언니, 부탁인데 저 오빠랑 잘되게 도와주면 안 되냐고. 네가 혜진이한테 부탁한 걸 오히려 혜진이가 나에게 부탁했다고. 근데 나도 그때 너한테 약간 호감이 있어서 살짝 질투가 났나 봐. 내가 싫다고 했어. 너무나도 단호하게. 혜진이는 정말 진심을 담아 진지하게 부탁했는데. 오랫동안 나에게 부탁하기도 했고. 그래서 싸운 거야. 혜진이도 자기 마음 몰라주는 나 같은 사람한테 많이 화났는지 '언니, 그렇게 살지 마.'라고 하고. 그리고 다음 날 떡볶이집에서 우리 셋이 만나서 화해했잖아? 그때 혜진이가 순대를 안 먹었는데, 네가 한 입 먹여 줬고. 걔 그거 그날 밤 늦게까지 정말 좋아하더라. 나랑 통화했는데, 그 순간 너무 행복했대. 그런데 그거 알아? 혜진이 순대 알레르기 있는 거. 혜진이도 참 바보 같은 년. 자기 순대 알레르기 있으면 있다고 말을 하면 될 거 가지고 네 장단에 맞춰 주느라고 말도 못하고. 그날 너 먼저 집에 가고 조금 있다가 혜진이 볼이랑 턱 퉁퉁 부었어. 많이 아파 보이길래 내가 괜찮냐고 물었는데 오히려 오늘이 세상에서 제일 행복하대. 네가 순대 한 입 먹여 준 거 때문에, 참. 야, 이 삐꾸야. 너 왜 그렇게 눈치가 없냐? 한마디만 더할게. 2학년 채플 시간 때 혜진이 우리가 처음 알게 됐잖아? 그때 걔가 너 어딨는지 찾다가 일부러 네 옆에 앉았던 거였어. 세 번째 채플 동안 널 지켜보다가 네가 너무 좋아서 사귀어 보고 싶어서. 등신. 너 혜진이같이 좋은 여자 놓친 거 평생 후회하게 될 거다. 바보 같은 놈."

그 말을 끝으로 강희와의 통화가 끝났다. 나는 순간 멍했다. 혜진이가 그렇게 나를 좋아했다니. 난 그때 왜 그걸 몰랐을까.

먹던 커피를 반이나 남기고 카페 밖으로 나왔다. 바깥은 햇빛이 뜨거웠다. 나는 하늘을 올려다보았다. 그리고 생각했다. 오늘은 이렇게 뜨거운데 그때의 내 마음은 왜 그토록 미지근했을까.

'혜진이, 혜진아.'

기분이 이상했다. 처음 느껴보는 감정이었다. 나는 어찌해야 될지 몰랐다. 그저 카페 앞에 멍하니 서 있기만 했다. 카페에선 다른 노래가 들려오고 있었다. 스탠딩 에그의 〈오래된 노래〉였다.

문득 혜진이가 이 카페 안에서 했던 말이 떠올랐다. 나는 물었다. 인생은 피아노 같은 걸까, 가야금 같은 걸까. 혜진이는 세상에 우연은 없다고 했다. 모든 건 필연이라고 했다. 그때 혜진이가 무슨 말을 했던 건지 이제야 깨달았다. 내게 우연이었던 게 혜진이한테는 결코 우연이 아니었다. 내 앞에서 혜진이의 모든 행동들, 그 하나하나가 다 의미 있는 것들이었다.

카페에서 여전히 같은 곡이 흘러나오고 있었다.

하루는 하나님의 아들들이 와서 여호와 앞에 섰고 사단도 그들 가운데 왔는지라
여호와께서 사단에게 이르시되 네가 어디서 왔느냐 사단이 여호와께 대답하여 가로되 땅에 두루 돌아 여기 저기 다녀 왔나이다
여호와께서 사단에게 이르시되 네가 내 종 이 친구를 유의하여 보았느냐 그가 앞으로 하나님을 경외하며 악에서 떠날 것이니라
사단이 여호와께 대답하여 가로되 이 친구가 어찌 까닭 없이 하나님을 경외하리이까
이제 주의 손을 펴서 그를 치소서 그리하시면 정녕 대면하여 영원히 주를 욕하리이다
여호와께서 사단에게 이르시되 내가 그를 네 손에 붙이노라 오직 그의 마음에는 네 손을 대지 말지니라 사단이 곧 여호와 앞에서 물러가니라

    이 친구의 이야기는 그가 태어날 때부터 시작된다. 그는 어떤 종합 병원 산부인과에서 태어났는데, 부모님은 그가 태어났던 병원에 대해서는 자세히 가르쳐 주지 않았다. 이 친구의 부모님은 종교에 관심이 없었다. 그래서 그는 아주 어렸을 때 그의 부모님과 마찬가지로 종교에 관심이 없었다.

    시간이 흘러 이 친구는 유치원에 다니게 되었다. 당시 유치원에서 그의 선생님은 그를 사랑으로 보살펴 주었다. 이 친구는 매해 겨울 크리스마스가 다가오면 설레었다. 크리스마스라는 말의 뜻은 몰랐지만 한동안 이 친구는 산타가 정말로 있을 거라 믿었다.

    시간이 더 흘러 이 친구는 초등학교에 다니게 되었다. 담임 선생님은 여자 선생님이셨는데, 매월 말일이 되면 그달에 생일인 아이들을 교실

앞으로 불러내어 소소하게나마 생일 파티를 해 주었다. 선생님은 모든 아이들에게 그달에 생일인 친구들을 위해 생일 축하 노래를 부르도록 했는데 그것은 〈당신은 사랑받기 위해 태어난 사람〉이었다.

시간이 흘러 이 친구는 중학생이 되었다. 그는 톨스토이의 《부활》을 아주 감명 깊게 읽었다.

시간이 더 흘러 이 친구는 고등학생이 되었다. 그의 친구들 중에는 교회에 다니는 친구가 있었는데, 그는 그 친구의 권유로 같이 교회에 가서 목사님의 말씀을 한 번 들었다.

20대가 되어서 이 친구는 그의 주변에 있는 어떤 사람을 좋아하게 되었다. 그 친구는 교회에 다닌다고 말했다. 이 친구는 매해 연말이 다가오면 TV에서 꼭 하곤 했던 지상파 방송사들의 연기 대상 시상식을 챙겨 보기도 했다. 많은 수상자들이 소감으로 "하나님께 영광을 돌린다."라며 운을 뗐다.

이 친구는 살아오면서 교회에서 전도하러 나온 성도들을 길거리에서 한 번씩 마주쳤다. 그는 그런 사람들이 건네는 전도지를 받아 읽어 본 적 있었지만, 거의 대부분은 그에게 건네는 종이를 무시하고 지나쳐 버리곤 했다.

이 친구는 살면서 주변 사람들에게 큰 상처를 주기도 했다. 그래도 그의 주변에는 그의 곁을 지켜 주는 사람들이 있었다. 어느 날 그는 큰 아픔을 겪기도 했다. 너무나 힘들어하던 그는 하나님을 찾으며 원망하고 부르짖었다.

많은 시간이 흐른 후 그는 고향으로 돌아왔고, 한 병원에서 임종을 맞게 되었다.

사실,

그가 마지막 순간을 보낸 성누가병원은 예수님의 사랑으로 환자를 치유하는 비전을 가진 병원이었다. 하나님은 그가 하나님 당신을 '보지 못함에도 믿음으로써 복된' 존재가 되기를 바라셨다. 그래서 그가 하나님을 외쳐 부르짖게 만들었고, 하나님을 찾도록 만들기 위해 고통과 시련을 주셨다. 하나님은 용서받는 것을 경험하게 해 주고 용서하는 마음을 깨닫게 해 주기 위해 그가 사람들에게 상처를 주었을 때 그들로 하여금 그의 곁을 지키게끔 하셨다. 하나님은 그를 당신께로 돌아오도록 만들기 위해 수차례나 길거리에서 전도지를 그에게 건넸다. 하나님은 연말 시상식 속에서 수상자들로 하여금 당신께 영광 돌린다는 말을 하게 함으로써 그가 하나님 당신을 생각하기를 바라셨다. 하나님은 그가 혼자 좋아했던 사람들이 교회를 다니는 사람이게 함으로써 그가 하나님 당신을 긍정적으로 바라보길 원하셨다. 하나님은 그가 고등학생일 때 그를 인도해 주시기 위해 그의 친구로 하여금 그에게 교회에 같이 가자고 권유하게 하셨다. 하나님은 그가 중학생일 때 어떤 소설을 읽게 함으로써 그가 하나님 당신께 관심을 갖기를 바라셨다. 하나님은 그가 초등학생일 때 크리스천 선생님을 통해 그가 '사랑받기 위해 태어났다'라는 사실을 일깨워 주셨다. 하나님은 그가 하나님 당신을 좋은 분으로 생각하길 바라는 마음에서 늘 크리스마스를 즐거운 날들로 만들어 주셨다. 하나님은 그가 유치원에 다닐 때 선생님을 통해 사랑받는 소중함을 깨닫게 해 주셨다. 그리고 하나님은 그를 성누가병원 산부인과에서 소중한 삶을 시작하도록 만들어 주셨다.

하루는 하나님의 아들들이 와서 여호와 앞에 섰고 사단도 그들 가운데 왔는지라
여호와께서 사단에게 이르시되 네가 어디서 왔느냐 사단이 여호와께 대답하여 가로되 땅에 두루 돌아 여기 저기 다녀 왔나이다
여호와께서 사단에게 이르시되 네가 내 종 세 번째 배종표를 유의하여 보았느냐 그가 앞으로 하나님을 경외하며 악에서 떠날 것이니라
사단이 여호와께 대답하여 가로되 세 번째 배종표가 어찌 까닭 없이 하나님을 경외하리이까
이제 주의 손을 펴서 그를 치소서 그리하시면 정녕 대면하여 영원히 주를 욕하리이다
여호와께서 사단에게 이르시되 내가 그를 네 손에 붙이노라 오직 그의 생명에는 네 손을 대지 말지니라 사단이 곧 여호와 앞에서 물러가니라

1

배종표는 대구의 한 인문계 고등학교를 졸업했다. 지역의 하위권 대학교들 중 한 곳에 원서를 냈고 한 학기를 다녔다. 보통 또래 친구들이 그러고 나서 군대에 일찍 들어갔는데, 그도 물론 그러려고 했다가 사람들이 으레 하는 고민이란 것 때문에, 조금만 더 늦게 입대하기로 결심했다. 우선 휴학 신청서는 냈고, 그동안 돈도 조금 벌고 사회생활도 경험해 보고 싶어서 아르바이트를 알아봤다. 뭘 하면 좋을까 하다가 서대훈이라는 친구와 시내의 한 CGV 극장에서 일을 시작하게 되었다.

서대훈과 배종표는 아르바이트를 하는 극장에서 다른 직원들과 아주

원만하게 잘 지냈다. 다들 친절했고, 둘은 극장 내 사람들과 두루 친하게 지냈다. 특히 배종표는 여자 사장님과 친했는데, 그건 물론 사장님께서 워낙에 상냥하고 남을 배려하시는 성격 때문이기도 했지만, 그것보다는 오히려 배종표가 사장님께 평소 싹싹하게 다가가고 남을 편안하게 해 주는 특유의 좋은 성품 때문이었다. 배종표는 최대한 일에 진심이고 싶었다. 하지만 세상일이 모두 내 뜻대로 흘러가지는 않는 섭리 때문에, 가끔씩 부득이한 사정이 생기면 그는 사장님께 진심으로 양해를 구했고 사장님은 그때마다 그를 최대한 생각해 주었다.

"종표 씨~ 6층 7관 티켓 확인하러 갔다 오세용~"

여자 사장님은 항상 배종표에게 업무 지시를 내릴 때 이렇듯 애교 있게 말씀하셨고, 배종표가 그녀에게 입대 문제로 고민 상담을 털어놓았을 때는, "걱정하지 마, 종표 씨. 종표 씨가 군대 갔다 와서 알바 자리가 필요하다고 하면 나한테 와. 내가 종표 씨 다시 써 줄게. 종표 씨 얼마나 열심히 일하는데 내가 그거 하나 못 해 주겠어?" 하고 농담 반 진담 반 말씀을 해 주곤 했었다.

2

매표소 안은 조명이 어두웠다. 보통 극장들이 다들 그럴 것이다. 한쪽엔 옥수수들이 기계 안으로 들어가 몇 분 있으면 펑 하며 팝콘이 되어 나오고, 냉장고 안에는 토레타와 파워에이드, 환타 같은 것들이 진열되어 있었다. 영화를 보려는 사람들은 매표 키오스크 앞에서 친구끼리, 연인끼리 미소 짓고, 매점 전용 키오스크 앞에 선 사람들은 군침을 흘렸다. 10대가 많고 20대도 있고 30대도 종종 보였다. 여가의 장소, 우정의 장소, 사랑의 장소. 오직 영화가 좋아 영화만 보러 홀로 오는 사람들도 가끔씩 있었다.

3

 극장 일은 정말 재밌고 즐거웠다. 하지만 몇 달 일한 후 배종표의 입대 날짜가 다가왔고, 마침내 여기도 천천히 마무리 지어야 하는 시간이 되었다.
 "종표 씨~ 내가 전에 약속했지? 군대 잘 갔다 와서 일자리 필요하면 망설임 없이 바로 나한테 와. 알겠지, 종표 씨?"
 "감사합니다. 사장님."
 퇴사 문제와, 별 것 아닌 이런저런 이야기들이 몇 번 오갔고 그는 이번 달까지만 일하기로 했다.

4

 "야, 영화 〈동감〉 리메이크 나왔네?" 서대훈이 말했다.
 "어? 맞네. 〈동감〉 많이 들어 봤는데 이게 원작은 아닐 테고…." 배종표가 대답했다.
 "내가 이거 예고편 봤는데 재밌겠더라."
 "나랑 같이 볼래?" 배종표가 물었다.
 "야, 로맨스를 남자끼리 왜 보냐. 너랑 안 봐." 서대훈이 시큰둥하게 대답했다. 둘은 매표소 안에서 모니터에 업데이트된 현재 상영 영화 목록을 내려다보며 얘기했다.

"대훈 씨, 종표 씨~ 일찍 왔네용? 오늘은 별 일 없었죵?"

"예, 사장님." 배종표가 말했고, "별 일 없었습니다." 서대훈이 이어서 말했다.

"오늘은 스페셜한 날이에용~ 알바가 한 명 들어왔거든." 여자 사장님은 웃으면서 말했다. 그러더니 배종표를 향해 웃으며 "여자야, 여자." 속삭이는 듯한 말투로 조용히 말했다.

"대훈 씨는 여자 친구 있고. 종표 씨 잘해 봐~"

사장님께서 짓궂은 농담을 던지셨다.

얼마 지나지 않아 정말 어리고 예쁜 여학생 한 명이 매표소 엘리베이터에서 내려 성큼성큼 이쪽으로 걸어오더니 서대훈과 배종표와 함께 있던 사장님 앞으로 씩씩하게 걸어왔다.

"사장님, 안녕하십니까." 그 친구가 말했다.

"어~ 혜진 씨, 일찍 왔네용. 마음에 들어." 사장님은 인사한 후 우리 둘을 소개해 주며 "종표 씨가 혜진 씨 사수니까 잘 부탁해. 혜진 씨는 종표 씨한테 딱 붙어서 일 잘 배우고. 아 참, 대훈 씨는 나 좀 따라와 봐 부탁할게 있는데…." 하시더니 서대훈과 함께 다른 곳으로 가셨다.

"안녕하세요." 배종표가 먼저 인사를 했다.

"안녕하세요. 잘 부탁드립니다." 혜진은 웃으며 대답했다.

"먼저… 뭐부터 가르쳐 드려야 하지…. 일단 저 따라오실래요?"

"예."

배종표와 혜진은 극장에서 서로 챙겨 주며 잘 지냈다. 일도 손발이 잘 맞아, 서로가 서로에게 흡족했다.

5

어느덧 월말이 되었다. 배종표가 마지막으로 극장에서 일을 하는 날이었다. 극장 일은 평소보다 바빴다. 〈블랙 팬서〉 보는 사람들, 〈데시벨〉 보는 사람들, 그리고… 〈동감〉 보는 사람들. 배종표는 〈동감〉 리메이크가 개봉한 이후 줄곧 영화가 보고 싶었지만 아직까지 별다른 기회가 없어 못 보고 있었다.

퇴근 시간이 되자 배종표는 혜진에게 말을 걸었다.

"혜진 씨, 〈동감〉 봤어요?"

"〈동감〉이요? 저는 재미없어 보여서 아직 안 봤어요."

"어? 난 되게 재미있어 보이던데. 내가 살 테니까 같이 볼래요?" 배종표는 함께 퇴근하는 혜진에게 물었다.

"나 오늘 마지막 날인데 같이 봐 주면 안 돼요? 난 〈동감〉 되게 보고 싶어서…." 이렇게 말하면 선뜻 승낙해 주진 않을까 하며 망설이는 혜진에게 배종표가 말했다.

"종표 씨, 오늘 마지막 날이에요? 이제 일하러 안 와요?" 혜진은 조금 놀란 눈치였다.

"아, 혜진 씨한테 얘기 안 했구나. 네, 맞아요. 곧 군대 가서…."

"아, 그렇구나…."

"뭐, 꼭 같이 안 봐도 괜찮아요." 배종표가 스스로를 위로하는데,

"아니요, 같이 봐요."

작전이 통했다.

6

"말해야 하는데 네 앞에 서면 아무 말 못하는 내가 미워져. 용기를 내야 해, 후회하지 않게. 조금씩 너에게 다가가 날 고백해야 해."

영화가 끝나고, 엔딩 크레딧이 올라가며 츄의 〈고백〉이 OST로 흘러나왔다.

7

군대 생활은 그럭저럭 잘해 나갔다. 그 당시에는 꽤나 힘들었는데, 지나가 버린 건 돌이켜 봤을 때 언제 일어났냐는 듯 너무나도 시간이 빠르게 흐른 것 같다는 생각이 늘 들었다.

제대하고, 배종표는 잠깐 고민을 했다. 계획한 복학까지는 시간이 꽤 남았고, 뭐라도 해야겠다는 생각에, 그래도 새로운 경험을 해 보는 게 어떻겠나 싶어, 그는 단기 계약직 일을 찾아보았다. 그러다 '청년인턴'이라는 생소한 말을 접했고, 이곳저곳 홈페이지들을 들락날락거리다 한 공공기관 병원에 청년인턴으로 입사했다. 그는 응급실 간호보조로 일하게 되었다.

"종표 씨, 샘플 좀 내려 주세요." 배종표는 혈액, 소변, 코로나 항원, 안티젠이라고 불리는 코로나 신속항원, 객담 등을 응급실이 있는 2층에서 1층의 진단 검사 의학과에 전달해 주곤 했다.

"선생님, 2번 환자 검사 갈게요." 환자들을 휠체어를 태우거나 침대 째로 이동해 마찬가지로 1층의 영상의학과에 X-ray, CT, MRI를 찍을 수 있게 데려다주곤 했으며,

"종표 샘, 원무과에 가서 결재서류 좀 드리고 오세요." 서류를 들고 이 과 저 과 다니기도 했다.

8

나는 누구를 좋아했을까.
대구××병원에 응급실 간호보조로 입사를 했다. 그 직이 원래 다들 그렇듯 응급실에 환자가 내원하면 X-ray나 CT 등의 기본 검사가 있어서 간호보조인 내가 영상의학과로 사진을 찍으러 환자들을 휠체어 등에 태워 데리고 간다. 그리고 도착해서 접수처에서 접수하고 순서 기다리다가 직원이 부르면 검사실로 모시고 들어간다. 보통 다 찍을 때까지 근처 의자에 앉아서 기다렸다가 다 끝나면 모시고 다시 응급실로 데려간다.
입사 후 몇 주까지는 아무 생각 없이 일만 했다. 이성에 관심이 많을 나이라 예쁜 직원 선생님이 계시나 살펴볼 만도 한데 처음엔 일에 집중하느라 그랬는지 딱히 예뻐 보이는 선생님이 눈에 띄지 않았다. 그런데 약 한 달을 채웠음을 알 수 있는 월급날이 가까워지자 한 젊은 방사선사 선생님이 어느 순간부터 눈에 들어왔다. 젊어서 그런 건지 평소 남자 친구를 만나기도 해서 그런 건지 헤어스타일부터 눈 화장까지 외모를 많이 꾸미는 분이었다. 그래서 처음에는 남자 친구가 계시겠지 생각하고 바라만 봤는데 어느 순간부터 남자 친구가 있어서라기보다 현재 남자 친구가 없고 본인 또한 이성에 관심이 많기 때문에 그렇게 외모를 꾸미고 일하시는 게 아닐까 하는 생각을 해 보았다.
처음 얼마 동안은 순전히 호기심으로 그분께 관심이 갔다. 화장과 머리 손질을 저렇게도 하는구나, 라는 어느 정도의 신기함과 동시에 나와 다른 것에 대한 관심, 그것이었다. 사춘기 때 남자가 여자에 관심이 가고 여자가 남자에 관심이 가는 것을 호기심이라고 표현하곤 하지 않던가. 나도 뭐 그냥 그런 거라고 알고 있었다.

그런데 월급날이 가까워질수록 그분을 볼 때마다 '와, 진짜 예쁘시다'라는 감탄을 속으로 연신 뱉곤 했다. 그래서 난 그런 나를 그분을 좋아하는 나로 인지하고 있었다.

그러다 첫 월급날이 되었다. 퇴근 버스를 타고 지하철역에 내린 후 승강장에서 그분도 지하철을 기다리고 있길래 용기를 내 말을 걸어 보았다. 웃으며 대답해 주셨다. 나는 설렜다.

하지만 그다음 번에도 그렇게 지하철역에서 말을 걸어 보니 반응이 시큰둥했다. 아마 내가 부담스럽거나 불편하거나 싫었나 보다란 생각을 했다.

그러다 어느 날 지하철역에서 그분이 같은 영상의학과 동료 여자 선생님과 나란히 얘기하며 지하철을 기다리고 계셨다. 나는 다리 건너 친해지려는 마음으로 내가 좋아하는 선생님의 친구 선생님께 말을 걸어 보았다.

"선생님, 집에 바로 가세요?"

"네."

깜짝 놀라셨는지 그 선생님은 나를 동그란 눈으로 빤히 쳐다보며 말했다. 나는 원래 말이 많이 느린 편이라서 한참 후에 다시 말했다.

"저녁 같이 드실래요?"

그러자 그분은 황급히 "오늘은 이 친구랑 저녁 먹기로 해서 안 되겠다, 다음에 같이 먹어요, 선생님."이라고 말씀하셨다.

사실 그 선생님도 전에 일대일로 내가 먼저 말 걸어 보고 짧았지만 대화를 나눠 본 기억이 있었다. 어느 날 출근길에 우연히 같은 버스를 탔다가 같은 정류장에 내리시길래 내가 먼저 "안녕하십니까." 하고 인사드렸다. 입사하고 몇 주를 영상의학과에 거의 매일 왔다 갔다 했으니까 (비록 선생님이 자주 내 동선과 겹치지는 않았지만) 나를 기억할 거라고 생각했었던 이유도 있었고, 무엇보다도 일을 하다 보니 병원 안에서 남자 직원인데 비슷한 나이 또래의 여자 선생님들과 친밀하게 지내곤 하는 선생님들이 내심 많이 부러웠기도 했다. 나는 그런 경험이 거의 없었기 때문이다. 이성 교제가 아닌 친구여도 여자인 친구가 한 명도 없었다. 나도 여자인 친구가 있었으면 하는 바람이 있었다. 직장에서만 어울리는 동료일 뿐이라도 그런 관계를 평소 바라고 있었다.

그 선생님은 내 인사를 밝게 받아 주셨고 병원까지 걸어서 약 10분 도보 출근길에 함께 웃으면서 대화한 적이 딱 한 번 있었다.

더 멀리까지 가서 그분에 대한 첫인상을 말하자면, 내가 X-ray실로 침상환자를 모시고 간 때였다. 검사실 안에는 그분 혼자 일하고 계셨고 나는 약간 바보 같아서 그 선생님이 응급실 침대에서 검사실 침대로 환자를 이동시키는데 멀뚱히 서서 구경만 하고 있었다. 그랬더니 선생님이 도우라고 하셨고 환자를 잘 옆으로 옮긴 다음 그분은 나에게 약간 언짢은 눈매로 "환자 옮기는 거 도우셔야 돼요, 선생님."이라고 말씀하셨다. 그런 말들은 듣는 모든 이에게 늘 그렇듯 나는 조금 주눅 들었고 또 한편으로는 까칠한 사람이라고 할까 아무튼 그런 선생님이구나 하는 생각이 들었던 것 같다. 아무튼 그게 그 선생님에 대한 첫인상이었다.

애초에 관심이 가던 선생님은 내가 환자를 데리고 일을 하러 가면 차갑게 굴기 시작했다. 잘은 모르지만 그런 느낌을 받았다.

반면에 아까 말한 그 선생님은 알고 봤더니 굉장히 상냥하고 친절한 분이셨음을 알게 되었다. 마주치면 선생님께 "안녕하십니까." 하고 인사를 했는데 어느 순간부터 선생님께서 먼저 나에게 "안녕하십니까, 선생님." 하고 인사해 주시기도 했다. 되게 기분이 좋았던 건 그 선생님이 한 번씩 웃는 얼굴로 내게 그렇게 인사해 주셨다는 거다. 비록 코로나 시국이어서 눈밖에 보지 못했지만 내게 인사하며 밝게 눈인사도 겸하시는 모습이 고마웠다.

그러던 중 초기에 잘 해낼 수 있겠다 싶었지만 나도 모르게 증상이 생겨서 병원을 퇴사하게 되었다. 퇴사하는 그 순간에는 이제 아쉬울 것 없이 마음이 시원했는데, 하루도 지나지 않아 마음 한구석이 허전해지며 그제야 바보같이 내가 병원 생활을 아쉬워한다는 걸 깨달았다.

그날이었는지 며칠 후였는지, 병원 생활과 함께 영상의학과의 그 두 선생님이 머릿속에 떠올랐다. 그런데 이제 나도 모르게 '친절한 그 선생님'이 더 보고 싶었다. 그제야 내가 젊은 선생님보다 그 선생님을 더 좋아했던 게 아닐까 하는 생각이 들었다. 나도 모르게, 나도 모르는 새에 말이다.

나는 그분이 이미 결혼을 하셨는지 아니면 남자 친구가 있는지도 모른다. 심지어 이름조차 모른다. 하지만 내 사회생활 속에 그분은 좋은 모습으로 또 고마운 기억으로 남아 있었다. 이젠 다시 얼굴조차 볼 일 없겠지만 참 소중한 인연이었다. 어디 진득한 인연만 인연이랴, 하나하나 스쳐 가는 인연도 인연이다.

이제 내가 누구를 좋아했었는지 나름 알 것 같다.

9

퇴사 후 한동안 이렇게 생각하기도 했다.

10

"사장님, 안녕하십니까. 저 배종표입니다. 잘 지내시죠? 그, 몇 년 전에 CGV에서 일하다가 군대 문제 때문에 퇴사한…."
"오~ 종표 씨! 알지, 알지. 종표 씨는 그동안 잘 지냈어용?"
변함없이 상냥하고 밝으신 목소리였다.

11

어느 날은 배종표 혼자 한 극장에 갔었는데, 몇 년 전 첫 아르바이트 극장에서 봤었던 〈동감〉 리메이크작이 재개봉하고 있었다. 그는 되게 반가운 마음에 홀로 영화를 보기로 했다.
나라면 어땠을까. 내가 김용이었다면? 내가 좋아하는 사람이 결국에 내 인연이 아니라면? 나는 과연… 누구라도 일의 끝을 내다볼 수 있다면 세상은 어떻게 될까. 세상엔 매듭짓지 못하는 일들이 많다. 사랑도 꿈도 우정도…. 이 관계가 언젠가는 이별이라는 걸 안다면 과연 시작할 수 있을까. 용기가 날 수 있을까. 새드 엔딩이라는 걸 알면서도 시작한다면 그건 어리석은 걸까 용기 있는 걸까. 우리는 미래를 알 수 없다. 신은 그걸 허락하지 않으셨다. 만약 우리가 자신의 미래를 내다볼 수 있고, 결과를 미리 알 수 있다면 시도하지 않을 일들이 또 얼마나 많을 것인가.

다 섭리겠지. 모든 건 신의 섭리대로 흐르는 걸 거야. 우리는 그저 하루하루 매일의 일상 속에서 모르지만 일단 해 보는 것이다. 이게 우리를 위한 신의 뜻인지도 모르니까 말이다. 그런 생각을 하면서.

사라져 간 인연들이 많다. 놓치고 잃어버린 것들. 친구들도, 그리고 비록 짝사랑이었지만 소중했던 사람들도.

그래도 내가 누군가를 좋아하고 마음을 준 적 있는 것처럼, 어떤 사람은 나에게 남몰래 환대의 마음을 베풀었을 것이다. 위로 하나로 그런 작은 희망을 품으며…

12

CGV 사장님과 얘기가 잘 되어 오늘이 배종표의 재입사 첫날이다.
그 시각, 극장에서,
"혜진 씨, 오늘 되게 일찍 왔네? 마음에 들어."
"집에 있기 심심해서 일찍 나왔습니다." 혜진이 웃으며 사장님께 대답했다.
"혜진 씨, 요즘도 그 노래만 들어? 그…."
"네, 하하."
"말해야 하는데 네 앞에 서면 아무 말 못하는 내가 미워져~ 맞지?"
"네, 〈고백〉."
"혜진 씬 몇 년 전부터 그 노래만 계속 듣더라? 뭘까… 이유도 안 가르쳐 주고."

하루는 하나님의 아들들이 와서 여호와 앞에 섰고 사단도 그들
가운데 왔는지라
여호와께서 사단에게 이르시되 네가 어디서 왔느냐 사단이 여호
와께 대답하여 가로되 땅에 두루 돌아 여기 저기 다녀 왔나이다
여호와께서 사단에게 이르시되 네가 내 종 JP를 유의하여 보았
느냐 그가 앞으로 하나님을 경외하며 악에서 떠날 것이니라
사단이 여호와께 대답하여 가로되 JP가 어찌 까닭 없이 하나님
을 경외하리이까
이제 주의 손을 펴서 그를 치소서 그리하시면 정녕 대면하여 영
원히 주를 욕하리이다
여호와께서 사단에게 이르시되 내가 그를 네 손에 붙이노라 오
직 그의 생명에는 네 손을 대지 말지니라 사단이 곧 여호와 앞에
서 물러가니라

1

'만남에는 이별이 정해져 있고 떠난 자는 반드시 되돌아온다'라는 말이 있다.

모든 건 다 동전이 아닐까. 만남과 이별, 떠남과 돌아옴 같은 것들은 서로 반대되는 것이다. 이것이 있으면 저것이 생각될 수 없는 것이다. 하지만 세상일은 왜 그렇지 않을까. 만남이 있으면 이별의 순간이 다가오고 떠나는 순간 우리는 서로 재회의 약속을 한다. 머리로는 이게 있으면 저게 함께 있을 수 없는데 세상, 그리고 삶은 이것이 있을 때 저것이 항상 함께한다. 마치 동전의 양면처럼.

그래서 우리는 살아가면서 언제나처럼 동전 하나를 던진다. 윗면, 뒷

면이 뭐가 되는지는 그때그때마다 다르다. 하지만 확실한 것은 우리가 그렇게 수백 번, 수천 번 동전을 던질 때, 우리는 적어도 은연중에 지금 드러나지 않고 보이지 않는 쪽을 항상 염두에 둔다는 것이다. 삶의 연륜이 깊은 어른들은 그 사실을 온몸으로 체감하는 분들이다.

그래서 아리스토텔레스의 모순율은 틀렸다. 우리는 우리의 삶을 살아가고 있고, 우리 삶에 모순이란 것은 없다. 창과 방패는 언제나 함께한다. 다만 둘을 드는 손이 다를 뿐.

2

20대 초반 대학생 때부터 우울증과 공황을 크게 앓았다. 학교생활도 힘들어서 처음엔 휴학, 그러다 중퇴를 하게 되었고 일찍부터 정신과 외래를 들락거리기 시작했다.

"JP 씨의 증상은 우선 약을 먹고 이렇게 저렇게….'"

라고 돌아다녀 본 병원 의사들은 그랬는데 솔직히 말해서 크게 도움이 되었던 상담은 없었다. 다만 한 가지 나아진 점이라면 아무래도 약이 약이니만큼 꾸준히 복약을 하며 지내다 보니 우울감이라든지 공황 같은 증세는 어느 정도 많이 호전되었다.

집에서 아무것도 하는 일 없이 약만 먹으며 하루하루를 보냈다. 그렇게 한참의 시간이 흘렀다. 한 몇 년을 그랬다. 그러다가 어느 날 보건소 소속 정신 건강 복지 센터란 곳이 있다는 사실을 알게 되었다. 부모님께서 적극적으로 권유해 주셨다. 난 처음엔 망설였다. 더 기대할 것도 더 나아질 희망도 없을 거라 생각했다. 그래서 별로 가고 싶지 않았다. 이렇게 살다 저렇게 늙고 알아서 죽었으면 했다.

그때는 운명이란 게 뭔지 대강조차도 몰랐던 나이였다.

3

집에서 폐인처럼 지낼 적, 친척 어른들 경조사 같은 일들이 있을 때도 난 일절 참여하지 않았다. 부모님께서 형제분들이랑 다퉈 명절날에서조차 얼굴 보지 않은 지 꽤 오래됐기도 하여 안 뵀던 집안 어른들을 이제와 선뜻 만나 뵙고 인사드리기가 어색하고 상당히 불편하게 느껴졌다. 혹시나 공황 같은 증상도 올라오면 어쩌나 하는 두려운 마음도 있었다.

부모님께서도 내 사촌 형님, 사촌 누나들 결혼식 같은 때에 나를 억지로 데리고 가진 않았다. 어머니가 아버지께 하시던 말씀을 들었는데, 아파 보이는 모습 보여서 너희 집 아들 혹시 어디 아프냐 소리 들으면 곤란하지 않겠냐고 말씀하신 적이 있었다. 나는 백번 수긍했다. 화도 나지 않았고 물론 자존심도 상하지 않았다. 나도 내가 전보다는 좋아졌지만 아직까지도 남들 눈에는 어디 이상하게 아픈 사람으로 비쳐질 것이란 사실은 어느 정도 예상하고 있었다.

그러다가 누나가 결혼을 하겠다고 말했다. 남자 친구가 정말 좋은 사람이고, 잘생겼고, 착하고, 능력도 아주 좋다고 부모님께 말했다. 곧 매형 되실 분을 가족들과 함께한 자리에서 만나 식사도 하고 얘기도 나누었다. 부모님께서 결혼 승낙을 해 주셨고 누나 남자 친구 집안에서도 좋다고 하셨다. 결혼은 일사천리로 진행되었다. 누나도 세상 물정에 빠삭하고 매형도 영민한 분이신 듯해 좋은 곳에서 좋은 것들로만 두 분이 알아서 잘 척척 순조롭게 진행시키셨다. 얼마 안 가 날까지 잡았고, 청첩장을 제작하게 되었다.

청첩장을 만들었으니 당연히 친척들에게 드려야 할 게 아닌가. 그런데 정적이던 내 삶에 약간의 변화가 일어난 건 그때쯤이었다. 이때까지는 부모님께서 나를 숨기시고 내 얘기가 떠오르면 눈치껏 얼버무리셨는데 누나 결혼식에는 동생인 내가 꼭 참석해야 하는 것이 아닌가. 그래서 아버지 어머니도 그제야 친척들에게 나를 억지로 숨기려고만 하던 생각을 조금 유연하게 먹으신 것 같았다. 나도 물론 마음의 준비를 하고 있었다.

4

"네가 JP가?"
가장 큰아버지의 말씀이셨다. 내 기억상으로 큰아버지를 내 인생에서 처음으로 만나 뵀던 순간이었다.
"안녕하세요, 큰아버지."
"그래, 잘 왔다. 내가 네 큰아버지인 줄은 아나?"
유쾌하신 큰아버지셨다.
"이런 건 만데 가 왔노?"
나는 들고 있던 귤 상자를 식탁 위에 내려놓았다.
"이런 거 다음부터 가져오지 마이소. 그라믄 부담스러워서 다음부터 우리 집에 못 옵니데이."
큰아버지께서 어머니에게 말씀하셨다.
"네."
어머니가 웃으면서 답하셨다.
아버지, 어머니, 큰아버지, 큰어머니는 거실에 앉아 얘기를 나누셨다. 큰어머니께서 과일을 깎아 주셔서 다 같이 과일도 한두 조각씩 먹고 있었다.

"그래, JH가 결혼한다고?"

JH는 우리 누나 이름이다. 어머니께서 대답하셨다.

"예."

"직장은 어디 다닌답니까?"

이런저런 누나 결혼에 관한 얘기들이 오고 갔다.

"JP야, 니는 요새 뭐하노?"

"아, 예. 공부 좀 하고 있습니다."

나는 부모님과 얘기한 대로 공부하며 지낸다고 거짓말을 했다.

"무슨 공부하노?"

"예, 공무원 공부하고 있습니다."

"공무원?"

"예."

"이 큰아버지가 죽기 전에 네 공무원 되가 결혼도 하고 아기도 낳는 거 보고 가야 할낀데."

"예. 하하."

"네 일은 좀 해 봤나?"

"대학생 때 아르바이트 몇 개 해 보고 안 해 봤습니다."

"남자가 일을 해야지. 일을 해야 사람이다. 나중에 결혼도 하고 할라믄 직장은 다녀야 할 거 아이가. 여자들 남자가 아무리 좋아도 직장 없고 빌빌거리면 결혼 안 해 준데이."

"예."

갑자기 큰아버지께서 아버지를 바라보며 말씀하셨다.

"야가 내 밑이면 정신 좀 차리게 해 줄낀데."

그러곤 내게 다시 말씀하셨다.

"JP야, 남자가 살인이랑 도둑질 빼고는 다 해 봐야 한다는 소리 들어 봤제? 뭐 나쁜 짓을 하라는 건 아니고, 뭐라도 해 봐. 뭐라도. 어렸을 땐 싸움도 해 보고. 남자답게. 이제는 아무거나 일을 해 봐. 노가다도 해 보고 정 안되면 짜장면 배달이라도 해 보고."

"예. 하하."

뭐라고 대답해야 할지 몰라 가볍게 웃었다.

"JP가 내 밑이면 뭐라도 시킬낀데."

뭔가 아쉬운 듯이 다시 아버지를 바라보면서 혼잣말을 하셨다.

5

그즈음 정신 건강 복지 센터를 다니기 시작했다. 사회 복지사 선생님들은 다들 친절하셨다. 같이 모여 함께 프로그램을 하시는 회원분들도 다들 좋으시고 착한 분들이셨다.

지금 돌이켜 보면 몇 가지 추억들은 있었다. 하지만 아쉽게도 그때의 나는 이전의 나와 같은 마음의 나였고, 그래서 다른 사람들과 친밀히 다가가고 어울리는 게 힘들었다. 나는 주변만 겉돌았다. 회원님들이 내게 먼저 인사를 해 주시고 내가 먼저 인사를 하기도 했지만 딱 거기까지였다. 더 나아가지를 못했다. 뭐 거기 회원들 다 각자 자기만의 친구가 꼭 하나둘씩 있는 것은 아닌 듯 보였지만 나는 그곳에서 친구를 사귀지 못했다. 그래도 나는 욕심부리지 않았다. 너무 오랫동안 혼자 집에서만 지내다 보니까 사람들과 어울리는 게 나에게도 필요해 보였다. 사회 복지사 선생님들도 재활은 바로 그렇게 한 걸음 한 걸음씩 시작되는 거라고 말씀해 주셨다.
 한동안 그렇게 정신 건강 복지 센터를 왔다 갔다 하며 매일을 보내기 시작했다.

6

 그렇게 센터를 1년 정도 다녔다. 어느 날 모임 시간 때 사회 복지사 선생님께서 말씀하셨다.
 "여러분, 중구 정신 건강 복지 센터에 다니시던 D 씨가 한 4, 5년 전부터 9급 공무원 시험을 준비하고 계셨는데 최근에 시험에 합격하셨습니다. 지금은 서구청에서 사무직으로 발령 났다고 합니다. 굉장히 축하할 일이죠? 제가 지금 여러분들에게 이런 말씀을 드리는 이유는 여러분도 충분히 노력할 수 있고 취업할 수 있다는 사실을 일깨워 주고 싶어서였습니다. 여러분도 할 수 있습니다. 여러분을 응원합니다."
 얼마 후 장애인의 날에 행사가 진행되는 시민 운동장에서 특별히 D 씨가 오셔서 무대 앞쪽에 재활 및 합격 수기를 들려주셨다. 손에는 A4용지 두 장이 들려 있었다.
 "대나무가 자라는 걸 본 적 있으십니까? 대나무가 막 싹이 올라와 조그맣게 있을 때는 한참을 기다려도 크지 않습니다. 그러다 한 몇 년의 기다림을 거치면 엄청 빠른 속도로 키가 쑥쑥 자라고 대나무가 성장한다고 합니다. 여러분도 지금 막 싹이 올라온 대나무인지도 모릅니다. 한참을 거기서 거기, 그 자리라고 생각하시겠죠. 하지만 힘을 내 재활을 꾸준히 하면서 조금만 더 기다려 보십시오. 여러분들도 언젠가는 평범한 대나무처럼 놀라울 정도로 빠르게 성장하시는 날이 꼭 오게 될 겁니다. 그리고 그때가 바로 여러분이 회복을 이루게 되는 날이라고 생각합니다."

D 씨의 성공을 마음속으로 축하해 드렸다. 그러고 나서 나는 나에게 질문했다. 너는 어떠니. 너도 저렇게 될 수 있니. 너도 노력할 수 있니. 너도 성공할 수 있니.

7

"저도 공무원 공부를 좀 해 보려고요. D 씨를 보고 많은 힘이 되었습니다."

그렇게 센터에 말씀드리고 그곳에 다니기를 중단한 후 본격적으로 공무원 공부를 시작하기로 했다. 운이 좋게도 집에서 오 분 거리에 작은 동네 도서관이 있었다. 열람실은 없고 자료실이 있는데 거기 오는 사람들은 모두 자료실 책상에서 개인 공부를 했다. 직원분께 여쭤봤더니 원래 원칙상으로는 안 되는 일이지만 별일 없는 한 눈감아 주고 잘 넘어가 주신다고 하셨다. 그래서 그때부터 아침 9시 도서관 문 여는 시각에 도착해 공무원 공부를 시작했다.

초반 두 달까지는 공부가 그래도 할 만했다. 하지만 문제는 세 달째가 다 돼 가는 시점에서부터였다. 급격히 지치기 시작했다. 흥미만 있으면 마라톤을 완주할 수는 있을 것 같은데 흥미 자체가 사라지고 말았다. 이제 와서 부모님을 실망시켜 드리기도 마음에 안 좋았다. 나는 어떻게 해야 할지 몰랐다.

도서관에 와 있으니 책이 아니면 다른 재미있는 일들이 없었다. 그래서 나는 공무원 교재를 덮어 두고 무슨 책을 골라 읽을지 고민했다. 어떻게든 평소와 같은 시간대까지 시간은 때우고 집에 돌아가야 할 것 아닌

가. 그래야 부모님께서 내가 공부를 꾸준히 하고 있는 줄로 아실 테니까 말이다.

　철학을 한 번 읽어 볼까 생각이 들었다. 종교에도 관심이 갔다. 두 가지 분야 말고는 다른 쪽에서는 도무지 손이 가지 않았다. 예외로 역사책은 한 번씩 훑어봤다.

　그중 종교 공부가 지금의 내가 있기까지 많은 도움이 된 것 같다. 물론 철학 공부도 충분히 재밌었다. 하지만 종교에 대한 이해가 깊어질수록 '철학은 종교의 시녀'라는 옛말이 마음에 와닿을 정도로 종교에 비하면 철학은 아무것도 아니라는 생각이 들었다. 난 열린 마음을 가지고 불교와 기독교 서적을 자유롭게 읽어 나갔다. 그러면서 많은 생각을 해 보았다. 그때 막 취미가 연습장에 낙서하기가 되어서 그것도 내 공부에 많은 도움이 되었다. 내 생각, 견해들을 연습장에 적어 놓은 후 책을 읽고 나서 다시 보게 되면 책을 읽는 동안 새롭게 느끼게 된 바가 조금씩 있어 기존에 적어 놓은 생각들은 폐기하고 새로운 내 견해를 적어 두었다. 그렇게 계속해서 나의 정신적, 영적 성장은 꾸준히 이루어졌다.

8

　한 1년 가까이를 그렇게 부모님 몰래 종교 공부 위주로만 하다가 결국 부모님께 공무원 공부를 오래전에 포기했다는 사실을 말씀드렸다. 부모님께서는 역시 실망스러워하셨다.

　"공무원 공부도 안 하고… 그럼 이제 뭐할 거고?"

　아버지의 말씀이셨다.

　"일단 도서관은 계속 다니면서 취미 공부를 좀 더 하고 싶어요."

"무슨 취미 공부."

"인문학 공부요."

"JP야, 네가 이제 나이도 있고, 또 목표가 없으면 도서관 거기 다니는 것도 금방 괴로워진다. 이때까지는 공무원이라는 목표가 있어서 아침 일찍 나가 늦은 낮에 집에 돌아오곤 했지만 목표가 사라지면 그게 안 된다카이."

"그럼 어떡할까요, 이제."

"네도 이제 일을 좀 해 봐야지."

"네."

그렇게 목표가 취직으로 바뀌었다. 나는 아무래도 괜찮았다. 1년 가까이 게을렀지만 그래도 종교에 대한 탐구를 해 나가면서 위로도, 위안도 많이 받았고 용기도 크게 가지게 되었다. 나는 취업 포털을 통해 일자리를 알아보다가 한 골판지 공장에 입사 지원을 했고 면접까지 보게 되었다.

하지만 채용에서 떨어졌다.

9

그즈음 몇 군데에 더 입사 지원을 하면서 회사 쪽에서 연락이 오기만을 기다렸다. 기다리는 동안에는 평소와 같이 동네 도서관에서 시간을 보냈다. 아버지께서 내가 오전 늦게까지 잠만 자고 집에서 폐인처럼 빈둥대는 꼴을 못 보셨기 때문이다.

어느 날은 갑자기 소설이 읽고 싶었다. 세계 문학 코너에 가서 전집들을 두루 훑어보았다.

《위대한 개츠비》

제목이 멋있었다. 책장에서 뽑아 들었다. 내가 원래 책 읽는 속도가 느려서 끝까지 읽는 데에 며칠이 걸렸다. 도서관에서 마지막 페이지를 넘기고 책을 뒤집은 날, 집으로 돌아오면서 난 가슴이 찡했다. 먹먹했다. 개츠비가 너무 멋있었다. 나도 그런 사랑을 해 보고 싶었다.

능력. 중요하다. 특히 여자를 사귈 때에는. 데이지는 능력 때문에 개츠비를 떠났다. 개츠비는 능력 없는 자신의 처지 때문에 사랑하는 사람을 잃었다. 그게 개츠비의 콤플렉스가 되었다. 어떻게든 성공했다. 그런 후 옛 애인 데이지를 기다렸다. 결국 찾았다. 재회를 했다. 그러나 결말은 어이없도록 비극이었다.

개츠비는 위대했다. 누가 뭐래도 틀림없는 사실이었다. 다만 사랑이라는 이름으로.

10

큰아버지께서 간암에 걸리셨다는 소식을 전해 들었다. 안타깝게도 얼마 못 사신다고 하셨다. 큰아버지와 그때 첫 만남을 계기로 부모님과 큰아버지, 큰어머니와의 모임에 몇 번 참여해서 만남을 이어 갔었다. 나는 큰아버지가 좋았다. 가까워지고 싶고 곁에서 많은 걸 배우고 싶었는데 시간이 야속했다. 뭐든 때가 늦어서야 비로소 정신을 차리게 만든다. 나는 저녁 식사 때 아버지께 큰아버지는 어떤 분이시냐고 여쭤보았다. 나는 조용히 다 듣고 바로 내 방에 들어와서 일기장에 소중한 말씀들을 기록해 두었다.

11

아버지한테서 큰아버지 이야기를 들었다.

큰아버지는 젊으셨을 때 20대는 물론 결혼하기로 마음먹고 손 씻어 나오기 전까지 건달로 조폭 세계에 계셨다고 한다. 초등학교만 마치셨지만 포장마차, 주차장, 도서 영업, 당구장, 정육점, 식당 등 '안 해 본 일이 없었다'라고 하신다. 스스로 '나는 인복이 많다, 곁에 사람이 끓는다'라고 하신다. 과정은 모르겠지만 안기부 간부 형님과 의형제를 맺으셨다. 시사영어사 전국 영업 2위까지 하셨는데 아버지는 아마 그게 안기부 의형제 형님의 덕을 보신 것이지 싶다고 하셨다. 큰아버지는 결혼하고 나서부터 '철 들었다', '이제야 사람 됐다'라는 말이 어울릴 분이시지만 일하실 때에는 안 해 본 일이 없으실 만큼 '자갈밭에 놔둬도 살 사람'이셨다. 20대에는 주먹 세계에 계셔서 손을 깔끔하게 씻고 나올 때까지 직업이 없으셨다. 큰아버지는 남의 지시를 받아 일하시는 건 못 견딜 만큼 아만심이 높으셔서 내가 최고, 내가 왕이라는 분이시고 자기보다 낮은 사람, 예로 동생들에 대해선 자기가 먼저 품어 주어야겠다는 분은 아니며 동생들이 나한테 잘해 주는 게 먼저라는 마음을 가지셨다. 아버지는 그게 큰아버지의 단점이라고 말씀하셨다. 아버지는 안기부 의형제 형님 백 덕이라고 하셨지만 큰아버지는 어딜 가서도 꿀리지 않는 분이셨다. 남이 자기한테 잘못하면 큰코다칠 거라는 마음을 안기부 형님을 믿고 가지셨을 거라고 아버지께서 말씀하셨다. 단점은 내가 최고라는 생각이 강하셔서 욕심이 많으시다고 하신다.

큰아버지에 대해 듣고 난 생각은, 사람을 모으는 것도 일에서 성공하는 것도 다 사람을 얻는 것에서 나온다는 것이다. 영업 전국 2위는 안기부 형님의 덕이 있었을지도 모른다. 그리고 사람을 얻는 것은 자신감과 호방함에서 나오고 자신감과 호방함은 스스로가 강하게 자립하는 데서 나온다. 그리고 깍듯한 예의.

큰아버지는 비록 아랫사람들에게는 그래도 윗사람들에게는 깍듯하셨다고 한다. 산전수전 다 겪으셨다고 한다.

12

결국 정신 건강 복지 센터를 다시 다니기 시작했다. 별다른 목표가 사라지니까 자연스럽게 매일 아침 늦게 일어나고 게을러지고 축 늘어지게 된 까닭이었다. 나도 내 자신이 참 많이도 답답했다. 그래서 부모님의 권유에 나도 기꺼이 그러겠다고 대답했다.

다시 돌아온 센터는 반은 반갑고 반은 낯설었다. 그새 새로운 얼굴들이 많이 늘었다. 내 나이 또래 형, 동생들도 전보다 더 있었다. 아니, 전에 다닐 적에는 내 또래가 거의 없었다. 지금은 사귈 수 있는 친구 같은 분들이 많이 보여서 좋았다.

다섯 명 정도 형, 동생들과 가깝게 지내게 되었다. 센터 프로그램 마치고 점심도 함께 자주 먹으러 다니고 자취하는 형님이 계셔서 형님 집에다 같이 모여 치킨도 사 먹고 보드게임도 하고 축구 경기도 보고 즐거운 시간을 많이 보냈다. 얘기도 많이 하면서 서로 마음도 나누었다.

그렇게 나는 친구들과 어울리는 것도 재활의 큰 부분이 아닐까 생각을 해 보았다. 어머니께서도 '맞다, 맞는 말이다'라고 말씀하셨다. 그렇게 학창 시절 때에도 드물게 경험했던 우정을 최근에서야 느끼게 되었다.

나는 빠른 시간에 많이 밝아졌다. 내가 이런 사람인 줄은 정말 몰랐다.

내가 이런 사람이 될 거라는 상상도 전혀 못했다. 친구 같은 형님들은 내가 유머 감각이 좋다고 해 주시고 어른스럽다고 말씀해 주셨다. 기뻤다.

13

어른 같은 형님들과 또 동생과 어른스럽게 잘 어울려 지내다 보니 나도 평범한 남자들처럼 여자 친구도 사귀어 보고 싶었다. 기회가 없을까 생각해 보다가 교회가 떠올랐다. 마침 센터에 남부교회 집사님이신 친한 이모가 계셨다. 이모님께 부탁해서 저 교회에 인도 좀 해 달라고 부탁드렸다. 다행히 선뜻 그렇게 해 주셨다.

11시에 담임 목사님 예배가 진행되고 12시에 청년부 예배가 시작됐다. 그 이후 3시 반에서 4시까지 청년부 말씀 산책이 있었다. 본 예배에서도 많은 것을 느꼈지만 나는 특히 말씀 산책 시간 때 더 많은 것을 배우고 마음에 새겼다.

"하나님께서는 태초부터 일하고 계셨습니다. 그리고 우리 인간에게 일을 시키셨습니다. 노동은 모두 하나님이 주신 소명이라고들 말합니다."

목사님의 말씀이셨다.

"기도란 상황을 바꾸어 달라는 것이 아닙니다. 기도란 하나님과 나 사이에 바른 관계를 맺고 내가 하나님을 만나고 대면하는 일입니다."

"하나님은 염려하지 말라고 하셨습니다. 그것은 자족입니다. 자족이란 하나님 안에서 우리가 어떠한 상황에서든지 좌우되지 않고 요동치지 않는다는 것입니다. 바울은 감옥에서도 기도하고 하나님을 찬송했습니다. 그는 감옥이라는 처지에 의해서 마음이 좌지우지되지 않았습니다. 그에게는 항상 평강이 함께했습니다. 평강이란 평강의 하나님을 말합니다.

유대인의 인사말이 무엇입니까. '샬롬'입니다. 하나님의 평강이 당신과 함께하시길 바란다는 뜻입니다."

어느 날은 이렇게 말씀하셨다.

"우리는 언제나 견뎌 내야 합니다. 예수님처럼 말이죠. 예수님의 능력이란 십자가 처형이라는 상상도 못할 고통을 견뎌 내셨다는 것에 있습니다."

어디 돈 주고도 못 배울 공부를 많이 받았지만 아직 하나님의 계획에는 없으신 건지 아직까지 여자 친구를 사귈 기회는 오지 않았다.

14

얼마 안 가 센터에 새로운 회원이 왔다. 나와 비슷한 또래의 여성분이셨다. 인상이 좋았다. 자연스럽게 말을 걸어 보았다.

센터 프로그램이 모두 마치고 다들 헤어질 때 그분께 점심 같이하지 않겠냐고 용기 내서 물었다. 다행히 좋다고 하셨다.

식사를 하면서 몇 번 대화를 나누었고 나는 다시 용기 내어 우리 서로 카톡 하면서 지내면 어떻겠냐고 물었다. 그렇게 연락처를 주고받았다.

집에 와서 카톡을 보냈다. 답장이 왔다. 기뻤다. 내 또래 여성과 카톡 하는 건 처음이었다.

한 2주간은 거의 매일 카톡 하면서 잘 지냈다. 그런데 어느 날 내가 먼저 전화를 걸었는데 내가 부담스럽고 싫다는 답변을 받았다. 여자한테서 그런 말을 들어 보니 전화기 너머가 너무 무섭게 느껴졌다. 너무 무서워서 알겠다고 미안하다 하곤 바로 끊었다.

몇 시간이 지난 후에 내가 다시 전화를 걸었다. 기다리면 안 되냐고.

내가 한 달이든 세 달이든 기다리면 안 되겠냐고. 그래도 된다는 말을 들었다. 전화 받아 줘서 고맙다는 말을 하고 끊었다.

며칠 후에 그분이 보고 싶어졌다. 전화를 해서 차나 같이 마시자고 했다. 지하철을 타고 그분 동네까지 갔다.

카페에서 차를 마셨다. 내가 이런저런 아이스브레이크 대화를 건네 보다가 그분이 내게 말했다.

"그때 전화받고 감동했어."

"아, 그래요?"

"근데 우리 엄마가 연애는 되는데 결혼은 안 된대."

그때 내가 너무 성급하고 어리석었다. 그래서 할 말, 못할 말 구별 못 하고 아무 생각 없이 바보처럼 말하고 말았다.

"내가 능력이 없어서 그런 거라면 뭐라고 할 말은 없지만 그래도 '사랑의 가족' 프로그램 있잖아요? 장애인 나오는 프로그램. 거기 보면 둘 다 장애인인데도 수급 받으면서 아이들도 낳고 잘 사는 사람들 많이 나와요. 정 안되면 수급 받으면서 살면 되죠."

지금 내가 생각해 봐도 참 어이없는 대답이었다.

15

'곰곰이 생각을 해 봤는데…. 사실 그때 면전이라 솔직하게 말은 못했는데 나도 엄마 생각이랑 같거든…. 그리고 난 울타리 같은 남자를 원해…. 우린 친구도 안 될 것 같아. 그냥 아는 사이… 이제부턴 존댓말 쓰려고….'

얼마 후 그분한테서 카톡이 왔다.

16

결국 큰아버지께서 하늘나라로 떠나시고 말았다.

돌아가신 다음날 장례식장에 부모님과 함께 가서 조문을 표하고 큰어머니께 인사드린 후 앉아서 간식을 좀 먹다 소고기국밥을 먹고 집으로 돌아왔다. 큰아버지 사위 되시는 내 매형분께서 운구해 주실 사람이 필요하다며 내게 "JP처남, 운구 좀 잘 좀 부탁해."라고 말하셨다. 나는 "알겠습니다."라고 말했다.

다음 날 새벽 일찍부터 부모님과 다시 빈소를 찾았다. 큰어머니와 친척분들에게 다시 인사를 드리고 다른 큰아버지 외 어른들과 나란히 돌아가신 큰아버지 관을 들었다. 태어나 처음 해 보는 운구였다. 검은색 천에 싸인 관이었는데 안에 큰아버지께서 누워 계실 거란 생각에 뭔가 마음이 이상했다. 아주 약간, 아직까지는 아주 약간 실감이 났다.

17

큰아버지와 상주분들은 운구차를 타고 나머지 우리 가족과 친인척 분들은 뒤따른 버스를 타고 함께 이동했다.

첫 장소로 큰아버지댁에 도착했다. 조카이자 큰아버지의 손자가 영정 사진을 들고 생전에 계시던 댁에 큰어머니, 가족들과 들어갔다 나왔다.

다음으로는 성당에 도착했다. 큰아버지는 천주교를 믿으셨다. 성당 건물 앞마당에 운구차를 세워 놓고 신부님으로 보이는 분들께서 나와 무언가를 읽으시며 미사를 진행하셨다.

"죽음은 끝이 아닙니다. 고인의 별세를 계기로 우리 모두 죽음의 의미를 한번 생각해 봅시다. 고인께서는 예수님의 곁으로 가셨습니다. 우리도 결국에는 모두 예수 그리스도의 품으로 돌아갈 것입니다. 죽음은 영원한 헤어짐이 아닙니다. 언젠가 우리 모두는 다시 만날 날이 오게 될 것입니다."

"아멘."

미사를 진행하시던 가장 어른으로 보이는 신부님께서 말씀하셨다.

미사가 모두 끝나고 명복공원에 화장을 하러 가는 버스 안에서 이런저런 생각에 잠겼다. 예수님이 뭐길래. 도대체 뭐길래 돌아가시는 순간까지 큰아버지는 예수님을 마음에서 놓지 못하셨던 것일까. 아무리 인간이 감정적이고 비이성적인 동물이라고들 하지만 지금이 현대 사회이고 그렇게까지 맹신적인 사람은 잘 없을 텐데 사람들이 죽기 직전까지 예수를 놓지 못한다면 그렇다면 예수님이란 있는 것이 아닐까.

괜히 심란한 마음으로 버스 안에 앉아 있었다.

18

화장터에 도착했다. 화장 순서 때문에 야외 테라스에서 다들 한참을 기다렸다. 곧 화장 순서가 되었다. 다시 어른들과 관을 들었다. 이제 화장을 시작한다는 직원의 안내가 있었다. 마지막 인사를 하라고 하셨다. 많은 분들이 큰아버지의 관 위에 손을 올려놓았다. 나도 관 위에 한쪽 손을 올려놓고 마음을 엄숙히 가졌다. 큰어머니와 여조카가 흐느끼며 우는 모습을 지켜보았다. 누군가가 슬퍼하는 모습은 언제 봐도 가슴이 아팠다. 빈소에서 지금까지 내내 잘 견디는 듯했던 여조카가 그때가 되어서 오열하는 모습을 보니까 더 마음이 아팠다. 아까보다 훨씬 더 실감이 났다.

그때 나도 마음이 슬펐던 것 같다.

19

화장을 마치고 유골 가루를 묻으러 장미공원에 갔다. 그곳은 천주교 신자 고인분들이 주로 안치되는 곳이라고 가는 도중에 옆자리에 앉으신 아버지한테서 들었다.

완전 산이었다. 산을 고산 지대 밭같이 계단처럼 깎아서 곳곳에 묘들을 세워 놓은 곳이었다. 친척 어른들이 먼저 산을 올라갔다. 계단이 있어서 그리 위험하진 않았다. 한참을 올라가다가 잠시 뒤를 돌아봤는데 내 바로 뒤에 큰어머니께서 올라오고 계셨다.

"올라오시느라 많이 힘드시죠?"

"응, 손잡고 갈까?"

"예."

그렇게 큰어머니와 한 손을 잡은 채로 지정 장소까지 올라갔다.

도착하자 성당에서 나와 항상 함께하시던 성당분들이 미사를 진행하기 시작했다. 그런 후 나는 잘 모르지만 어떤 봉 같은 것에 물을 적셔 묘지에 몇 번 뿌리기도 했다. 여러 분들이 하셨는데 아무것도 모르는 내가 감히 해 보겠다 해도 괜찮을지 몰라 멀리서 지켜만 봤다. 그런 후 유골을 묻고 삽으로 그 위에 흙을 덮어 주는 의식을 다 함께했었는데 그건 나도 해 드려야 큰아버지께 예의가 아닐까 하는 마음이 들었다. 의미와 하는 법은 잘 몰랐지만 그냥 어른들 하는 대로 따라서 앞으로 나와 흙 한 삽을 큰아버지 위에 뿌려드렸다.

거의 다 끝난 것 같았을 때 상조 회사 직원분이 오셔서 말씀하셨다.

20

"돌아가신 분은 천주교식으로 장례를 다 마쳤습니다. 그런데 미망인께서 전통 장례 의식도 해 드리고 싶다는 요청이 있으셔서…."

그렇게 큰아버지 앞에 과일도 놓고 떡도 놓고 황태포도 놓고 절을 올렸다.

"이제 정말 마지막입니다. 돌아가신 분께 마지막 작별 인사를 드리고 보내 드립시다. 고개 숙여 두 번 절합시다."

'마지막 작별 인사'

그제야 실감이 났다. 다 같이 허리를 숙였다. 나도 숙였다. 천국 가십시오, 큰아버지. 속으로 말씀드렸다. 눈에는 눈물이 맺혔다. 돌아가신 후 큰아버지께 드리는 처음이자 마지막 말씀이었다.

21

한낮에 집으로 돌아왔다. 나는 옷을 갈아입고 씻고 바로 낮잠에 빠졌다. 앞에 큰아버지께서 서 계셨다.

"큰아버지!"

반가운 마음에 큰아버지를 불렀다. 그런데 큰아버지의 입 모양은 움직이는데 내게는 아무 소리도 들리지 않았다.

"안 들려요, 큰아버지. 하나도 안 들려요!"

22

 휴대 전화 벨소리에 잠에서 깼다. 방 안이 어두웠다. 벌써 해가 진 지 오래, 저녁이었다. 전화는 그분과 친하신 B이모였다. 나는 전화를 받았다.
 이런저런 얘기를 했다. 그러다 이모가 워낙에 신실한 기독교 신자분이시라 자연스럽게 예수님 얘기로 옮겨 가게 되었다.
 "JP야, 내가 아프고 힘들 때 예수님이 정말 많은 힘이 되었거든? 내가 너한테 내가 가진 가장 좋은 것을 주고 싶은데 그게 바로 예수님이야. 요즘 기도하니? 기도하는 법 알려 줄까? 기도는, '하나님 아버지 감사합니다. 저를 용서해 주십시오. 그다음 간구하는 걸 말하고, 마지막으로 예수님의 이름으로 기도합니다. 아멘'이라고 기도하면 돼. 어려우면 주기도문 알지? 하늘에 계신 우리 아버지여… 주기도문으로 기도해도 최고의 기도야. 우리에게 일용할 양식을 주셨다고 하는 것은 감사하는 거고 우리 죄를 사하여 달라는 것은 용서해 달라는 거고 시험에 들게 하지 말고 악에서 구하옵소서는 간구하는 거야. 그리고 이름이 거룩히 여김을 받으시오며 나라가 임하시옵소서는 하나님의 영광을 찬양하는 거고. JP야, 하나님 예수님은 너의 어떠한 죄라도 모두 용서해 주신다. 십자가형을 같이 받은 강도에게 예수님께서는 '너는 나와 천국에 갈 것'이라고 말씀하셨어. 당시에 십자가형은 극악무도한 죄인에게 행했던 아주 무거운 형벌이었는데 그런 사람마저도 예수님을 믿고 회개하면 천국 보내 주시고 용서해 주셨는데 우리 같은 사람들은 말해 뭐 하겠니. 너 나쁜 사람 아니잖아. 살인 같은 거 안 해 봤고 앞으로도 안 할 사람이잖아. 너도 충분히 천국 갈 수 있어."
 "예."

나는 조용히 대답했다.

"오늘 교회는 갔다 왔니?"

"아… 사실 며칠 전 저녁에 큰아버지께서 돌아가셔서 어제랑 오늘 장례식장 갔다 왔어요…."

"아, 그래?"

"예, 그런데 타이밍이 묘해서 그런가, 큰아버지도 천주교로 똑같이 예수님 믿으셨거든요. 그래서 돌아가신 큰아버지가 이모의 목소리를 통해 제게 말씀해 주시는 것 같아서 마음이 갑자기 먹먹하네요."

"그래, 천주교도 예수님 믿는 건 똑같지. 큰아버지 천국 가셨을 거야."

"예, 고맙습니다."

"그리고… A 있잖아?"

A는 내가 좋아하던 그분이다.

"네가 A 많이 좋아해도 너무 저자세로 나가지 마. 여자들 너무 착한 남자 싫어한다. 여자들 나쁜 남자 좋아한다는 말 들어 봤지?"

"네, 하하."

"걔가 좋아도 너무 자주 연락하지 말고. 한 번씩 연락하고. 그리고 네가 뭐가 부족해서 저자세로 납작 엎드리니? 얼굴 잘생겼지, 키도 크지. 알겠지?"

"예, 하하."

"벌써 또 통화가 한 시간이나 됐네. 너무 전화 붙잡아서 미안하다."

"아닙니다. 좋은 말씀해 주셔서 매번 고마워요."

"그래, 이제 끊을게. 다음에 보자."

"예, 들어가세요."

전화가 끝났다.

전화를 끊자 두 사람이 생각났다. 큰아버지와 그분. 나는 그분을 정말 좋아했다. 아직도 좋아한다. 그런데 내가 비전 없는 모습을 너무 적나라하게 보여 드렸다. 그분은 나의 그런 가치관에 크게 실망했다. 개츠비의 데이지처럼 그분은 내게서 마음을 다시 가져갔다. 다시 좋은 관계로 돌아갈 순 없을까. 꼭 내가 성공해야만 하는 걸까. 돌아가신 큰아버지께서는 하는 일 없이 이렇게 놈팡이로 사는 나에게 뭐라도 해 보라고 하셨다. 이제 나는 무엇을 해야 할까.

B이모의 목소리로 큰아버지께서 다시 한번 내게 찾아와 주신 것이라고 맹목적으로 믿는다. 큰아버지께서 천국에 잘 도착하셨다는 기쁜 소식을 내게 알려 주신 거라고 믿는다. 그분 역시 언젠가는 얼굴, 아니 적어도 좋은 소식이라도 전해 듣는 날이 오게 될 거라고 믿는다. 약 2주 동안의 서로 간 호감이었지만 나에겐 첫사랑이었다. 남자에게 있어서 누군가가 자신을 남자로 봐 준다는 것은 어떤 기분일까. 나는 이제 거기에 한마디 답을 내릴 수 있을 듯하다. 그것은 그 사람의 존재 하나만으로 내가 한층 더 어른이 되는 기분이다.

고맙습니다.

하루는 하나님의 아들들이 와서 여호와 앞에 섰고 사단도 그들 가운데 왔는지라

여호와께서 사단에게 이르시되 네가 어디서 왔느냐 사단이 여호와께 대답하여 가로되 땅에 두루 돌아 여기 저기 다녀 왔나이다

여호와께서 사단에게 이르시되 네가 내 종 배종필을 유의하여 보았느냐 그가 앞으로 하나님을 경외하며 악에서 떠날 것이니라

사단이 여호와께 대답하여 가로되 배종필이 어찌 까닭 없이 하나님을 경외하리이까

이제 주의 손을 펴서 그를 치소서 그리하시면 정녕 대면하여 영원히 주를 욕하리이다

여호와께서 사단에게 이르시되 내가 그를 네 손에 붙이노라 오직 그의 마음에는 네 손을 대지 말지니라 사단이 곧 여호와 앞에서 물러가니라

제1부. 사건의 시작

1

내가 이제 이런 말을 꺼내는 이유는, 내가 어떻게 여기에 왔고, 또 그 과정 속에서 내가 누구누구에게 죄를 저질렀으며 특히 그중에서도 딱 한 분, 내가 결코 씻을 수 없는 죄를 짓고 만 그분을 결코 내 기억 속에서 잊어버리지 않기 위해서다.

따분할 수도 어쩌면 조금은 흥미로울지도 모르는 나의 이야기는 솔직히 어디서부터 목소리를 가다듬고 첫마디를 내뱉어야 할지 모르겠다. 나의 말솜씨가 이놈의 병인지 죄인지 아무튼 그러한 나의 커다란 결함

때문인 고로 다소나마, 아니 분명 크게 두서가 없고 횡설수설일 가능성이 농후하지만 대충 기억나는 대로 차차 조금씩, 그리고 천천히 녹음을 시작하겠다. 나중에는 글로 받아 적어서 한 번 읽어 보고 다음에 다시 한 번 더 읽어 볼 만하게 정리해 나가도록 하겠다.

이제 나의 이야기는 이렇게 시작된다.

고3 수능 직후부터 이야기해 보는 게 낫겠다. 각각의 이렇고 저러한 다양한 사람들이 모인 환경 속에서 각 개인들은 그들 자신의 역량이 발휘되는 데에 있어 그것이 전체적으로, 그래 어쩌면 절대적이기 만큼 어떤 것에 의해 좌우되는지 사람들 속에서 전체의 한 부속품이었던 사람은 충분히 알 것이다. 그것은 다른 사람들과의 관계다. 결코 개인의 잠재성만이 그 자신의 역량을 현실화시켜 주진 못한다. 아무리 뛰어난 두뇌를 가졌어도, 놀라운 습득력과 이해력 그리고 그 밖의 모든 물질적 배경이 받쳐 준다 하더라도 결국 문제는 그 사람 마음 심자 한 글자로 돌아가는 것이다. 언젠가 TV 프로그램에서 어릴 적 뛰어난 IQ 지수를 기록했던 아이가 성인이 되어 우울증에 걸린 후 다시 지수를 측정해 보았더니 그 당시에 비해 눈에 띄게 지능 지수가 떨어져 있었다는 실험 결과를 봤던 기억이 있다. 아무리 머리가 뛰어나도 별 수 없다. 우울증이 그를 덮게 되면 그는 미래에 생기발랄하고 어여쁜 열매를 맺는 나무에서, 저 발끝에 차이고 바스락거리며 부서지는 한 줌 숨기 없는 낙엽 한 조각으로 추락하고 말 뿐이다. 그리고 그런 사람이 고등학교 3년 동안의 바로 나였다. 나는 학교생활에 적응하지 못했다. 친구도 거의 없었고 그래서 외롭게 하루하루를 버텨, 그래 버텨 오고 있었다. 다들 친구가 있고 서로서로 웃으며 즐겁게 어울리는데 나는 어디 다른 교실로 이동할 때도 심지어 급식을 먹을 때도 거의 항상 혼자였다. 남들은 다들 편안해하는데 나만 힘들고 무엇보다 그 동창들의 시선, 그게 가장 스트레스로 다가왔다. 그것은 언짢고 뻔뻔하고의 문제가 아니었다. 그것은 복잡한 문제였고 자존심과 자존감이 서서히 녹아내리는 문제였다. 그래서 우울증이 있었고 나는 마음의 스트레스로 인해 도무지 공부에 집중을 할 수가 없었다. 그것은 내 자존감을 회복시켜 줄 수도 없었으며 나를 어두운 터널에서 끌어올려 행복하게 만들어 줄 수도 없었다. 그래서 나는 고3 내내 공부와 담을 쌓았다.

그런데, 놀랍게도 수능은 기대했던 바보다 훨씬 잘 보게 되었다. 지금 생각해 보면 그런 축복이 왜 나에게 그리고 딱 그때 내게 내려진 건지 놀랍기까지 하다. 국어 영역 모의고사를 50점대 맡던 내가 수능 언어 영역에서 무려 80점을 받았다. 수학도 20점이나 겨우 맞던 내가 40점대를 맞아서 4등급을 맞았다. 다만 영어는 기대보다 낮았다. 그래도 그것 한 과목 빼고는 다른 모든 과목들이 내게 기대치 않았던 점수를 보내 주었다. 굳이 그 까닭을 밝히자면 솔직히 고3 시절 모의고사에서는 의욕이 없었다. 열심히 풀지도 않았었다. 하지만 다행히 고2 잠깐 마음의 안정이 있었을 때 내 나름대로 수학 수능 영역을 전체적으로 쭉 간단히 공부를 해 놓은 덕택이 있었다.

그렇게 수능을 잘 보고 겨울 방학이 왔고 나는 2, 3개월간 집에서 기쁜 마음으로 휴식을 취하고 있었다. 기대 이상의 성적 덕에 수시에 넣었던 전형 면접을 과감하게 불참하고, 내가 그나마 관심 있던 과에 정시로 지원해서 면접 없이 성적만으로 합격도 해 놓았다.

좋은 날들이었다. 많이 웃었고 즐거웠는데, 우연히 부모님과 서로 감정이 상하게 되는 사건을 겪었다. 아버지는 리모컨이 박살 날 정도로 내 얼굴을 내리쳤고, 내 얼굴에는 마치 손톱으로 할퀸 것 같은 상처가 곳곳에 났으며, 어머니는 암묵적으로 아버지 편에 서며 아무 행동도 취하지 않은 채 옆에서 그저 상황을 지켜보기만 하셨다.

분노가 일었다. 단순한 화가 아니었다. 그 사건 한 가지 때문에 내가 열받았고 그게 다였다면 그건 그저 화에 그칠 것이었는데 나의 분노는 그런 단순한 실타래가 아니었다. 고3, 그때까지 내가 평생을 살아오면서 아버지 어머니께로부터 가슴 깊이 받았던, 깊숙한 곳까지 생채기가 났던 수많은 상처들이 불쏘시개가 되어 폭발한 그 사건이었다.

그런 답답한 마음으로 대학교 영문과를 한 학기 다니다가 방학을 맞았다. 나는 그때 편의점 아르바이트를 주말마다 하고 있었다. 내 인생 최초로 사회에서 하게 된 일이었다. 그리고 집안은 그대로 쭉 분노와 적의, 증오로 가득한 싫은 곳이었다. 나는 어머니에게 수시로 입에 담지 못할 패륜적인 상스럽고 성적인 욕을 내뱉었고 아버지에게도 아주 추악한 욕설을 마구 토해 냈다. 마치 중학생이 같은 반 동갑내기 친구와 싸운 후 온갖 욕지거리를 다 쏟아붓는 것처럼 딱 그것 그대로 나는 아버지와 어머니를 그렇게 대했던 것이다.

그러다 어떤 날은 내가 도저히 같은 지붕 아래 부모님과 같이 살아갈 수 없겠다는 생각에 이르렀고 나는 아버지에게 생활비는 내가 아르바이트로 충당해 보겠으니 방값만 쭉 부쳐 달라, 대학교 앞 고시원에서 따로 살아가겠다고 말했고 아버지와 어머니께서는 그러라고 허락해 주셨다. 아버지와 그런 담판을 한참 벌일 때 나는 단 1초도 아버지의 눈과 얼굴을 쳐다보지 않았다. 그때 나는 허공을 바라봤고 아무것도 없는 바닥을 내려다보며 귀에만 들리는 아버지의 목소리 자취에 대해 응답하고 대화를 해 나갈 뿐이었다. 그것은 다른 이유는 없었다. 단지 내가 그때 그분의 얼굴을 바라보게 되면 나도 모르게 분노가 폭발해 다리에 온 힘을 실은 채 아버지에게 달려가서 아버지의 얼굴에 주먹을 날리고 발로 앉아 있는 아버지의 얼굴을 차 버릴 수도 있을 것 같다는 불안감 때문이었다.

그 당시 나는 나의 아버지를 그만큼 증오하고 있었다.

2

대학교 1학년 초중반까지, 내가 어울리는 학우는 두세 명에 불과했다. 하지만 친구와 그리고 친구와 가까웠던 친구와도 같은 자리에서 함께 이야기를 섞으며 어울리는 것도 재밌고 대학 강의 듣는 것 자체도 뭔가 세련되어 보이고 해서 즐거운 대학 생활을 누렸다. 그들과 한 번씩 수업 마치고 따로 함께 모여 술도 마시러 갔고 지금 생각해 보면 어렸던 그때의 내가 조금만 마음의 여유를 가지고 그들과 관계를 재정립 했었다면 정말 좋았을 텐데 하는 아쉬움이 하나 남아 있다.

몇 차례에 걸쳐서 나는 내가 친구로 생각했었던 그들이 돈과 관련되어서 나를 속이고 이용해 먹고 있다는 확신이 들었고 그래서 일방적으로 그들과의 만남을 일절 중단하고 철저한 아웃사이더로 지내는 길을 선택했다. 지금 생각해 보면 오늘의 거의 모든 불행은 그때 소중한 친구들을 멀리하고 스스로 다시 외톨이로 변해 버린 그 순간에 이미 시작되었던 것인지도 몰랐다.

그들로부터 상처를 받고 관계를 모두 정리한 때가 1학기 말쯤이었다. 곧 여름 방학이 시작되었고 나는 대학교 앞 고시원 근처의 한 PC방에서 아르바이트 자리를 구해 일을 하고 있었다.

어느 날이었다. 주말 저녁에 PC방 계산대 자리를 지키고 있다가 손님

몇이 자리를 계산하고 떠나서 그들이 이용했던 자리로 가 뒷정리를 하고 있는데 컴퓨터 책상 위에 지갑 하나가 놓여 있었다. 실수로 놓고 간 거겠지 하고 주워서 책상과 키보드를 닦고 계산대 원래 자리로 돌아왔다. 지갑을 한쪽에 놓고 사장님이 PC방 직원들 또한 무료하지 않게끔 자유롭게 놀라고 설치해 놓은 컴퓨터로 미국 드라마를 보고 있는데 자꾸만 마음이 저 두꺼운 지갑 쪽으로 향했다. 몇 번 흘깃하고 다시 흘깃하다가 결국 안에 뭐가 들어 있나 신분증도 볼 겸 열었다. 물론 주인이 찾아왔을 때 확인시켜 줄 신분증도 있었지만 현금이 무려 20만 원이 넘게 들어 있었다. 지갑 속 다른 종잇조각 몇 가지를 살펴본 후 나는 이 지갑의 주인이 20 몇만 원을 학원 수강료로 지불하려고 가지고 있었던 건 아니었을까란 생각이 들었다. 지금 생각해 보면, 환불받은 학원 수강료였을지도 모른다.

사람이란 게 참 웃긴 것이, '나는 절대 그런 사람이 아니다', '나는 저런 나쁜 인간이 저지른 범죄는 절대 저지르지 않을 거다'라고 이야기하는 사람들을 그 범죄자와 똑같은 상황 속에 던져 넣게 되면 열 중 여덟은 마음이 똑같이 흔들리게 된다는 사실이다.

지갑 속 20만 원이 넘는 돈은 내가 그 당시 주말 PC방 아르바이트를 하면서 받는 월급에 상당하는 정도였다. 나는 그 당시 생활비가 항상 부족해 씀씀이를 가계부에 '빵 800원'이라고 동전 몇 푼 쓴 것까지 철저하게 기록하며 지냈었다. 돈이 참 부족했고 그래서 최대한 아껴야 하고 모아야 한다는 생각 때문이었다. 그런 나에게 그 지갑은 너무나 큰 유혹이었다. 몇몇 생각을 하다가 금방 야간 교대 아르바이트생 형님이 PC방에 들어오셨고 난 슬그머니 그 지갑을 품에 넣어 별 일 없는 듯 근처 고시원으로 돌아갔다.

고시원 방 안에서 어쩌지, 어쩌지 하는 생각에 휩싸였다. 이렇게 가져왔는데 내가 써 버릴까, 아니면 지금이라도 PC방으로 갖다 놓고 올까 몇 분을 고민했다. 그러다 곧 야간 교대 형님으로부터 전화가 왔다.

"종필아, 어디야?"

"예, 고시원에 와 있어요."

"아, 벌써 잘 들어갔구나."

"네."

"아, 근데 종필아, 한 가지 물어볼 게 있는데."

"예."

"너 혹시 PC방에서 지갑 못 봤니?"

나는 가슴이 두근거렸다. 하지만 다행히 내가 잠시 간과한 숨어 있던 양심이 재빨리 순발력을 발휘했다. 나는 질문이 끝나자마자 빠르게 대답했다.

"아, 네. 지금 가지고 있어요. 지금 거기로 갖다 드릴게요."

"아, 그래? 지금 손님이 와서 지갑 잃어버렸다고 말해 가지고."

"예. 지금 갈게요."

여전히 두근거리는 심장을 끌고 고시원을 나와 PC방 앞으로 왔다. PC방은 5층이었는데 1층에 지갑 주인의 친구로 보이는 사람이 서 있었다.

"혹시 지갑 가지고 오셨어요?"

계속 두근거리는 마음으로 떨며 대답했다.

"아, 예. 5층 올라가서 지갑 주인 본인한테 드리고 오겠습니다."

그러곤 엘리베이터를 타고 5층으로 올라가 PC방 문을 열고 안으로 들어섰다.

낯익은 얼굴에 키는 나보다 좀 작고 머리는 갈색으로 염색한 남자가 카운터 앞에 서 있었다. 나는 그를 보자마자 재빠르고 당당한 척하며 먼저 말했다.
"지갑 여기 있습니다."
그 손님은 PC방의 단골손님이었다. 그는 나에게 고맙다고 했다. 나는 괜찮다고 말했다. 그리고 나서 더 이상 느적느적 할 거 없이 재빠르게 PC방 문을 열고 나와서 엘리베이터를 타고 다시 1층으로 내려갔다. 내려오니 아까 그 지갑 주인의 친구가 1층을 서성이고 있었다. 나는 재빨리 벗어나고픈 마음뿐이었는데 갑자기,
"사례를 해 드려야 하는데."
그 어처구니없는 친절에 내 양심은 나를 계속해서 기만했다.
"아닙니다. 당연히 해야 될 일이었습니다."

지내던 고시원 방 안에 들어온 후에도 한동안 마음이 뒤숭숭하고 두근거리는 여운이 남았다. 나는 내 일기장이자 분 단위 플래너에 다음과 같이 적었다.
'악마를 경험한 날'
그 이후에도 그 지갑주인과 그분의 친구 두 세 명이 종종 내가 근무하는 시간에 PC방을 이용하러 들렀고 나는 추악했던 스스로가 받아 마땅한 대우에 걸맞지 않는 친절을 그 지갑 주인이었던 손님의 태도로부터 한동안 받았다.

3

PC방 아르바이트는 쭉 해 오고 있었다. 대학교는 2학기 개강을 하고

나는 다시 주말에는 아르바이트, 평일에는 대학 생활을 하게 되었다.

여전히 영문과에 다니고 있었는데 학교에 들어와 첫 학기를 보내면서 그다지 친하게 지내던 학우들이 거의 없었던 나는 철저하게 아웃사이더로 지내고 있었다. 몇 없는 그나마 가까웠던 이들 중 누구는 일찍 군대를 가 버렸고 누구는 같이 듣는 수업이 없어서 굳이 마주치게 될 기회도 없었다. 그렇게 다시 외로운 생활이 이어졌다.

어떻게, 어떻게 해서 2학기도 1학기 때처럼 대체로 무사하게 지나가고 있었다.

그러던 어느 날 밤이었다. 나는 고시원 공용 욕실 두 곳 중 한 곳에 들어가 샤워를 마치고 내 방으로 가려고 했다. 그런데 내가 문 앞에서 수건을 바닥에 깔고 발바닥을 말리려는 찰나 남자와 두 눈이 마주쳤다. 고시원 생활하며 한 번씩 얼굴을 보던 그 남자는 나보다 키는 작았으며 갈색으로 염색한 짧은 머리에 덩치는 운동을 즐겨 하는지 대충 봐도 탄탄해 보이는 근육을 가지고 있었다. 그가 아주 불쾌하다는 듯 나를 노려보며 인상을 찌푸렸다.

나 역시 나를 보는 그 눈빛이 상당히 불쾌했다. 나는 바로 그 남자에게 물었다.

"왜 그러세요?"

나는 질문을 던진 뒤 그에 맞는 대답을 듣겠다고 한 몇 초 정도 가만히 서서 그의 기분 나쁜 표정을 바라보았다. 그 남자는 기분이 나쁜 게 사실이었는지 내 두 눈을 쭉 노려보면서도 한참을 기다려도 대꾸를 하지 않았다. 그는 나를 노려보는 행동만 했다. 나는 나대로 기분이 덩달아 나빠서 다시 한번 물었다. 약간 따지듯이.

"저한테 무슨 하실 말씀 있으세요?"

그러자 그는 여전히 인상을 쓴 표정으로 나를 바라보더니 "없는데요."라며 그제야 내 말에 대한 대꾸를 했다. 나는 곧 별일 없다 여기고 바닥에 깔린 수건 위에서 두 발바닥을 대충 닦은 다음 수건과 샤워 도구들을 챙긴 후 내 방으로 돌아갔다.

잘라먹었던 앞부분의 이야기를 이제야 말해 보자면 그 서로가 서로의 기분을 나쁘게 했던 사건은 다음과 같은 일에서 비롯되었다.

내가 지내던 고시원은 6층 건물의 5층과 6층을 방으로 사용하고 있었다. 나머지 층은 주로 술집들이 있었던 것 같은데 그렇다고 모든 층이 다 임대가 나간 것이 아니고 몇몇 층은 장사를 하지 않고 문을 닫고 있었다. 두 층이 고시원으로 사용되고 있었던 까닭으로 화장실과 욕실이 5층과 6층 각각 한 군데씩 총 두 군데에 있었고, 그렇다고 주인아주머니가 욕실과 화장실 이용을 5층 사용자 따로 6층 사용자 따로, 그런 식으로 분리해 두지 않으셨다. 나는 620호 방에서 지냈는데 6층 욕실에 다른 이용자가 있으면 비어 있는 5층 욕실에 들어가서 자유롭게 사용할 수가 있었다.

기분 나쁜 사건이 있었던 그날 밤, 나는 여느 때와 마찬가지로 별다른 생각 없이 가벼운 마음으로 샤워 도구들을 들고 620호 내 방을 나와 같은 층의 욕실로 향했다. 욕실을 이용하기 위해 근처로 갔는데 안에서 샤워기 소리가 들려오고 있었다. 그래서 나는 '아, 지금 안에 사용하고 있는 사람이 있구나' 하고 생각한 후 계단을 내려와 5층 욕실을 이용하기 위해 계단을 절반쯤 내려오고 있었다. 그때 충분히 보이는 저 끝의 욕실 쪽에서 나처럼 씻기 위해 샤워 도구를 든 사람이 슬리퍼를 끌면서 천천히 나와 마주한 방향으로 되돌아 나오는 장면을 보았다. 그걸 보고 '아,

저기도 사람이 들어가 있구나'라는 생각을 했고 그렇다고 5층 욕실을 기다리자니 거기엔 먼저 기다리고 있는 사람이 있어서 대기자가 없는 6층으로 다시 되돌아 올라갔다. 그런데 그 짧았던 새에 욕실을 다시 가 보니 문이 열려 있었다. 씻던 사람이 다 씻고 자기 방으로 되돌아간 것이었다. 나는 기분 좋게 바로 그 욕실로 들어가 씻기 시작했다.

안에서 다 씻고 문을 열고 나왔는데 내 앞에서 화난 표정으로 나를 노려보던 남자는 아까 내가 5층 욕실을 이용해 볼까 싶은 마음으로 아래층에 내려갔을 때 아래층 욕실 앞에서 이쪽으로 되돌아오던 그 남자였다. 나는 처음에 그 사람이 왜 나를 대단히 못마땅한 표정으로 대했는지 몰랐다. 그 사람은 분명 5층 욕실 앞에 있었고 나는 그가 사용하기 전에 먼저 6층 욕실을 사용한 것이고 그가 5층에서 기다렸다는 사실은 내가 6층 화장실을 새치기해서 먼저 들어간 것이 아니었기 때문이다. 그런데 방에 돌아와 잠시 생각을 해 보니 그 사람은 그 사람대로 자기가 먼저 5층이든 6층이든 욕실을 기다리고 있었는데 갑자기 불쑥 내가 나타나 자기가 먼저 기다리던 욕실을 내가 일부러 새치기해 사용했다고 생각했는지도 모르겠단 생각이 들었다.

비록 그 사람의 마음 세계는 이성적으로 이해가 갈 수 있을 듯했으나 고시원 방 안에서 여전히 그 기분 나빠하는 눈빛은 내 감정을 대단히 불쾌하게 만들어 놓은 후였다. 나는 혼자서 상상하기 시작했다. 내가 그 사람이 쓰고 있는 방을 전에 몇 번 흘깃 봐서 알고 있는 까닭으로 그 방문 앞으로 다가가서 오른발로 세게 방문을 차며 욕을 내뱉고 그 남자가 당연히 기분 나쁜 상태로 방문을 열고 나오면 나는 준비해 간 식칼로 그를 수차례 찔러 버리는 아주 잔인한 상상까지 했다.

몇 분 동안 그런 상상을 하면서 흥분이 잠재워질 때까지 하염없이 기다렸다. 상상은 내 마음으로 하여금 그렇게 하고 싶다고, 그 새끼를 그렇게 죽여 버리고 싶다고 생각하게끔 만들었다. 그러다 상상은 내가 그런 일을 저지르고 난 뒤 경찰들이 고시원으로 찾아와 나를 현행범으로 체포해 가고 나는 감방에서 불행하게 죄수로 삶을 마감하는 장면으로까지 이어졌다. 그것은 분명 대단히 어리석은 한순간의 실수 때문에 내 인생과 저 사람의 삶 모두를 완전히 망하게 만드는 짓이 확실했다.

그제야 나는 정신이 번쩍 들었다. 그러곤 '아, 내가 지금처럼 이렇게 살아가다간 언젠가 살인마가 되어 버릴 수도 있겠다'라는 깊은 경각심이 들었다. 그리고 나서 '나는 다른 사람을 위해서가 아니라 오로지 내 자신의 인생을 망쳐 버리기 싫어서 인격을 위한 공부를 해 나가야겠다'라고 깊이 생각하게 되었다.

4

그것이 바로 내가 철학에 관심을 갖게 된 결정적인 계기였다.

그땐 철학이라는 걸 삶의 지침, 살아가는 원칙 정도라고 어렴풋하게 인지하고 있었다. 왜냐하면 그 즈음에 나는 독서에 대한 목표 의식이 있어서 몇몇 세계 문학 소설들을 난독증 가까운 독서력으로 힘겹게 한 권씩 한 권씩 대학교 도서관에서 빌려 읽곤 했었다. 주로 민음사 세계문학전집들을 읽곤 했는데, 그 시리즈 문학서들은 모두 뒤표지에 그 작품에 대한 대강의 소개가 실려 있었다. 나는 언젠가 도스토옙스키의 《카라마조프 가의 형제들》을 책꽂이에서 꺼내 그 뒤표지 소개 글을 잠시 살펴본 적이 있었는데 거기에 '~한 철학으로 점철된 작품'이라는 글을 본 적이 있었다.

그래서 나는 소설 속에 그리고 도스토옙스키의 작품 속에 위대한 철학이라는 게 있는 줄 알고 도서관에 가서 그 책을 펼쳐 몇 장을 읽어 보곤 했었다. 하지만 그 당시의 형편없었던 독서력과 초보 독서가를 압도하는 두께에 몇 장 못 읽고 나자빠지고 말았다.

나는 철학이라는 게 진정으로 어떠한 것인가에 대해 진지하게 궁금했다. 그건 아직까지 내가 올라가 보지 못했던 산이었고 가 보지 못한 길이었다. 나는 도서 검색대에 철학이라고 검색했고 고르고 고르다가 결국 버트런드 러셀의 《철학이란 무엇인가》를 손에 들었다. 유명한 철학자의 저서답게 철학이라는 학문이 어떠한 것인가에 대한 명쾌한 대답을 나에게 들려주었다. 그걸 끝까지 읽고 나서 난 철학이라는 에베레스트에 더욱 매력을 느끼게 되었고 철학사 책을 읽고 난 뒤 본격적으로 철학을 시작한 사상가 소크라테스의 대화편들을 읽어 나가기 시작했다.

여기까지만 들으면 내 삶은 비록 위기의 순간이 있었지만 그것을 발판 삼아 더 큰 배움의 길로 나아가게 된 일종의 사필귀정의 스토리처럼 보일 것이다. 하지만 결말은 결코 그런 것이 아니었다. 간과했지만 결코 간과해서는 안 되는 사실 하나는, 내가 여전히 계속해서 외롭고 고독한 외톨이 생활을 이어 나가고 있었다는 점이다.

외롭고 대화할 상대가 없는 이들이 소리 내서든 혹은 마음속으로든 자기 자신과 계속해서 혼잣말로 대화를 시도하곤 하는 것처럼, 나의 피폐해진 마음은 바깥의 대상들을 있는 그대로 받아들이지 못했다. 나는 철학사에 나오는 사상들을 내 멋대로 이렇게 저렇게 주물럭거리곤 했고 또 거기에서 큰 재미를 얻곤 했다. 문제는 그렇게 해서 스승을 통한 청출어람이 있었다면 굉장히 좋은 일이건만, 나는 불행히도 그것들을 바탕으로 나만의 기이한 세계 속에 갇혀 버리고 만 것이다.

나는 말도 안 되는 체계를 세우기 시작했다. 거기엔 당연히 논술로써의 설명도 상식적인 직관도 없었다. 그리고 그런 것에 나는 '나만의 철학'이라는 이름을 갖다 붙였다. 사실 철학이라기보다는 그때 당시의 내 생각에는 연습장 몇 장 속에 그려 놓은 나의 낙서들이 바로 내가 발견해 낸 이 세상의 진리인 줄 알았다. 나는 그렇게 착각 속에 빠져 지냈다.

나는 내가 비로소 발견하고야 말았고 성취해 내고 말았다고 굳게 믿었던 우주의 질서대로 나를 거기에 맞춰 이상한 행동을 하기 시작했다. 그중 한 가지는 걸음을 걸을 때 특별히 좋은 기운을 걷는 자에게 주는 특정한 길이 어디서나 있다고 믿는 망상이었다. 그 모습은 비유하자면 수학에서 무리함수의 모양대로 땅을 걸을 때 그런 곡선 모양으로 걸음걸이를 맞춰 앞으로 나아가야 좋은 운이 들어온다는 믿음이었다. 그래서 나는 그런 생각에 사로잡히게 된 이후로 줄곧 어디를 가든 갈지자나 지그재그 모양처럼 걸어 다니기 시작했다. 나는 오직 그렇게 우주의 질서에 따라야만 내가 안전해질 수 있다고 믿었고 그게 방해받은 때에는 예를 들어 마른하늘에서도 날벼락을 맞을 수 있다는 말처럼 그게 무슨 사고든 사고가 발생해 내가 크게 다치거나 죽을 수도 있다는 상상에 빠졌다.

그런 망상에 빠져 버리자 나는 조울증과 같은 정신 증세가 나타나기 시작했다.

어느 날은 평소처럼 고시원 내 방 안에서 큰 그릇에 밥과 참치 캔을 함께 넣어 단순한 참치덮밥을 먹고 있었다. 밥을 혼자 꿋꿋하게 먹으면서 나는 한편으로 내가 진리를 깨달았다는 환희와 기쁨에 사로잡혔고 다른 한 편에선 유명한 시인의 표현대로 '지금 알고 있는 것을 그때도 알았더라면'이라는 생각과 함께 중학생 때의 기억들이 회상되며 커다란 회한에 잠기게 되었다. 그래서 나는 웃으면서 한편으론 울면서 밥을 먹었다. 입은 숟가락으로 밥을 한 숟갈 한 숟갈 떠먹고 있고 얼굴빛은 기쁘게 웃는데 두 눈에선 하염없이 눈물 두 자락이 흘러나오고 있었다.

나는 그때 한창 마음이 아플 대로 아팠던 것이다.

5

그렇게 한창 아프며 지내던 어느 여름날, 연락을 사실상 끊고 지내던 어머니로부터 전화가 한 통 왔다.

"종필아, 엄마다."

"어, 왜."

"잘 지내고 있니?"

"어, 왜."

"엄마한테 한 번씩 전화도 좀 하고 그래야지."

"할 말 없으면 끊어."

여전히 내 마음속에선 줄곧 학창 시절을 거치면서 마음 깊은 곳에 큰 상처를 주었던 어머니와 아버지를 용서하지 못하고 있었다. 그래서 전화를 그렇게 오랜만에 받았음에도 내 내면으로부터 올라오는 알 수 없는 분노와 적의로 가득 차 상당히 차갑게 어머니의 말에 대꾸했다.

"종필아, 이틀 뒤에 복날이잖아."

"근데."

"그래서 아빠가 너 오랜만에 만나서 고시원 근처에 식당이라도 있으면 같이 삼계탕 한 그릇 사 줄까 하던데."

나는 그 당시엔 나의 그러한 처지 아래에서도 부모님이 먼저 건네주신 따뜻한 손길 하나에 얼음 같은 냉혈한 마냥 아주 조금의 감동도 느끼지 못했다. 나는 빨리 대답했다.

"안 먹어."

그러곤 전화를 끊었다. 지금 생각해 보면 내가 가장 아프고 힘들었을 때 내게 두 팔을 내밀어 주신 이는 바로 어머니, 아버지셨다. 내가 마음이 어떤 상태였고 내가 얼마나 아프고 힘들어했는지를 마치 옆에서 깊숙이 꿰뚫어 보시고 계신 것처럼. 하지만 나는 어리석고 또 어리석은 놈처럼 부모님의 손을 빌린 어쩌면 신의 도움의 손길을 무참히 무시해 버리고 말았다.

만약 그때 부모님과 잠깐이라도 식당에서 식사를 변명으로 얼굴을 마주하고 말씀 몇 마디를 나눴더라면 어땠을까, 지금의 나는 지금의 내가 아닐 수도 있었을까, 하는 이젠 이미 지나가 버려서 전혀 쓸모없고 가능성 없는 공상에 잠겨 본다.

6

병은 계속해서 깊어만 갔다.

그런데 이런 병도 '하늘이 만물을 덮어 주고 땅이 만물을 실어 준다'라는 옛 고전의 말처럼 신이 정말로 살아 계신다면 이런 병을 통해서라도 단점뿐만 아니라 내게 유익한 점도 주려고 했던 게 아닐까 하는 이상하다면 이상한 생각을 해 보곤 한다.

병이 깊어질 대로 깊어지며 환희와 회한이 뒤죽박죽인 삶을 살다 보니 그런 건지 이유는 정확히 알 수가 없지만 그때 내가 믿었던 진리로부터 나로 하여금 부모님을 이제는 깨끗이 용서하라는 메시지를 받았다.

그래서 부모님에 대한 원망이 서서히 녹아내리기 시작했다.

비록 망상 때문에 행해진 용서이자 그분들에 대한 뉘우침이었지만 내 안의 망상에 내가 완전히 포로처럼 사로잡히고 만 상태였기 때문에 나는 섭리를 믿었고 그게 100% 옳은 행동이라는 것을 믿고 있어서 마음 깊은 곳에서 진심으로 부모님을 용서하게 되었다.

이제 나를 마음의 죄에서 벗어나게 하는 데에서는 자유로워졌고 그래서 남은 것은 직접 어머니, 아버지를 찾아뵈어 용서를 구하고 사죄를 드리는 일이었다.

그런 마음의 거듭남을 경험하고 나서 며칠 안 가 내 폰으로 아버지한테서 전화가 한 통 왔다. 나는 어떻게 할까 어쩌지 받을까 말까 고민하다가 벨소리는 계속 울리고 난 결국 마음의 준비가 덜 된 상태에서 고시원으로 독립한 이후 처음 걸려 온 아버지의 전화를 놓치고 말았다.

이튿날, 여느 때처럼 망상 속을 허우적거리며 대학교 철학과 수업을 듣고 난 뒤 학교 정문으로 하교를 하며 고시원으로 돌아가고 있었는데 저 옆에서 낯익은 목소리가 들렸다.

"종필아!"

고개를 돌려 보니 아버지와 어머니셨다. 나를 부르신 목소리의 주인공은 아버지였다.

아버지와 어머니는 빠른 걸음으로 학교 정문 앞에서 횡단보도 신호를 막 기다리고 있는 나를 향해 걸어오셨다.

"아버지…."

두 분이 내 앞으로 가까이 마주 서게 되자 나는 아주 작은 목소리로 '아버지'라는 말을 뱉어 냈다.

"종필아, 요즘 어떻게 지내니. 나가 살겠다고 해서 원하는 대로 이 아빠가 방값도 매달 부쳐 주고 해 줬는데 나가고 나서 원체 연락 한 번 없고. 친구는? 친구는 많이 사귀었니? 친구들과 사이좋게 잘 지내고 있어? 얼굴이 많이 초췌해졌네. 어디 아픈 곳은? 아픈 데가 어디 있으면 시원하게 아빠한테 다 말해 주고. 병원 가야 되면 같이 병원도 가야지."

길게 말씀하시는 아버지의 모습을 오랜만에 봤다. 어머니는 옆에서 뭔가 걱정이 되시는지 알 수 없는 표정을 지으며 묵묵히 아무 말 없이 서 계셨다. 아버지의 드문 걱정스러운 표정도 언뜻 보이곤 했다.

"종필아, 그러지 말고 우리 어디 앉아서 이야기 좀 하자."

"네, 아버지."

정말로 오랜만에 나는 아버지에게 '아버지'라고 말했다.

"어디 이 근처에 맛있는 집 없나? 혹시 아는 데 있니?"

아버지는 나를 향해 말씀하셨지만 옆에 서 계시던 어머니가 그제야 대화 중간에 들어와 말씀하셨다.

"식당은 무슨. 지금이 밥 먹을 시간인교? 3시 반밖에 안 됐다. 차라리 카페 가서 커피라도 한 잔씩 마시면 되겠네, 뭐. 종필아, 이 근처에 카페 어디 있니?"

어머니한테서도 알 수 없는 다급한 마음이 목소리에 묻어 나왔다.

나는 주변을 빙 둘러보았다. 가까운 카페가 어디에 있나 살펴보기 위해서였다. 때마침 횡단보도 건너서 맞은편에 엔제리너스 카페가 있었다. 나는 두 분 앞에서 손가락으로 거기를 가리켰고 부모님과 나 사이의 대화는 일단 그것으로 끝이 났다.

지금 서 있는 자리와 카페까지의 거리에 횡단보도가 놓인 팔차선 도로만큼이나 우리의 침묵의 시간도 길었다. 아버지는 한 이 미터 아래만 줄곧 보시면서 '아이고, 참', '아이고, 참'이라는 소리만 연신 반복하고 계셨다. 어머니도 여전히 표정이 슬퍼 보이셨다.

  나는 직관적으로 집안에 무슨 안 좋은 우환이 생겨 버린 것은 아닌가 하는 생각이 들었다. 뭔진 모르겠지만 괜스레 겁부터 나기 시작했다. 나는 역시나 말없이 저 멀리 앞에 놓인 신호등의 빨간 불빛만을 빤히 쳐다보고 있었다.

7

  카페에 들어와서 커피를 주문했다. 진동벨을 받고 한 테이블에 부모님과 나 세 명이 자리를 잡고 앉아 있었다. 서로의 사이엔 오직 침묵만이 흘렀다. 나는 조심스레 운을 떼었다.

  "혹시 집에 무슨 일이 있으세요?"

  아버지의 표정은 더욱 굳어졌다. 내 두 눈을 미처 보지 못하시고 내 가슴팍 정도에 시선을 둔 채 입을 오물거리다가 마시다가 다시 말씀을 하시려는지 오물거리시다가 한숨을 쉬고 입을 닫으셨다. 나는 아버지의 두 눈동자가 조금씩 좌우로 흔들리고 있는 것을 보았다. 그건 아버지 당신의 마음이 복잡하시다는 신호였다. 어머니는 황토색 테이블 위만 내려다보시며 고개는 살짝 왼쪽으로 기울인 채로 계셨다.

  내가 한마디 다시 뱉어 볼까 하고 있는데 때마침 진동벨이 울렸다.

  "커피 가지고 올게요."

  나는 하려던 말 대신 이 짧은 한마디를 내뱉고 카운터로 가서 커피를 가지고 다시 부모님께로 돌아왔다. 그리곤 테이블 앞에 앉았다.

  "커피, 마시자."

  아버지가 말씀하셨다.

처음 몇 모금까지는 우리에게 아무 대화도 일어나지 않았다. 꿀떡, 꿀떡 커피 삼키는 소리만 유달리 크게 카페를 울렸다.

"종필아."

망설이고 망설인 끝에 힘겹게 겨우 뱉은 아버지의 목소리에 나는 빨대를 물던 입을 떼고 아버지의 두 눈을 바라보았다.

"아버지, 사실은 제가 먼저 드릴 말씀이 있어요."

지금 한 시라도 빨리 아버지 어머니께 제가 큰 죄를 저질렀고 불효해 드렸다고 사죄 말씀을 드리고 싶은 마음이 갑작스럽게 내 깊은 마음속에서 불쑥 올라왔다.

그런데,

"아니, 종필아. 이 아빠 말 좀 먼저 들어 봐라."

아버지는 무슨 말씀이 그리 급하신지 내 얘기에 먼저 말씀을 하려고 하셨다.

"아버지, 제가 다른 말씀을 드리려는 거는 아니구요."

"종필아!"

아버지의 이 큰 한마디가 카페 안을 가득 울렸다.

"종필아, 네 교수님한테서 들었다. 며칠 전에 교수님한테서 연락이 왔어. 너 김동희 교수님한테 뭐 이상한 행동했니? 교수님이 그러더라. 네가 갑자기 연구실에 찾아와서 이상한 낙서들을 수십 장 보여 주며 말도 안 되는 얘기를 했다며. 네가 세상을 구원할 수 있는 방법을 찾았다면서.

"말도 안 되는 이야기… 라고요?"

"그래."

"정말 교수님께서 그렇게 말씀하셨어요? 말도 안 되는 이야기라고요?"

"종필아."

어머니가 처음으로 내 이름을 부르며 나를 안타까운 눈빛으로 바라보셨다. 이어서 아버지께서 말씀하셨다.

"종필아."

"말도 안 되는 거… 그리고 또 그게 그냥 낙서래요?"

"교수님은 그런 표현을 사용하신 적은 없다. 교수님은 부드럽게 돌려 말씀하셨어. 근데 이 아빠가 봐도 정말 이상한 짓들이다. 아까 한 시간 전에 교수님 연구소 찾아가서 뵙고 왔다. 네가 드렸던 낙서들이 아빠가 봐도 정말 이상해."

"낙서… 그리고 또 말도 안 되는 짓들이라니…."

"종필아."

하.

나는 어이없는 탄성을 뱉었다. 세상의 진리이고 이대로만 하면 세상을 악으로부터 구원할 수도 있는 방법을 두고 그런 하찮은 교수 나부랭이한테나 갔었다니. 그런 눈 먼 인간에게 작게나마 기대를 했었다니. 나는 그때 교수님께 내 글과 그림들을 건네주며 '체계화해 달라'라고 부탁했다. 자세한 내용은 내가 건넨 자료들을 잘 검토하게 되면 뜻이 자연히 드러나게 될 거라는 확신과 함께.

나는 진심으로 화가 났다. 세상이 나를 인정해 주지 않는구나 하는 분노가 일었다. 비록 그 모든 게 순전한 나의 근거 없는 망상에서 비롯된 것이었지만 세상에 대한 분노는 교수에게로, 교수에 대한 분노는 나의 최고의 역작을 '말도 안 되고 또 낙서일 뿐'이라는 평가 절하를 하시는 아버지에게로 옮겨 갔다.

"됐어. 다 필요 없어. 내가 네들한테 미안한 마음 잠깐이라도 들었던 거를."

"종필아."

아버지가 혹 울먹이시는 목소리로 떨며 나를 불렀다.

"진짜 내 평생토록 부끄러워할 만큼 후회한다. 거지같은 노인네들."

나는 엄청난 분노에 또다시 두 분께 막말을 하며 상처를 드리고 있었다.

"종필아, 그게 아니라…"

"엄마, 너도 똑같아. 다시는 찾아오지 마. 씨×."

나는 곧장 테이블을 박차고 일어섰다. 뒤돌아 카페 밖으로 무섭게 나가는 나를 향해 아버지의 급하고 격한 목소리가 들렸다.

"너 병원에 가야 된단다! 종필아!"

세상에 대한 분노로 씩씩거리며 카페 밖으로 나왔다. 곧 부모님이 뒤따라 나오셨다.

나는 카페 앞 팔차선 횡단보도 앞에 서서 저 멀리 빨간색 신호등을 노려보며 아무것도 없는 곳에 대고 큰소리로 욕을 퍼부었다.

"개자식들. 씨×놈들."

내 뒤에서는 아버지와 어머니가 연신 "진정해라 종필아. 엄마 아빠 말 조금만 더 들어 보자. 너 지금 많이 아프대. 너 많이 아파."라는 말만 되풀이하셨다.

나는 여전히 계속해서 허공에 욕을 해 대다 갑자기 머릿속에 나를 철저하게 무시했다고 한 그 교수가 떠올랐고 팔차선 횡단보도 앞에서 그 교수님의 이름을 외치며 큰소리로 죽이러 가겠다고 말했다.

"안 된다, 종필아. 정신 차려. 제발."

나는 세상의 분노 그리고 이어진 교수에 대한 분노로 더 이상 지체할 수 없었다. 나는 빨간색 정지 신호등을 무시하고 횡단보도를 있는 힘껏 달리기 시작했다.

빠아앙.

8차선 도로의 딱 한 가운데에 도착했을 때, 나는 옆에서 무서운 속도로 달려오는 화물차를 발견하게 되었다.

빠아아앙.

교통사고를 당하는 사람들의 사고 직전 마음 상태는 다 이런 걸까. 내 머리는 빨리 피해야 한다고 말했지만 몸은 전혀 움직이지 않았다. 나는 순식간에 내 온몸을 엄습해 오는 두려움에 멍하니 서서 온몸이 마비된 채 다가올 비극을 넋 놓고 기다리고 있었다.

빵빠아아앙.

"종필아!"

그리 멀지 않은 곳에서 집채만 한 화물차의 경적 소리와, 그것보다 더 크게 울리는 아버지의 외침이 들려왔다.

제2부. 중동 하늘 병원

8

똥이 마려웠다. 많이. 잠을 자고 있었는데 너무 마려워서 더 이상 버틸 수가 없겠다 싶었다. 눈을 떴다. 낯선 천장, 낯선 공간. 주변에 낯선 사람들이다. 여기는 어디지? 하지만 그런 생각을 할 겨를과 여유가 없었다. 화장실을 가야 했다. 내가 누운 곳은 옛날 군대의 내무반 같은 마루였다. 거기서 난 일어났다. 이 방 안에 저기 문 바로 옆이 화장실인 듯했다. 미닫이 문이다. 옆으로 밀어 보았다. 변기와 샤워기가 있었다. 다행히 마침 사용하고 있는 사람이 없어서 변기에 앉았다.

여전히 비몽사몽했다. 나는 흰색 옷을 입고 있었다. 환자복처럼 보였다. 나는 약에 취해 있는 걸까. 속으로 배 안의 똥을 밀어내는 데에만 모든 생각이 흘렀다.

다른 생각은 전혀 못했다.

그리고 그 이후엔 내가 다시 내 자리로 어떻게 돌아갔는지에 대해서도 기억이 없다.

9

다시 정신을 차리자 나는 어떤 사무실 같은 곳 한가운데에 앉아 있었다. 컴퓨터도 두세 대 있고. 문도 있었는데 자동 잠금 장치가 설치된 문이었다. 주변에는 분홍색 옷을 입은 여자들과 보라색 옷을 입은 남자들이 나를 빙 둘러싼 채 서 있었다. 마치 나를 포위하고 있는 것 같았다. 내가 혹시나 난리를 부리고 문 밖으로 도망을 가지 않을까 상상하는 듯한 표정들이었다.

"종필 씨, 이제 좀 정신이 드십니까?"

앞에 나와 같이 바퀴 달린 의자에 나와 마주 보며 앉아 있는 남자가 물었다.

입고 있는 차림을 보니 의사인 듯했다.

"여기가… 어디죠?"

나는 여전히 주변을 빙 둘러보며 말했다. 앞쪽 옆쪽 뒤쪽의 여러 남자와 여자들의 시선을 올려다보며 그것도 모자라 이제야 간호사실인 것 같은 지금 이 곳의 천장까지 살펴보며 물었다.

"여기는,"

"네."

"중동 하늘 병원입니다."

"중동 하늘 병원? 무슨 과죠? 제가 왜 여기에 있는 거죠?"

마주 앉아서 내 두 눈을 똑바로 응시하던 의사는 눈을 잠시 아래로 떨어뜨린 뒤, 곧 다시 내 눈을 바로 보며 말했다.

"여기 지금 종필 씨가 앉아 있는 이유는…."

"네, 왜죠?"

"종필 씨가 많이 아프기 때문입니다."

내가 많이 아프다고?

그제야 학교 정문 횡단보도에서의 기억이 떠올랐다. 그런가, 내가 교통사고를 당한 건가, 그런 걸까.

"제가 어디가 아프다는 말씀이세요?"

교통사고가 났던 추측은 아마도 사실인 듯했으나 어디 한 군데 몸이 아픈 곳이 없었다. 팔도 멀쩡하고 다리도 부러지지 않았다. 머리는 어느 정도 멍하기는 했지만 두통은 없었다. 사고가 났다면 분명 다쳤을 텐데 나는 아무리 생각해 봐도 다친 곳이 없었다. 나는 의사의 다음 대답을 기다렸다.

"종필 씨는… 종필 씨는…."

"네."

"너무 기분 나쁘거나 오해하면서 듣지 마세요."

의사의 두 눈이 좌우로 흔들렸다.

"지금 마음이 많이 아픕니다."

10

안 돼. 그럴 리가 없어. 이렇게 되면 안 돼.
의사의 설명을 나는 납득할 수 없었다.
"하늘인지 뭔지 내가 왜 이런 정신 병원에 갇혀야 하는 건데요! 왜 내가 여기 입원해야 하냐고요!"
"종필 씨, 심정 충분히 이해합니다. 다들 처음엔 병식이 없고 자신이 아프다는 사실을 받아들이기 어려워하죠."
나는 화가 났다. 그래서 소리쳤다.
"난 여기에 한 시도 있을 수 없으니까 빨리 지금 당장 내보내 줘요!"
"치료를 우선 받아 봐야 합니다."
"우리 아버지, 어머니 불러 주세요. 부모님은 잘 아실 거예요."
순간, 나는 그 말을 뱉다가 어쩌면 아버지와 어머니가 나를 이곳에 가둬 버린 게 아닐까 하는 생각이 들었다.
"그래, 이제 알겠어. 개자식들. 네들 내 아버지란 놈과 짜고 날 여기에 강제로 가둔 거지?"
"진정하세요."
"진정해 종필아."
격한 감정을 내보이는 날 향해 진정하라고 하는 의사 옆에 서서 뭔가를 기다리는 듯한 보라색 옷 남자가 나에게 말했다.
아아악!
나는 소리쳤다. 그리고 문을 향해 뛰었다. 하지만 그 문 앞에는 다른 보라색 남자가 길을 가로막고 서 있었다. 나는 몸싸움을 했다. 욕을 뱉었다. 나는 견딜 수 없었다.

"비켜, 비켜 개××들아!"

"간호사, 진정제."

그 의사의 말이 떨어지기 무섭게 나를 빙 둘러싸고 있던 간호사와 보호사들이 한꺼번에 나에게 달려 들어 나를 제압했다. 나는 바닥에 쓰러졌다. 나는 계속해서 소리 질렀다.

"종필아, 주사 한 대 맞자."

여자 간호사 한 명과 남자 보호사 한 명이 동시에 똑같은 말을 내게 뱉었다.

주사기는 내 엉덩이를 찔렀고 무언가 뻣뻣한 액체가 내 몸속으로 들어오는 것을 느꼈다.

"이제 푹 자고나면 기분이 많이 괜찮아질…."

나는 갑자기 눈이 감기고 정신이 흐릿해졌다. 마지막으로 들은 소리는 의사의 목소리였다.

"…겁니다."

11

술을 마시고 싶은 순간이 있다. 오늘 같은 날에는. 유튜브를 틀었다가 연달아 몇 곡을 기억해 내 음악을 들었다. 다 내겐 의미 있는 곡이고 가슴에 한 번씩 다가왔던 곡들. 음악이란 건, 모르겠다. 알 수 없는 게 음악이라는 녀석인데 왜 나에게 추억이 되었던 나날들에선 내 가슴에 음악이 되어 남았는지. 돌이켜 보면 기억나는 순간들에는 음악이 있었다. 그게 없었던 곳에서도 지금 와서 들으면 자연스럽게 그때가 생각나는 그런 노래들이 있다.

어떤 사람들은 '나중에 남는 건 사진밖에 없다'라고 말하기도 한다. 우리 누나가 그랬다. 누나는 어디 여행을 갔다 오면 휴대폰 사진을 왕창 찍어 왔다. 누나에게 추억이란 곧 사진이다.

내겐 그것이 음악이었다. 음악을 들으면 옛날 생각이 으레 나곤 한다. 그리곤 나를 그때의 분위기로 돌아가게 만든다. 하지만 내 마음을 추억으로 돌아가게 해도 돌아갈 수 없는 건 그 앞에 앉아 있는 지금의 나라는 사람이다. 나는 돌아갈 수 없다. 신이 있다면 따지고 싶을지 모르겠다. 왜 사람은 미래로만 향할 수 있냐고. 당신을 닮게 만드셨고 당신은 분명 미래든 과거로든 자유롭게 왕래할 수 있을 텐데 왜 나에겐 허락되지 않냐고.

그게 음악이 나에게 주는 애수다. 비 오는 날 차창 밖으로 빗물이 여러 줄기 흘러내리는 걸 바라보면서 버스 라디오가 오늘따라 의미심장한 가사의 노래를 크게 틀어 줄 때 잠기게 되는 그런 애수 말이다.

그럴 때 술을 마시고 싶다. 이유는 한 가지. 더도 말고 덜도 말고 그 시절 그 추억의 기분에 다시 젖어 들고 싶기 때문이다. 한 모금씩 한 모금씩 소주든 맥주든 반복해서 목구멍을 타고 넘어가면 여기 앉아 눈도 멍하고 마음도 멍한 나 같은 사람도, 술은 행복했던 과거를 되돌려 주곤 한다.

배현종은 어질 현자에 쇠북 종자를 쓴다. 한자 자체는 음과 뜻이 술병 종이지만 작명에 있어서는 쇠북 종자로 통용된다. 술잔이든 보신각 종이든 상관은 없다. 어쩌면 술잔의 뜻이 아닐까 그는 생각해 보기도 했다. 그는 술을 좋아하기 때문이다.

배현종의 아버지 배고산은 베이비붐 세대로 전쟁 후 그 시절 사람들이 다 그랬듯 공부가 조금은 흥미로워지려 할 찰나에 초등학교를 졸업하고 집안의 가난 때문에 위로 몇 아래로 몇인 형제들과 마찬가지로 생계의 터전으로 떠밀리듯 들어가게 되었다. 그는 가난한 가정의 아이들이 대개 그랬던 것처럼 언제나 배불리 먹지 못했고 또 먹고 싶다고 뭘 마음대로 사 먹을 수도 없었다. 돈이 없었기 때문이다. 그래서 그는 체구가 남들보다 조금 왜소하게 성장했다. 아직 성인이 못 되고 이제 막 초등학교를 졸업했을 때 그는 그의 아버지를 따라 일하러 다니기 시작했다. 그의 아버지 역시 세대로 따지면 일제강점기 때 사람인지라 높은 교육을 받기가 힘들었고 그래서 그 역시 평생을 공사장에서 노가다를 하며 힘겹게 8남매를 먹여 살리셨다. 그래서 어릴 적 배고산은 아버지를 따라 공사장에서 손을 보탰다. 그렇게 그는 중학교까지는 겨우 졸업하면서 오후부터 저녁까지 일을 해 가며 아버지, 어머니의 짐을 덜어 드렸다. 그래도 그는 부모님을 원망하지는 않았다. 공부에 대한 흥미는 어디까지나 새로운 것에 대한 호기심 어린 시선에 그쳤을 뿐이었고 일 또한 그가 표면적으로는 가계에 나 하나라도 더 보탬이 되어야 한다는 생각으로 헤쳐 나간 것이었지만 그의 가슴 깊은 곳에서 우러나오는, 노동에 대한 원동력은 '내가 일을 해서 돈을 벌었다'라는 뿌듯함과 보람이었다.

 그는 청년기까지 여러 가지 직업들을 전전했다. 새벽에 조간신문을 배달해 보기도 했고 공사장에서 노가다를 해 보기도 했으며 집안의 맏이인 큰형님의 주차장 관리직도 해 보았다. 몇 가지 직업을 경험해 본 후 그는 우연히 한 인쇄소에 취직하게 되었고 여태껏 그를 부지런한 사람으로 만들어 준 일에 대한 보람과 성취감이 그를 그 직장에서 성실함으로 인정받을 수 있게끔 해 주었다.

 인쇄소 사장은 처음엔 그쪽 업계에 대해선 아무것도 모르던 그에게 그 시절 어른들이 다 그랬듯 힘한 말도 내뱉고 가볍게 때리기도 했지만,

그가 점차 직장에 적응을 하고 맡긴 일들에 성실히 그리고 나름 만족스럽게 해 나가는 모습을 지켜본 후 서서히 그를 신뢰하게 되었다. 그래서 나중에는 배고산이 인쇄업의 전반적인 구조와 인쇄소를 경영해 나가는 방법을 깨우칠 수 있게끔 도와주었다. 물론 그가 사장에게 몇 가지 질문을 하기도 했고 대답을 상세히 들은 적도 있었지만 전체적으로는 그가 그 직장에서 전반적인 일을 두루 하는 위치에서 그 회사의 거의 모든 일을 책임지고 맡아 해 나감으로써 자연히 눈이 뜨이고 터득하게 된 것이었다.

그래서 그는 그 회사를 몇 년 다닌 후 큰 포부를 가지고 창업을 한 번 해 보기로 마음먹었다. 그는 회사에 다닐 때 악착같이 돈을 모아야겠다는 생각으로 동료들이 점심시간에 함께 식당에 밥을 먹으러 갈 때 혼자 근처 시장 노점에 들러 50원짜리 호떡을 1개, 어떨 땐 2개로 허기만 가볍게 채우고서 다시 일을 하러 돌아가곤 했었다. 그렇게 모은 돈이 어느덧 하나의 사업을 꾸리기에 어느 정도 적당하리만치 모여 있었다.

그는 한 동네의 인쇄전문골목에 자리를 하나 얻었다. 그리고 사업을 시작했는데 예상과는 다르게 인쇄소가 아닌 기획소를 차렸다. 그는 전에 다니던 직장에서 일하면서 인쇄업과 기획업은 많은 부분 유사하지만 인쇄업을 하려면 필수적으로 인쇄기계들을 마련해야만 하고 그런 기계들은 기계값만 해도 어마어마하다는 사실을 깨달았기 때문이다. 그래서 그는 자신은 기획소를 차려서 설계도면 등 기획 일만 하고, 실제 상품을 만들어 내는 일은 따로 하청업체를 구해서 그 인쇄소에 하청을 맡기고 돈을 벌어 보아야겠다고 계획을 세웠다.

뭐 세상사 누구나 그리고 모든 일이 다 그런 거겠지만 초기에 그의 사업은 성적이 지지부진했다. 장사가 잘 되지 않은 것이다. 그래서 그는 없는 돈에 더 절약하며 버텼다.

　낙담에만 빠져 있지 않고 씩씩하고 열심히 발품을 파는 등 영업활동도 꾸준히 해 온 결과 배고산의 사업도 점차 사업이 잘 풀리기 시작했다. 그는 이제 LG와 같은 대기업에도 납품을 하는 나름 괜찮은 사업가가 되어 있었다.

　그는 그때까지는 혼자서 회사를 운영해 갔다. 일감을 받아 내고 일을 하고 상품을 차에 실어 회사에 납품하러 가는 것까지 그 혼자서 다 해냈다.

　여느 때와 같이 하청인쇄소에 맡긴 일감을 찾아와서 차 트렁크에 싣고 LG에 상품을 납품하러 가는 길이었다. 그는 고속도로로 들어섰다. 당시는 고속도로가 나라에 생긴 지 얼마 안 된 시점이라 그날도 고속도로였지만 도로 위에 차들이 거의 없었다. 배고산은 대구에서 서울까지 몇 시간 되는 거리를 자가용 타고 고속도로 위를 달리고 있었다.

　모든 불행한 안전사고는 방심에서 온다. 포근한 오후, 창문을 모두 닫고 앞만 보고 달리던 그는 노곤해지더니 슬금슬금 잠이 오기 시작했다. 그는 여태껏 늘 그랬듯이 이정도 졸음은 운전하면서 충분히 이겨 낼 수 있으며 조금만 더 견디면 더 이상 잠이 오지 않을 거라 생각했다.

　하지만 그는 꿋꿋이 내려오는 눈꺼풀을 결국 이겨 내지 못하고 잠깐 동안 눈을 감고 졸고 말았다. 그럼에도 그의 차는 그것이 얼마나 심각한 사태인지도 모른 채 멈추지 않고 아주 빠른 속도로 네 바퀴를 굴리고 있었다.

　쾅.

12

눈을 떴다. 꿈이었다. 배현종이라니. 너무도 생생한 꿈이었다. 혹시 이것이 나에게 뭔가를 암시하는 꿈인 걸까? 잘 모르겠다.

아버지는 내게 살면서 죽을 고비가 세 번, 살 기회가 세 번 온다고 말씀하셨다.

그냥 갑자기 그 말씀이 떠올랐다.

13

"배종필! 의사 선생님 면담이다."

병실 밖 거실의 스테이션에서 중년의 아줌마 간호사가 나를 불렀다. 나는 군대 내무반 같은 일체형 마루 병실의 내 자리에서 누워 있다가 벌떡 일어나 천천히 간호사실로 걸어갔다. 내가 스테이션 앞까지 오자 남자 보호사는 잠금 장치에 비밀번호를 누르고 문을 열어 주었다. 나는 안으로 들어갔다. 여자 간호사가 더 안쪽으로 안내했다. 그곳에 적당한 크기의 방 하나가 있었다. 안을 들여다보니 의사가 앉아 있었다. 나는 책상을 앞에 두고 의사와 마주해서 앉았다.

"이제 좀 적응이 되십니까?"

의사가 말했다.

"네… 조금….”

나는 작은 목소리로 답했다. 언제 난동을 피웠는지 모를 정도로 나는 얌전해졌다. 코끼리주사를 맞고 한숨 깊은 잠을 자고 나니 심신이 안정된 것 같았다. 의사가 말했다.

"종필 씨, 제가 알아보니까 이때까지 살면서 이상한 행동을 많이 했다더군요."

"네? 그게 무슨 말씀이세요?"

나는 갑작스런 의사의 말에 깜박 놀라고 말았다.

"원래 본마음으로는 그러려고 한 게 아닐 거예요."

역시 의사가 말했다. 나는 입을 다물고 의사가 도대체 무슨 말을 하고 있는 건지 알아내기 위해 조용히 기다리기로 했다.

"아버지에게 몹쓸 짓도 많이 했다더군요."

"들으셨습니까?"

아버지가 의사 면담 때 내가 했던 짓들을 다 털어놓으셨구나 생각했다.

"그것 말고도 여러 번 방황하기도 했다고요…? 나쁜 마음을 먹기도 했고… 자세히는 모르지만 남들에게 나쁜 짓도 어느 정도는 했을 테고."

"네….."

나는 그냥 의사의 말에 수긍하기로 결정했다.

"그래도 그중에서도 가장 잘못한 일은 아버지에게 몹쓸 짓을 했다는 것입니다."

나는 멍하니 의사의 두 눈만 쳐다보았다.

"종필 씨, 혹시 우리 병원 원훈을 읽어 보셨습니까? 여기 들어오기 전 스테이션 문 바로 옆 게시판에 붙여 놨는데."

"뭡니까?"

"오픈 유어 아이즈. 눈을 뜨십시오."

나는 소리 없이 '아' 하고 말았다. 비록 그게 무슨 의미인지는 도통 몰랐지만.

14

 내게 먼저 다가와 준 사람은 윤성빈 형이었다. 형은 경계성 인격장애 약을 먹는다고 했다. 어느 날은 내게 다가와 장기 할 줄 아냐고 묻길래 내가 "할 줄 알아요."라고 했더니 같이 장기를 두자고 했다. 나는 중학교 시절 한창 온라인 장기에 몰입했을 당시 한게임 장기에서 최고 8급까지 승급한 적이 있었다. 물론 18급 최고 바닥에서 올라간 것이다. 8급이 뭐 자랑할 거리는 아니지만 그만큼 흥미를 가졌었다는 말이다. 32살 형님 한 수, 내가 한 수, 이렇게 천천히 대국이 진행되어 갔다. 자연스럽게 형과 사소한 대화도 틈틈이 나누며 급하지 않게 그렇지만 느리지도 않으면서 서서히 친해져 갔다.
 "형은 여기 있기 전에 어디 있었어요?"
 형님 차례 중에 내가 물었다.
 "응, 공주에 있었어."
 '공주?' 거기에 왜 있었지? 잠깐 생각하다가 '아차' 했다. 바로 거기 있었구나.
 "공주 치료 감호소."
 형님이 이어서 말했다. 대국은 다시 내가 놓을 차례가 되었다.
 "거긴 어땠어요? 지낼 만했어요?"
 아직 수를 놓기 전에 형님 얼굴을 올려다보며 미소 지은 채 물었다.
 "지옥이지."
 나는 차를 저 멀리 이동시키며 형님과 눈을 맞춘 채 미소 지으며 물었다.
 "그럼 여기는요?"
 형님이 잠깐 멈칫하더니,

내 두 눈을 빤히 쳐다보면서 다시 입을 뗐다.

"지옥보단 나은데, 그래도 천국은 아니지."

"아, 그래요? 하하."

"종필아."

"네."

형님 표정이 갑자기 진지해졌다. 그러곤 내게 말했다.

"형은 천주교를 믿었어. 성당에서는 그런 말을 하더라. 천국과 지옥 사이에 연옥이라는 곳이 있다고. 사람은 하느님을 깊이 만나지 않는 한 죽은 후에 그곳에 가서 생전에 지었던 모든 죄들이 정화될 때까지 지옥에서와 같이 고통스럽게 세월을 보낸대."

다시 형님은 장기판으로 시선을 내리더니 말씀하셨다.

"우리도 마찬가지야. 우린 지금 벌을 받고 있는 중이야. 그런 생각해본 적 없어? 여기가 혹시라도 연옥이 아닌지."

'아, 연옥.' 나는 속으로 깊이 되뇌었다.

재미있는 이야기일 뿐이겠지만 속으로 뭔가 느껴지는 게 있었다. 그건 나도 모르게 그러는 거였다.

15

'넌 죽었어. 넌 아버지도 죽였어.'

어느 순간부터 이런 환청이 들리기 시작했다.

"간호사님, 의사 선생님 좀 불러 주세요. 이상한 소리가 들려요."

아무 간호사나 붙잡고 다급하게 부탁했다. 20대 후반으로 보이는 젊은 여자 간호사가 내게 되물었다.

"무슨 소리가 들려요?"

"자꾸 누가 저한테 나는 죽었고 제가 제 아버지를 죽였대요."

간호사는 별일 아니라는 듯이 가던 길을 다시 가기 시작하며 스테이션 쪽으로 시선을 옮기면서 말했다.

"의사 선생님한테 보고해 드릴게요."

그러고는 태연하게 비밀번호를 누르고 스테이션 안으로 들어갔다.

16

그때 코끼리주사를 맞고 깊이 잠이 들었을 때 꾼 이상한 꿈 때문일까?

'넌 죽었어. 넌 네 아버지도 죽였어.'

이런 소리는 도대체 왜 나는 걸까. 시도 때도 없이 들렸다. 아, 너무 힘들다. 지치고 지친다. 지치고 지쳐. 혹시 정말 내가 지금 살아 있는 게 아니고 죽어 있는 걸까? 여기는 저승일까? 그럼 아버지는 왜?

"배종필! 아버지 전화 오셨다!"

'역시 이상한 생각이었어. 어처구니없는 말도 안 되는 생각이야. 봐, 아버지가 나한테 전화하셨잖아.'

나는 안도의 한숨을 쉬며 빠른 걸음으로 스테이션으로 걸어가 간호사가 창 너머로 건네주는 수화기를 받아 귀에 갖다 대고 말했다.

"아버지?"

"종필이가? 아빠다. 몸은 좀 어떠니."

아버지 목소리가 정말 반가웠다.

"이상한 소리가 들리기는 하는데, 뭐 딴 건 괜찮아요. 그 외에 이상한 생각은 이제 안 해요. 이상한 생각이라는 사실을 깨달았거든요. 저 많이 나왔어요."
 "그래, 종필아. 소리 들리는 건 차차 생각해 보고 일단 이상한 생각을 내려놓은 건 참 다행이다. 거기서 해 주는 치료 잘 받고. 밥도 잘 챙겨 먹고."
 "네. 참, 아버지 면회는 언제쯤 오세요?"
 "전화 끝나면 간호사님이 성경 한 권 주실 거다. 내가 보냈어. 종교를 가져 보는 게 어떻겠니. 종교가 힘들 때 너한테 많은 위로가 될 거야."
 "아버지, 면회는 언제 오세요?"
 화제를 피하는 아버지의 모습이 낯설었다. 그래서 다시 한번 물었다.
 "이 아빠는… 아빠는… 네가 많이 참회하고 반성하고… 그래서 피폐해진 마음이 원래대로 깨끗해지면… 그때 아빠랑 만날 수 있을 거야. 의사 선생님하고 상담받아 봤는데… 그럴 때 네가 치료가 다 된 거라고… 하시더구나."
 "아버지, 그게 무슨 말씀이세요."
 "아빠는… 지금 여기에 없어… 종필아, 아빠가 지금 너한테 하는 말 잘 들어라. 잘 들어야 한다. 다 네가 하기 나름이야. 다 너에게 달렸어. 너만 잘하면 네 병도 다 나을 수 있고 이 아빠도 다시 만날 수 있단다."
 "지금 여기에 없다뇨."
 "네가 준비가 다 되면 아빠도 알아서 널 만나러 갈 거야. 이제 아빠가 일이 있어서 끊는다. 아빠 말 새겨 듣거라."
 뚜뚜뚜.
 그렇게 병원에서 아버지와의 처음이자 마지막 전화가 끝났다.
 곧 간호사가 성경 한 권을 내게 건네주었다. 지퍼에다 와인색 가죽 커버이며 중간 크기 큰 글자 성경전서였다.
 "종필님, 아버지가 이 성경 보내 주셨어요."

젊은 여자 간호사가 말했다.

17

그 길로 병동 안 내 자리에 앉아서 성경을 펼쳐 보았다. 표지 커버를 넘기니 주기도문과 사도신경이 쓰여 있었다. 나는 사도신경에 가장 먼저 시선이 갔다.
'전능하사 천지를 만드신 하나님 아버지를 내가 믿사오며….'
아버지….
유독 아버지라는 단어에 시선이 오래 머물렀다.
갑자기 병동 문이 열리더니 의사가 들어왔다. 의사는 나를 보러 온 것 같았다. 그는 마음속으로 뭔가 진지한 이야기를 하려고 하는 것 같았다. 다행히 병실 식구들은 다 거실이라든지 다른 곳에 가고 자리를 비운 상태였다. 병실 안에는 나와 의사 둘만 있었다.
의사가 말했다.
"아버지가 보내 주신 성경 잘 받으셨군요."
"네."
"소리가 들리는 건 이제 좀 어떠세요."
"아, 언젠가부터 안 들립니다."
"다행이군요."
"네."
"그런데 종필 씨."
"네, 말씀하세요."
"이제 종필 씨를 위해서도 저 하늘나라에 계신 아버지를 위해서도 사실대로 얘기해 드려야 겠군요."

"네? 뭐가요?"

나는 순간 마음이 산만한 나머지 의사의 말 가운데 가장 중요한 부분을 놓치고 말았다.

"사실… 그날 아버지는 종필 씨를 구하기 위해 뛰어드셨다가 함께 치여 돌아가시고 말았습니다. 물론 종필 씨도요. 두 분 모두 돌아가셨다는 말씀입니다. 비록 종필 씨 아버지께서 종필 씨를 구하려고 하셨지만 너무 늦었습니다. 두 분 다 팔차선 횡단보도에서 화물차에 치여 그 자리에서 죽었습니다. 성경에 이런 말이 나오죠. '내 계명은 곧 내가 너희를 사랑한 것 같이 너희도 서로 사랑하라 하는 이것이니라 사람이 친구를 위하여 자기 목숨을 버리면 이에서 더 큰 사랑이 없나니' 요한복음 15장 12절과 13절입니다. 아버지에게 있어서 종필 씨는 가장 좋은 친구였습니다. 그런 아버지께서 종필 씨를 구하고자 목숨을 잃으셨고 그로 인해서 아버지는 곧바로 예수 그리스도의 곁으로 돌아가셨습니다. 그런 아버지에게 있어서 이제 남은 건 종필 씨 한 분뿐입니다. 비록 종필 씨는 한 순간의 실수로 아버지의 목숨을 잃게 만들어서 지금 이곳 연옥에서 그 죗값을 다 치러야 하지만 다행인 것은 여기가 많이 힘들고 답답하더라도 종필 씨가 성경 말씀을 읽고 깊이 깨달아서 예수님을 인격적으로 만나게 되는 날 비로소 종필 씨도 죄를 모두 사하고 아버지가 계신 곳으로 가시게 될 거라는 사실입니다."

그러고 나서 의사가 몇 마디 말을 더 했는데 나의 기억에는 아무것도 남지 않았다. 곧 의사가 나가고 나는 다시 사도신경을 내려다보았다. 의사의 말들… 뭐가 사실인지 아직도 믿지 못하겠다. 나는 시간이 지나도 믿을 수가 없었다. 아버지가 나를 위해 돌아가셨다니. 내가 있는 이곳은 연옥이라니.

'전능하사 천지를 만드신 하나님 아버지….'

18

그런 일이 있은 후 벌써 5년이 흘렀다.

나는 대한민국 대구 중동하늘병원 8층에 있다. 가끔씩 윤성빈 형이랑 장기도 두고 우리 둘은 병동 내에서 단짝이 되었다. 비록 평범한 사람들과는 다른 세상 속에 살고 있지만 내게도 깊을 땐 깊고 가벼울 땐 장난도 칠 수 있는 진정한 친구도 생겼다. 하루 세끼 밥 잘 챙겨 먹고 있고, 단지 병동 내라고 하는 답답함만 감수한다면 여기도 그리 나쁜 곳만은 아니었다. 다 사람 살아가는 세상일 뿐이다. 또 한 가지, 별다른 취미가 없던 나에게도 새로운 취미가 하나 생겼다. 그건 바로 언젠가 분명 다시 만나게 될 아버지께 올리는 편지 쓰기다. 내게 아버지는 비록 곁에 없지만 언제나 내 마음속에서 살아 계신다.

아버님 전상서.

아버지, 거기서 행복하게 지내고 계시죠? 전 잘 지내고 있습니다. 아버지가 제 곁을 잠시 떠난 이후로 벌써 5년이 지났네요. 그동안 아버지께서 선물해 주신 성경 잘 읽고 하루하루 즐겁게 공부하고 있습니다. 아버지께서 저에게 주셨던 사랑, 전부는 아니지만 이제야 조금씩 알아 가는 것 같습니다. 아버지께서 절 위해 목숨도 대신 잃으실 정도라면 전 아버지께 정말 사랑스러운 아들이었을 겁니다. 아버지의 그 크신 사랑이 저를 변화시켰습니다. 나를 미워하고 혐오하던 내가 그렇게도 소중하고 깨끗한 존재라는 깨달음이 저 자신은 물론이고 제 앞에 놓인 세상 전부를 깨끗하게 볼 수 있도록 만들어 주었습니다. 아버지를 미워했던 건 결국 저 자신을 미워했던 것이었습니다. 아버지를 미워함으로써 제 자신이 미움이라는 나쁜 기운으로 더럽혀졌던 거죠. 이제 용서의 의미를 알 것 같습니다. 미워하던 버릇을 멈추고 예수님의 사랑으로 다른 사람을 용서하는 것이 그 사람을 깨끗하게 해 주고 저 자신도 함께 깨끗해진다는 사실을요. 그런 방법이 저와 제 세상에 대한 속량이고 구원이라는 생각을 해 봅니다.

나는 끝으로 마무리 인사를 적기 위해 생각하고 있었다. 그런데 스테이션 쪽에서 여러 사람들의 웃음소리가 들려왔다. 너무 밝은 분위기어서 그 소리를 듣고 있는 사람까지 웃음 짓고 싶은 정말 기쁜 마음에서 우러나온 웃음이었다. 그렇게 한 5분 간 계속 웃음소리가 끊이지 않더니, 수많은 웃음소리 중 한 명의 주인공이었던 의사 선생님이 내가 있던 병실 문을 힘차게 열고 들어왔다.
"종필 씨, 퇴원입니다. 아버지께서 기다리고 계십니다."

하루는 하나님의 아들들이 와서 여호와 앞에 섰고 사단도 그들 가운데 왔는지라
여호와께서 사단에게 이르시되 네가 어디서 왔느냐 사단이 여호와께 대답하여 가로되 땅에 두루 돌아 여기 저기 다녀 왔나이다
여호와께서 사단에게 이르시되 네가 내 종 현진을 유의하여 보았느냐 그가 앞으로 하나님을 경외하며 악에서 떠날 것이니라
사단이 여호와께 대답하여 가로되 현진이 어찌 까닭 없이 하나님을 경외하리이까
이제 주의 손을 펴서 그를 치소서 그리하시면 정녕 대면하여 영원히 주를 욕하리이다
여호와께서 사단에게 이르시되 내가 그를 네 손에 붙이노라 오직 그의 생명에는 네 손을 대지 말지니라 사단이 곧 여호와 앞에서 물러가니라

1

"아버지, 저 태권도 배우고 싶어요."

"응? 태권도?"

나른한 일요일 오후, 거실 소파에 기대어 TV 속 트로트 대결을 보고 계신 아버지는 생각지 못한 중학교 2학년 아들의 갑작스러운 말에 약간 놀라고 말았다.

"갑자기?"

아버지가 내게로 고개를 돌리며 말했다.

이틀 전 금요일, 나는 학교에서 처음으로 태권도를 접했다. 체육 시간

이었는데, 그날은 선생님께서 태권도를 가르쳐 주셨다. 간단한 주먹지르기로 시작해서 앞차기와 돌려차기, 그리고 품새 1장을 배웠다. 선생님은 1장을 나와 친구들에게 가르쳐 주시고는 이달 말 체육 시간 때 수행 평가로 시험을 치르겠다고 말씀하셨다. 나는 우리 집 아파트로 돌아와 놀이터가 있는 빈 공터에서 그날 배웠던 태권도 1장을 연습했다. 다음 날에도 연습을 했다.

  살면서 처음 접한 태권도는 참 재미있었다. 말로만 듣던 태권도라는 게 이런 거구나 싶었고 신기했다. 체육 선생님의 시범은 팔 동작, 다리 움직임 등등 모두 아주 절도 있어 보였고 만약 무술을 맛에 비유할 수 있다면 참 깔끔했다고 말할 수 있다.

  오늘 내 방에서 살살해 본 것까지 합하면 총 사흘을 연습했는데, 너무 재미있어서 2장, 3장과 가능하면 검은 띠까지도 배워 보고 싶었다.

"태권도 학원 다니고 싶다고?"

아버지가 잠깐 생각해 보시더니 내게 말씀하셨다.

"예."

"우리 집 근처에 학원이 있나?"

나는 학교 가는 길에 한 군데 봐 뒀던 곳을 말했다.

"예. ××은행에서 ××사거리 방향으로 쭉 가면 학원이 하나 있어요."

"그럼 아빠가 학원비 줄 테니까 등록해서 다녀 봐."

  학원 등록을 하고 싶어서 혼자서 태권도장을 방문했다. 수업이 이미 끝났는지, 아직 수업이 멀었는지 나로선 알 수 없었지만 도장 안에는 아무도 없었다. 난 서성이다가 한쪽에 방이 있길래 조심스럽게 다가가 노크를 하고 문을 열어 보았다.

사범님으로 보이는 50대 정도의 아저씨가 앉아 있었다. 사범님은 몇 초간 나를 돌아보더니,
"태권도 배우고 싶어서 왔니?" 하고 내게 물었다.
"예." 나는 조심스럽게 대답했다.
"어. 그럼 여기 앉아."
"예. 감사합니다."
사범님은 갑자기 뭔가를 찾는 듯 이곳저곳을 열어 보시며 말씀하셨다.
"뭐 마실 것 좀 줄까."
"아, 예."
나는 소파에 앉아서 무언가 많이 걸려 있는 벽 쪽으로 시선을 옮겼다. 벽에는 금빛으로 반짝반짝 빛나는 메달들이 정말 많이 걸려 있었고, 종이를 넣은 액자들도 여러 개 진열되어 있었다. 단증과 상장이었다.
"자, 여기. 허니자몽블랙티야. 이거 요즘 유행하고 맛있어."
사범님은 머그 컵 두 잔을 가져와 하나는 내 쪽에, 다른 하나는 본인 쪽에 내려놓으며 말씀하셨다. 나는 벽에서 시선을 떼지 못한 채 물었다.
"와… 사범님은 몇 단이세요?"
"저쪽에 단증 들어간 액자 보이지?"
사범님은 한 손으로 액자 하나를 가리키며 말씀하셨다.
"아….'
나는 감탄했다. 정말 대단하신 분이라는 생각이 들었다.

그 주 일요일엔 교회에 갔다. 집안이 기독교 집안이라서 나는 태어날 때부터 신앙이 있었다. 모태 신앙 말이다. 하지만 부모님과 같은 교회를 다니진 않았다. 이유라면 부모님은 집 근처 가까운 교회에 다니시는데,

나는 아무래도 큰 교회에 다니고 싶었기 때문이다.

버스를 타고 교회에 도착해서 본 예배 전에 미리 화장실을 들렀다. 예배 중에는 화장실에 가는 게 예의에 어긋나기 때문이다. 나는 화장실로 들어가 소변기 쪽을 바라봤는데,

어?

사범님이 계셨다.

"사범님, 안녕하십니까." 나는 반가워서 웃으며 인사드렸다.

"어? 현진아."

사범님도 꽤나 놀라신 모양이었다.

사범님과 나는 본당 같은 곳에 나란히 앉았다. 사범님 앞에는 와인색 지퍼 성경이 놓여 있었다. 예배 시작 전에 두 손을 모은 채 눈을 감고서 조용히 기도를 하고 계셨다. 사범님이 왠지 모르게 믿음이 커 보여서 기도가 끝난 후 사범님께 물었다.

"사범님은 언제부터 교회에 다니기 시작했어요?"

"음…." 하며 머릿속으로 계산해 보시더니,

"20년 전부터 다니기 시작했지."

"우와…. 방금 사범님 기도하시는 모습 봤는데, 신앙심이 되게 깊어 보였어요."

"아, 그랬어? 뭐… 예수님만 의지하는 거지."

나는 신앙심 깊은 사람들이 좋았다. 그런 사람들은 뭔가 멋있었다. 어디선가 들었는데, '멋있다'의 어원은 '무언가가 있다'라고 누군가 말했다. 정말 그런 것 같다. 멋있는 사람한테는 확실히 뭔가가 있는 것 같다. 그게 참 멋있다.

그즈음부터 태권도를 배우러 도장에 다니기 시작했다. 수업 시간은 자유로웠다. 공식적인 시간은 저녁때로 정해져 있었지만 그 시각에는 확실히 단체로 수업이 진행되었다. 나 같은 중학생들은 학교 수업 마치면 바로 도장으로 가서 혼자 거울보고 연습하다 새로운 걸 배울 단계가 되면 사범님께서 일대일로 코칭을 해 주셨다. 그와 같은 낮 시간대에는 나를 포함해서 한 네다섯 명 정도가 도장에 모였다.

마침 같은 시간대에 도장에 오는 친구 한 명이 있었는데 어느 날은 그 친구가 내게 말했다.

"야, 우리 사범님 알고 보면 되게 대단하다?"

"응, 뭐가?"

나는 이 녀석이 무슨 말을 하려고 하는 것일까 되게 궁금해졌다.

"우리 사범님 젊었을 때 국가 대표까지 하셨대."

"와… 진짜?"

"응. 인터넷에 이름 치면 나와."

나중에 이 친구가 했던 말이 떠올라 집에서 컴퓨터로 사범님의 이름을 검색해 보니 정말 뉴스에 이름이 나왔다.

사범님은 평소에 착하게 살아라, 바르게 살아라 등등의 말씀을 아주 강조하셨다. 보통 태권도장들이 대체로 그런 편이겠지만 내게 사범님의 모습은 어떻게 생각해 보면 일종의 한이 맺히신 걸까 하는 생각이 들 정도였다. 그리고 개인적으로 대화를 나눈 적도 가끔씩 있었는데, 사범님은 나에게 예수님을 열심히 믿으라는 말씀도 한 번씩 하곤 하셨다.

어느 날은 학교 마치고 바로 도장에 왔는데 먼저 온 애들도 없고 마찬가지로 사범님도 안 계셨다. 도장 문은 열려 있었고 사범님께서 어디 잠깐 볼일 보러 가신 것 같았다. 나는 벽에 걸린 메달과 상장들, 그리고 단증서들을 구경하고 싶어 조심스럽게 사무실로 들어갔다.

그러다가 신기한 걸 하나 발견했다. 한 액자에 신문 기사가 스크랩되어 있었다.

2

"여자 친구를 왜 죽이셨습니까."
"계획적으로 살해하신 게 맞습니까."
"사죄하실 생각은 없으십니까."
"한 말씀해 주십시오."

경찰서 앞. 취재를 나온 기자들의 질문에 동거녀 살해범 김××씨는 아무 말이 없었다. 그는 그저 모자를 깊이 눌러쓰고 얼굴에는 검은 마스크를 써서 카메라 앞에 본인의 얼굴을 숨겼다.

그는 전과 4범이라고 했다. 인터넷에 그에 대한 신상 정보가 퍼졌는데, 초범은 슈퍼마켓에서 상습적으로 작은 물건들을 훔치다가 점점 대범해져 이제 살인이라는 용서받지 못할 범죄까지 저지르고 말았다. 주변 사람들의 진술에 의하면 그는 자신의 범죄 경력을 자랑처럼 떠들고 다녔고 한 번도 죄를 뉘우치는 모습을 보이지 않았다고 한다.

3

"자기랑 새해 첫날 새벽에 같이 있으니까 너무 좋다."

여자가 말했다.
"응. 나도."
옆에 있던 남자가 말했다.
"우리 이제 어디 갈까? 2시도 훌쩍 넘었는데…."
"신나게 클럽 가서 춤이나 출까?"
남자가 웃으면서 말했다.
"그러자. 하하하!"
그렇게 둘은 시내에 있는 한 클럽으로 들어갔다.

 클럽 안에는 오늘이 특별한 날이라 그런지 사람들이 아주 많이 있었다. 조명은 많이 어두웠고, 신나고 빠른 속도의 음악 소리는 아주 시끄러웠다. 술을 마시고 있는 사람들도 많았다. 남자와 여자는 음악에 맞춰 웃으며 같이 한동안 몸을 흔들다가,
"자기야, 나 화장실 좀 다녀올게." 하고 남자가 말했다.

 화장실에서 볼일을 보고 나온 남자는 여자를 찾기 시작했다. '어디 갔지' 하며 두리번거리던 그는 갑자기 화가 치밀어 올랐다. 그는 길을 막는 인파들을 헤치며 급하게 여자 쪽으로 달려갔다.
"우리랑 같이 놀자고~ 재밌게 해 줄게~ 아이, 튕기지 말고."
 뿌리치려는 여자의 손목을 세게 잡으며 웃는 이 모 씨의 멱살을 남자가 잡았다.
"남자 친구 있어."
 남자가 가운데 녀석을 노려보며 말했다. 불량배는 한 명이 아니라 세 명이었다.

"남자 친구 있으면, 뭐. 골키퍼 있다고 골 안 들어가냐?"

양아치의 입에서 술 냄새가 진하게 풍겼다.

"좋은 말 할 때 순순히 꺼져. 경찰 부르기 전에."

가운데 양아치는 양옆의 자기 친구들한테 귓속말로 뭔가를 속삭이더니 남자를 노려보다 다른 곳으로 가 버렸다.

"자기야, 고마워. 나 엄청 무서웠어."

여자는 남자를 올려다보며 말했다.

"이제 그만 가자. 여기 재수 없다."

"잠깐만, 나 그럼 화장실 좀 다녀오고."

"응."

여자는 화장실 쪽으로 들어갔고 남자는 클럽 밖으로 혼자 미리 나왔다.

"야, 너 따라와."

갑자기 아까 양아치 세 명이 남자에게 다가오더니 힘으로 그를 어딘가로 끌고 갔다.

"놔, 새끼들아!"

남자는 강하게 저항해 보았지만 혼자서 세 명을 감당하기에는 역부족이었다.

오 모 씨는 나머지 친구들과 방향이 반대라 다른 택시를 타기로 했고, 김 모 씨와 이 모 씨는 같은 방향이라 한 택시를 탔다. 둘의 손에는 각각 아이스크림이 하나씩 들려 있었다.

"야, 아까 그 새끼 나한테 완전 쫄아서 손으로 이렇게 머리 가리는 거 봤냐? 킬킬."

두 팔로 얼굴을 감싸는 모습을 흉내 내며 이 씨가 친구를 보며 웃었다.

"내가 니킥 했을 때 표정 대박. 키키."
옆에 있던 김 씨도 함께 웃으며 말했다.
"마지막에 사커킥이 정말 클라이맥스였다, 그치? 킬킬"

택시는 계속 달리고 있었고 미터기의 가격도 빠르게 올라가고 있었다. 한참을 달리고 있는데 택시 기사님 폰으로 전화가 왔다.
"경찰입니다."
스피커폰을 한 택시 기사의 휴대폰 너머에서 목소리가 들려왔다.
"폭행범 세 명이 제 택시를 탔다고요?"
택시 기사님은 놀란 기색을 감추지 못했고 뒷자리에 앉은 두 사람은 표정이 굳어졌다.

법원은 세 명에게 구속 영장을 발부했다.
"죽을 줄은 몰랐어요." 이 모 씨는 이렇게 변명을 했지만,
"무술 유단자인 이들은 평범한 남자를 폭행하면서 무술로 단련된 자신들의 힘이 그를 사망에 이르게 할 수도 있음을 모를 리 없었다."라면서 징역 10년을 선고했고, 2심과 대법원 모두 1심 판단을 유지했다.

4

인터넷에는 사범님의 이름이 검색되었는데, 그가 한 기독교 채널의 간증 프로그램에 출연한 영상이 있었다.
"14년 전, 제가 20대 초반이었을 때 저는 새해 첫날, 친구들과 함께 시내의 한 클럽에 갔습니다. 그곳에서 술을 잔뜩 마시고 취해서 춤추고 있

을 때 제가 어떤 사람과 시비가 붙어서 친구들과 함께 그 사람을 외진 곳으로 끌고 가 잔인하게 폭행했었습니다. 친구 한 명과 저는 같은 택시를 타고 집으로 향하다가 경찰에 잡혔고 살인죄로 징역 10년을 선고받았습니다.

대학 다닐 때 태권도 국가 대표까지 했던 저는 그렇게 교도소에 수감되었고 매일매일을 죄책감에 죄를 뉘우치며 지내다가 교도소에 오신 목사님의 말씀을 듣고 성경도 읽고, 마침내는 예수님을 만나게 되었습니다.

저는 정말 죄인입니다. 죽을죄를 저질렀습니다. 이 기회를 빌려 피해자와 유가족들에게 용서를 구하고 싶습니다. 정말 죄송합니다."

"이××씨는 그 이후로 삶이 어떻게 바뀌었나요?"

"제가 정말 자격 없는 죄인임을 깨닫고 작은 금액이지만 주기적으로 사회에 제가 가진 것을 환원하고 있습니다. 이 세상을 위해 예수님의 마음으로 헌신하는 것이 지금은 고인이 된 분에게 진심으로 용서를 구하는 길이라 믿고 늘 사죄하는 마음으로 살겠습니다."

그러면서 '평생 죄인으로 살겠다'며 맹세했다.

5

수행 평가는 잘 치렀다. 나는 A를 받았다. 그동안 품새를 열심히 연습한 나는 태권도 실력이 많이 늘었음을 스스로 알 수 있었다.

태권도장은 여전히 잘 다니고 있다. 한때 잠깐 실망스럽기도 했지만 내가 집착한 건 정작 중요한 것이 아니었다.

사람은 누구나 실수할 수 있다. 어리숙할 수 있고 미숙할 수 있으며 멍청할 수도 있다. 문제는 내가 잘못을 저질렀을 때 그다음 내 모습이 어떠한가에 있다. 뻔뻔할 수도 있고 괴로울 수도 있다. 죄를 반복할 수도 있고 더 이상의 죄를 끊어 낼 수도 있다. 사범님은 비록 젊었을 때 정말 어리석은 짓을 저질렀지만 그럼에도 예수님을 만나고 '내가 이 세상에서 해야 할 일이 무엇인가'를 깨달아 소명 의식을 갖고 교만하지 않는 겸손함을 배우셨다. 하지만 세상사 모든 일이 그렇겠지만 뭐든 쉬운 일은 없다. 모두들 애쓰면서 살아가는 것이다.

하루는 하나님의 아들들이 와서 여호와 앞에 섰고 사단도 그들 가운데 왔는지라
여호와께서 사단에게 이르시되 네가 어디서 왔느냐 사단이 여호와께 대답하여 가로되 땅에 두루 돌아 여기 저기 다녀 왔나이다
여호와께서 사단에게 이르시되 네가 내 종 배준표를 유의하여 보았느냐 그가 앞으로 하나님을 경외하며 악에서 떠날 것이니라
사단이 여호와께 대답하여 가로되 배준표가 어찌 까닭 없이 하나님을 경외하리이까
이제 주의 손을 펴서 그를 치소서 그리하시면 정녕 대면하여 영원히 주를 욕하리이다
여호와께서 사단에게 이르시되 내가 그를 네 손에 붙이노라 오직 그의 생명에는 네 손을 대지 말지니라 사단이 곧 여호와 앞에서 물러가니라

1

"오늘 새로운 전학생이 왔다. 우리 반이 처음이니까 다들 잘 대해 주고. 이 친구가 여기 많이 낯설어 할 테니까 다들 먼저 말도 걸고 인사도 하고 잘 대해 줬으면 좋겠다. 난 텃세 같은 거 정말 싫어한다. 잘 알지? 혹시라도 내 눈에 텃세 부리고 그러다가 걸리면 용서 없다. 모두들 소중한 인연이다. 그것만 마음속에 잘 기억해 두도록!"

몇몇은 담임 선생님의 눈을 뚫어져라 응시하고 있고 몇몇은 선생님을 보다가 한 번씩 내 두 눈을 슬쩍슬쩍 보기도 했다. 어떤 아이들은 나를 위아래로 머리끝에서 발끝까지 죽 훑어보기도 했다. 녀석들의 눈은 길을 걷다 맞은편에서 스친 지나가는 사람들의 눈망울과 확연하게 달랐

다. 지나치는 길거리의 사람들의 눈은 '아, 저기 나와 같은 사람이 다가오고 있구나', '나와 같은 사람이 나처럼 걸어가고 있구나'라는 의미를 갖고 있다면, 이 녀석들의 눈은 반은 호기심, 또 반은 경계심인 듯했다. 나는 아이들의 눈빛을 읽을 수 있었다. 어느 정도 그렇다고 자부할 수 있다. 무려 5년간 내 모든 걸 걸고 매달려 배운 게 바로 그런 것 아닌가. 우리나라에서 손꼽히는, 한국이 낳은 천재 심리학 박사님들로부터 일대일 과외를 받았으니까. 무려 5년 동안 말이다.

"그럼 이제 본인 자기소개를 하면 좋겠지? 자, 친구들한테 간단히 자기소개 해 봐."

"네."

나는 담임의 말에 대답은 했지만 입 모양으로만 '네'라고 했지 실상 '네'라는 소리는 목구멍에서 거의 울려 나오지 못했다. 나는 자신감이 넘쳤지만 그래도 교육받은 대로 수줍은 척하기 시작했다. 아주 편했지만 나는 아주 낯설고 걱정스러워하는 표정과 눈빛으로 입을 떼었다. 짜식들, 귀엽네. 어린노무 자식들.

"안녕? 어… 안… 녕? 내 이름은 배준표이고. 어… 그러니까… 앞으로 약 1년 동안 잘 지내보자. 내가 성격이 좀 내성적이라서… 너희들이 편하게 대해 줬으면 좋겠어. 더 할 말이 있었는데…."

나는 일부러 불안한 시선 처리를 하며 침묵의 시간을 조성했다. 한참 동안 적막하니 담임이 나섰다.

"할 말 더 생각 안 나면 여기까지 해도 된다. 빈자리가 어디 있지? 아 저기 맨 뒷줄의 기장훈 옆자리가 비었네. 이제 자리로 들어가 봐. 수고했다."

"아, 예."

소심한 성격인 양 수줍게 담임에게 인사를 하고 교실 맨 뒷자리로 걸어갔다. 결코 멀지 않은 교탁에서 맨 뒷자리까지 가는 걸음 속에서, 나와 눈이 마주친 아이들 중 몇은 표정이 밝았고 몇은 표정이 어두웠다. 전자는 대체로 어느 정도는 공부를 좀 하는 성실하고 착한 아이들인 것 같았고, 후자는 공부와는 담을 쌓았을 것 같은 인상과 운동 좀 했을 것 같은 어깨를 가진 녀석들이었다. 삼촌한테서 전해들은 대로 역시 후자인 녀석들이 훨씬 많았다. 교실을 채우는 대략 25~30명의 학생들 중에서 약 3분의 2가 나를 기선 제압하려는 양아치 새끼들이었다. 귀여운 자식들.

2

띵동.

자취방 현관문 쪽에서 벨이 울렸다. 나는 마음의 준비를 했다. 이때다. 바로 이 시각이다. 나름 오래 겪어 봤지만 솔직히 아직까지 완벽히 적응되지는 않았다. 썩 내키지 않는 일이었다. 그렇지만 헤쳐 나가야 한다. 내 위치가 그런 위치니까.

"누구세요?"

"작은삼촌이다."

"네."

삐리릭.

전자 도어 록 잠금장치가 해제되는 소리와 함께 문이 열리고, 3~4일마다 보던 낯익은 얼굴이 앞에 서 있었다.

"잘 지냈어?"

삼촌의 마지막 말끝을 현관문이 묻어 버리자 내 앞에 있는 남성의 목소리가 바로 바뀌었다. 늘 이런 식이다. 크게 놀랄 일도 없다.

"무명, 배달 왔다."

"네, 팀장님."

'무명'이란 말 그대로 없을 무 자에 이름 명 자, 이름 없는 자라는 뜻이다. 보통 일반적으로 '무명 씨'라고들 흔히 말하곤 하는데 우리 업 쪽에선 석 자는 너무 길어 '씨'자는 빼고 단순하게 '무명'이라고만 불렀다.

"빨리 맞아라. 시간 끌지 말고."

짜증 섞인 팀장님의 말투는 익숙했다.

"이건 도대체 언제까지 맞아야 하는 건지…."

내가 앞에 놓인 주사기 한 대를 바라보며 살짝 망설이는 내색을 보이자 늘 그렇듯이 팀장은 화를 냈다.

"야, 이 새끼야. 이게 뭐 별거야? 이렇게 매번 마음이 왔다 갔다 하는 게 도대체 몇 번째야! 정신 못 차려?"

"팀장님, 그게 아니라…."

"밖에선 삼촌이라고 부르라고 했지? 이 새끼 대갈통을 어디다 갖다 처박았어? 정신 차려! ×발."

"예, 삼촌. 근데 이게 참… 마음먹은 대로 잘 되지가 않…."

"야!"

나는 깜짝 놀라서 입을 다물었다. 약간 겁에 질렸다.

"대답 안 해, 이 새끼야?"

"아, 예."

"원훈."

"아, 예. 원훈 말입니까?"

"긴말 필요 없고 원훈!"

성격 급한 팀장 자식.

"소리 없는 헌신. 오직 대한민국 수호와 영광을 위하여."

"넌 누구."

"무명입니다."

"그럼 뭘 해야 돼?"

"소리 없는 헌신입니다."

"잘 아네. 외기는 잘 외는 똑똑한 놈이 매번 왜 그래. 정신 똑바로 차려라. 우리한테 중요한 건 오직 조국뿐이다. 일개 개인은 없다. 물뽕 이게 뭐 대단한 거라고. 마음 가볍게 먹고 그냥 잠시 즐긴다 생각하고 눈 한번 질끈 감으면 그만이야. 자."

팀장이 내 손에 직접 주사기를 쥐어 주었다.

"궁금한 점이 하나 있습니다."

"뭐. 짧게 말해."

나는 시선을 내리깔아 아래를 잠깐 보며 망설이다 말했다.

"저한테 이런 것까지 시키는 이유를 알고 싶습니다."

팀장의 빠른 맞받아침을 기대했다. 그는 잘 알 테니까. 그런데 예상외로 그는 잠깐 머뭇거리다 내 질문에 답했다.

"위쪽의 지시다. 넌 이유 따윈 알 필요 없다. 까라면 까고, 하라면 하는 거야, 새끼야. 이게 어디서."

짝.

팀장의 오른 손바닥이 내 왼쪽 뺨을 세게 때렸다. 그리 크게 아프진 않았지만 그렇다 해도 기분이 썩 좋지만도 않았다. 괜찮다. 매운 고추 한 알 먹은 수준이다.

"알겠습니다. 대한민국 수호와 영광을 위하여!"

나는 이번에도 덤덤한 척 내 왼팔에 주삿바늘을 꽂았다. 그리고 주사기 끝을 서서히 눌렀다. 마약이 서서히 몸 안으로 들어갔다. 뭔지 모를 황홀감과 함께. 지금 이순간은 아무 생각도 들지 않았다.

나는 소파에 쓰러져 기댔다. 정신이 몽롱해서 다리도 눈도 다 풀렸다. 팀장은 내가 물뽕을 잘 투약했는지 확인한 후 맞은편에 조용히 앉았다.

"그래. 이렇게 하면 되는 거야. 우린 프로다. 아마추어처럼 굴지 마라, 앞으로."

"네…."

나는 희미한 정신에 새어 나오는 소리로 겨우 말했다.

3

서울고등학교 3학년 6반은 아직 탐색 중이다. 오늘은 전학 온 지 이틀째다. 반에 8시 20분쯤 도착했다. 이미 대부분의 아이들이 먼저 와서 끼리끼리 어울리며 놀고 있었다.

내 옆엔 김장훈이 있었다. 어제 첫인상과 마찬가지로 오늘도 똑같이 숫기가 없어 보였다. 이 친구는 조신하게 책상 앞에 앉아 책상 위만 바라보았다. 내가 와서 "안녕?" 인사를 해도 들은 척은커녕 고개도 돌리지 않았다. 애가 너무 이러면 친구가 잘 없는데….

1교시는 국어였다. 30대 남자 선생님이었는데 풍채도 어느 정도 있고 외모도 약간 카리스마 있어서 수업 분위기가 꽤 모범적이었다. 30대라…. 눈여겨보아야 한다. 여기 30대 남자 선생들은 주의 깊게 살펴야 했다. 물론 내 담임 녀석도 마찬가지다. 그 녀석도 30대니까.

훅.

뭐지? 갑작스레 옆에서 뻗어 온 팔에 내 옆자리 친구 쪽으로 시선이 갔다. 김장훈 이 녀석은 여전히 돌부처처럼 움츠린 채 책상 위만 내려다봤고 그의 앞에 다른 동급생 친구 한 놈이 앞에서 권투 시늉을 하고 있었다.

훅훅.

잽을 하나. 장난이겠지 하고 생각했다. 가볍게 생각하고 난 다른 무리들로 시선을 돌리려는데,

퍽.

내 옆의 김장훈이 주먹을 한 대 얻어맞았다. 뭐야 이거?

"쪼다 새끼. 등신 쪼다. 히히히."

김장훈에게 이유 없는 폭행과 욕까지 하는 새끼였다.

"야!"

단호한 내 한마디에 양아치 새끼가 움찔거렸다.

"그만하지?"

애는 약간 당황한 기색이다가 이번에는 몇 걸음 옆으로 와 내 앞에서 똑같은 행동을 했다.

훅훅.

그러면서 하는 말이,

"영웅 나셨네? 야, 싸움 좀 하냐? 싸울래?"

나는 코웃음이 났지만 책상 앞에 가만히 앉아서 표정 관리를 하며 잽을 던지는 이 양아치 새끼를 노려보았다.

훅훅.

어린노무 새끼가 아무것도 모르면서 설치기는.

"그만하라 할 때 그만해라."

"그으마아안 해애애라아아아. 히히히. 쩝쩝. 어쩔래? 계속하면 어쩔

건데?"

훅.

지금, 똑같이 날아오는 녀석의 손목을 낚아챘다. 그리고 손목을 틀었다. 내 왼손엔 약간의 힘만 주었다. 양아치의 팔이 비틀렸다.

아아아…!

애가 신음 소리를 내며 아파했다.

"×발. 존×. 놔, ×발, 안 놔?"

"양아치 새끼."

불쌍해서 놔줬다.

엿 같은 새끼는 자기 손목을 보고 아파하면서 잠깐 살피다가 교실 뒤편 사물함에 기대어 서 있는 어떤 덩치 큰 아이한테 시선을 보냈다. 혹시 쟤가 이 새끼 오야붕인가?

그 녀석은 교복 바지 주머니에 두 손을 찔러 넣은 채 천천히 내 곁으로 다가왔다. 녀석은 곧장 내게가 아니라 김장훈 앞으로 왔다.

짝짝짝짝.

박수 소리가 아니었다. 손바닥으로 김장훈을 갈기는 소리였다. 그것도 양손으로, 몹쓸 짓을 저지르고 있었다.

"야~ 우리 장훈이, 친구 생겨서 좋겠네? 친구가, ×발, 너한테 장난 몇 번 친다고, 존×, 네 대변인까지 돼 주네? ×같은. 낄낄낄."

짝짝짝짝.

그러면서 아무 이유도 아무 죄도 없이 장훈이를 마구 폭행했다. 나는 참을 수 없었다.

"야, 네가 이 새끼 오야붕이야? 뒤로 나와."

"어쭈, 어디서 한 주먹 하다가 굴러온 놈인가 보다?"

서울고등학교 3학년 6반 모두의 관심은 우리 둘에게로 쏠렸다. 일진 새끼와 나는 교실 뒤편 너른 자리로 나와 마주 섰다. 서로가 대략 한 팔 정도 간격이 떨어져 있었다. 딱 좋은 거리였다.

내 앞의 어린놈은 같잖은 듯 잠깐 딴 곳으로 고개를 돌렸다. 다시 내 두 눈을 노려보면서 비웃었다.

"하하. 이 새끼 학교생활 험난하게 하려고 하네."

후욱.

비겁하게 녀석은 하던 말을 마치자마자 바로 빠르게 내 왼쪽 뺨을 향해 훅을 날렸다.

이렇게 훅이 들어오면 왼팔로 이렇게 막고.

턱.

"어?"

녀석이 약간 당황한 내색을 비췄다.

"하하하. 요 새끼 막는다? 야, 이 새끼가 방금 내 주먹 막는 거 봤냐? 히히. 이거 오랜만에 몸 좀 제대로 풀겠는데? 재밌어지겠다. 재밌어지겠어. 좋아."

녀석은 이번에도 비겁하게 방금 전까지 웃으며 얘기하다가 갑자기 정색을 하며 내 복부에 어퍼컷을 시도했다.

이렇게 들어오면 이렇게 막고 이렇게 돌려주면 되지만,

내가 한 대 맞아 준다 생각하고 최대한 충격량 적게 몸을 움츠려서 어퍼컷을 가볍게 맞아 주었다.

퍽.

나는 허리를 숙여 아픈 척했다.

아아….

아파서 신음 소리를 내는 척을 했다.

"처신 똑바로 해라, 내 나와바리에서. 알았냐, 전학생? 낄낄낄."

교실 안은 다시 웅성거리기 시작했다. 다들 예상했던 바인 듯했다. 이게 익숙한 듯 보였다. 녀석은 자기 꼬붕 아이들 몇을 데리고 교실 밖으로 막 나가려 했다.

"얘들아, 한 대 빨러 가자."

"응, 짱."

나는 여전히 배를 잡은 채로 허리를 숙이고 있었는데 그 무리 중 덩치가 제일 작은 녀석이 내 옆으로 오더니 귀에 대고 다들 들으라는 듯 말했다.

"이게 학짱 디그니티다, 새끼야."

학짱? 학교 싸움 짱 디그니티? 하하. 참 우스웠다. 나는 배를 훌훌 털고 일어나 학짱이라는 녀석을 불렀다.

"네가 여기 학교 짱이야? 너, 새끼 일로 와 봐."

"이 새끼가 아직도 정신을 못 차렸나."

새끼가 열 받았는지 주먹을 날리려는 포즈로 내게 거칠게 다가왔다.

빠악.

털썩.

"짱! 야, 학짱!"

정신을 잃고 기절한 건 당연히 일진 새끼였고 나는 조용히 내 자리로 가면서 그 무리들을 한 번 훑어보다가 속으로 되뇌었다.

학짱 디그니티? 이건 공작원 디그니티다, 새끼야.

4

"오늘이 위장 전학 둘째 날인가?"
"예, 삼촌."
휴대폰 너머로 팀장과 말을 주고받았다. 여기는 내 자취방이다.
"일전에 공지한 바 있었다. 기억하고 있겠지?"
"예. 30대 초중반…."
"그래. 서울고등학교 3학년 남자 교사들 중에 남파간첩이 한 놈 있다는 첩보다."
"잘 알고 있습니다."
"30대 남교사일 경우 한 녀석도 빠짐없이 꼼꼼히 관찰하도록!"
"예, 알겠습니다."
"그나저나…."
"예, 말씀하십시오."
"이틀 다녀 보니까 좀 어때? 적응은 쉬웠지? 네가 워낙 낯선 환경에서도 적응을 잘하도록 훈련받았을 테니까."
"사실… 걸리는 게 하나 있습니다."
"말해라."
"저… 학교 짱이란 놈이랑 한판 싸웠습니다."
"그까짓 건 괜찮다. 어떻게… 당연히 이겼겠지?"
"기절시켰습니다. 한 방에."
"그래. 요즘 아새끼들 얼굴만 삭았지, 골 빈 새끼들 많아. 네가 정 같잖으면 그 정도 학교생활 트러블은 네가 감당만 할 수 있다면 감수해도 상관없다."

"예. 이해해 주셔서 감사합니다."

"학교 짱 정도면… 발육이 남다르겠군. 어때? 많이 험악해 보이던가?"

"예. 싸움 좀 한다는 아이들이 다 그렇죠, 뭐. 인상은 그리 험악해 보이진 않았지만 얼굴은 많이 삭아서 한 30대 초반이라 해도 믿겠더라고요."

"그 새끼 술, 담배 편의점에서 직접 사겠구만, 그럼."

"술, 담배 아주 많이 할 겁니다. 아까 제가 슬쩍 먼저 져 주는 척하니까 자기 똘마니들 데리고 한 대 빨러 가자고 말하더군요."

"네가 보기엔 아주 같잖았겠다, 안 그런가? 넌 아예 마약까지 하는데."

"전 뭐, 위쪽의 지시니까 어쩔 수 없이 하는 거 아니겠습니까."

"그건 그렇지."

5

오늘은 학교를 약간 일찍 도착했다. 내가 제일 먼저 왔을 줄 알았는데 예상외로 김장훈이 먼저 와 있었다. 교실엔 김장훈밖에 없었다. 녀석은 혼자 있을 때도 마찬가지로 책상 위를 내려다보는 돌부처처럼 앉아 있었다. 나는 천천히 김장훈 옆 내 자리로 다가가 의에 앉으며 가벼운 마음으로 먼저 인사를 건넸다. 별 기대는 하지 않고.

"안녕? 일찍 왔네?"

후우.

저 교실 맨 앞 푸른 칠판을 멍하니 바라보면서 숨을 잠시 고르려 하는데,

"준표야, 안녕. 준표 맞지? 배준표."

예상 밖으로 장훈이가 나에게 인사를 건넸다. 이때까지 옆에 앉아 있으면서 얘기 한 번 못 나눠 본 사이였는데. 나는 꽤 놀랐지만 무덤덤한

척했다. 내가 지금 어색해하면 애도 다시 주눅 들어 도로 불편해할까 봐.

"어, 어어… 맞아, 배준표. 하하."

"어제… 정말 고마웠어."

"어? 아… 어제 일… 아니야. 그 양아치놈들이 하도 같잖아서. 신경 쓰지 마, 하하."

"우리…."

"어?"

장훈이가 운을 떼더니 한참 동안 침묵을 지키다 말했다.

"우리… 친구 할래? 어… 그게… 네가 싫다면 난 괜찮아. 난 그냥… 네가 참 착한 아이인 것 같아서…. 뭐… 거창하게 생각할 건 없고… 아니야. 나 같은 게 무슨 친구…. 미안. 못 들은 걸로 해. 어제 진짜 고마웠어. 난 그냥… 내 마음은 그게 다야. 부담스러워하진 말고…."

"아니? 난 괜찮은데? 친구 괜찮은데? 우리 이제 친구인 거다 장훈아?"

빙그레.

장훈이가 활짝 웃는 모습을 처음 보았다. 참 보기 좋았다. 말도 이렇게 예쁘게 하고 참 순진해 보이는 애를 왜 왕따시켰을까.

나도 불의에 희생당하는 아이를 도와주었다는 게 어제부터 기분이 뿌듯했다. 보람되고 흐뭇했다.

얼떨결에 19살짜리 동생과 친구 먹게 되었다. 내가 올해 서른이니까 이 친구랑 무려 11살 차이다. 그럼 뭐 어떤가. 우정에 어디 나이가 있겠나.

6

아침 종례 시간이었다. 담임이 교실 앞에서 말했다.

"내가 오늘 점심 먹고 교육청에 연수를 간다. 나 없다고 사고치는 놈 있다간 내일 학교 돌아와서 작살낼 테니까 이상한 꿍꿍이 있는 놈들은 빨리 생각 접는 게 좋을 거다. 무슨 사건 사고나 생기면 5반 선생님한테 찾아가면 된다. 내가 얘기 잘해 놨으니까 갑자기 아프거나 하면 바로 찾아가서 말하고. 단, 꾀병인 게 들통나면 그땐 국물도 없다. 알겠나?"

"예."

"예에."

"좋아. 오늘 아침 조례 이걸로 끝. 다들 화장실 갔다 와서 1교시 준비 잘하도록!"

연수라… 갑자기?

뭔가 의심스러웠다. 빠른 걸음으로 교실에서 나와 건물 밖 뒤뜰로 달려갔다. 휴대폰을 꺼냈다.

'삼촌….'

연락처에서 삼촌을 찾은 다음 통화 버튼을 눌렀다. 신호 연결음이 들렸다.

"조카니?"

"네, 삼촌."

"어, 그래 준표야. 웬일이니."

"팀장님, 지금 주변에 아무도 없습니다. 편하게 말씀드리겠습니다."

"그래, 말해."

"담임이 오늘 점심 이후에 교육청 연수를 간답니다. 원래 요즘 연수철입니까?"

"글쎄… 잠깐만 기다려라. 보자…."

휴대폰 너머로 컴퓨터 타자기 두드리는 소리가 들렸다. 딸깍거리는 마우스 소리도 들려왔다.

"요즘 정식 연수철은 아닌데… 특수한 경우에는 요즘도 연수를 받고들 한다."

"오늘 연수 가는 교사 이 학교에서 누구누구입니까."

"음… 네 담임뿐이네? 오호… 이거 뭔가… 뭔가가 오는데?"

"점심시간 때 조퇴하겠습니다. 학교 앞에 차량 한 대 보내 주십시오."

"알았다. 내가 학교에 말 잘해 놓을 테니까 조퇴하고, 차량은 제시간에 보내겠다."

"예."

"더 할 말 있나?"

"없습니다."

"보고 철저히 하고."

"예, 알겠습니다."

7

"배준표, 5반 담임이 부르셔."

점심을 막 먹고 돌아와서 교실 내 자리에 앉아 휴식하고 있던 참이었다. 반 친구 녀석이 나를 불렀다. 난 교무실로 곧장 갔다. 5반 담임은 여자 선생님이었다. 30대 후반쯤 되어 보였다.

"네가 배준표니?"

내가 선생님 앞에 가서 멀뚱멀뚱 서 있으니까 선생이 먼저 물었다.

"예, 저 부르셨다고요?"

"그래."

여교사는 잠시 머뭇거리다 이어 말했다.

"아버지한테서 전화가 왔다. 네 담임 선생님을 찾았는데 너도 알 거야. 오늘 연수 가는 거 준비하시느라 지금 좀 바쁘셔서 내가 대신 받았다. 할아버지가 많이 편찮으시다며…?"

"예? 아, 예….'

"음, 이런 소식 전하게 되어서 많이 유감이다. 아버지께서 너희 할아버지가 위독하시다고 할아버지한테 손자 얼굴 마지막일지도 모르니 꼭 한 번 보여 드리고 싶다고 그러신다. 할아버지 입원하신 병원은 알고 있고?"

"예."

"그래. 조퇴 처리해 줄 테니까 지금 바로 빨리 가 봐라. 할아버지께서 무사히 잘 넘기셨으면 좋겠구나. 끝. 가 봐."

"예, 감사합니다. 선생님."

나는 인사를 하고 교무실 밖으로 나왔다.

할아버지가 위독하다…. 팀장 자식도 참 유치하군.

피식, 하고 웃음이 났다.

8

제공받은 차량 안에서 무선 이어폰을 끼고 눈에는 선글라스를, 머리에는 검은색 야구 모자를 눌러쓰고 담임의 차가 학교 밖으로 나오길 기다리고 있었다. 휴대폰에는 원격으로 통화 도청 송수신 작업을 해 놨기 때문에 전화를 할 시 이어폰을 통해 음성이 다 내 쪽으로 전달될 것이다.

언제쯤 나오려나….

양손을 핸들 위에 놓고 손가락을 튕기며 휘파람을 불었다. 이번 작전은 내게 좋은 기회다.

'무명, 이번 작전만 잘 성공하면 나도 승진하고 당연히 너도 내 팀장 자리를 이어받는다. 최선을 다하도록!'

공작 기획 때 팀장의 동기부여 한마디가 갑자기 떠올랐다.

'승진해야지. 빨갱이 놈들도 다 잡아 처넣고.'

몇 분 후 담임의 차가 학교 정문을 빠져나왔다. 지금이다. 나는 천천히 가속 페달을 밟았다. 바로 뒤에서 담임의 차를 바싹 따라붙어 달리기 시작했다.

얼마를 달렸을까. 그리 오래 달린 건 아니었는데 도청기기에 신호가 잡혔다. 담임의 통화였다.

"자기야."

여자 목소리다.

"자기야, 교육청 잘 가고 있어?"

어? 뭔가 낯익은 목소리였다.

"응. 지금 조금만 더 가면 사거리 나올 것 같아. 이제 금방이지. 자기는 수업 준비 잘하고 있어?"

담임의 목소리다. 담임의 아내는 교사가 아니고 주부인데? 무슨 상황이지? 다시 여자 목소리가 들렸다.

"자기 벌써부터 막 보고 싶고 그런다? 나 오늘 야자 감독 아니라서 칼퇴근이니까 저녁 같이할까, 자기?"

아, 5반 담임이었다. 그래.

"그래, 그러자. 자기야 사랑해."

"응, 나도 사랑해. 연수 잘 받고 와."

전화가 끊어졌다.

담임이 불륜을 저지르고 있고 그 내연녀가 옆 반 담임이라니. 드라마에서만 보던 장면을 직접 목격하니 꽤 신기하고 절로 웃음이 났다. 도청이 재밌는 게, 한 번씩 이런 코미디가 나와 주기 때문이다.

9

"연수 가기 시작할 때부터 담임이 자택에 돌아가기까지 특별한 사항은 없었습니다."
"아, 그런가?"
"예."
"그래도 긴장 놓지 말고 주의 관찰 세심히 하도록! 다른 교사들도 마찬가지고."
"예."
잠깐 침묵이 있다가 내가 다시 물었다.
"그런데 팀장님."
"그래, 말해."
"더 자세하게 특정된 사항 같은 건 없습니까? 예를 들어 문과 쪽인지, 이과 쪽인지 뭐 그런 거 말입니다."
"음. 사실… 북에서 남파해 올 때 감시 영상에 제대로 잡힌 건 인공지능으로 알아낸 신체 나이밖에 없다. 신체 나이니까… 실제로 봤을 때 원래보다 나이 들어 보일 수도 어려 보일 수도 있는 거지. 뭐, 계속 끌고 가면 한도 끝도 없다. 우리의 임무가 뭐 다 그런 거 아닌가. 제로 베이스에서 시작해 하나씩 하나씩 간첩놈을 특정하고 혐의를 하나둘 찾아가는 거. 뭐 이쪽 업이 다 그런 거지 뭐. 넌 크게 걱정할 건 없고 그냥 현장에서 30대들의 수상한 의심 사항들을 수집해 나가면 되는 것이다. 나머지는 팀원들이 알아서 잘 하고 있을 테니 너무 조급한 마음은 먹지 않도록!"

"예, 팀장님."

전화가 끝났다.

그래. 수치상의 나이만으로는 간첩놈을 색출하기가 쉽지 않다. 나도 그랬다. 대학 4년을 대한민국 최고 명문대를 나와서 학점을 최상위로 유지하며 전액 장학생으로 다니다가 특전사 다녀오고 바로 국정원에 입사했다. 몇 가지 훈련과 교육을 받고 간단한 공작에 몇 차례 투입돼서 실전 감각을 쌓은 뒤 드디어 팀장 자리 승진까지 이 한 공작만이 남았다. 내가 여기에 투입된 건 단순했다. 내가 내 나이 또래에 비해 아주 많이 동안이어서다. 지금 나이는 딱 서른이지만 모르는 사람이 보기에는 소주 한 병 사러 갔을 때 아직도 신분증을 요구받았다. 북한놈들… 그 괴뢰놈들도 혹시 나 같은 공작원을 투입한 건 아닐까? 그렇다면 겉보기에 그놈은 나이가 많아 보일까, 나이가 어려 보일까? 갑자기 머리가 아프다.

10

점심 먹고 5교시 마치고 난 평소처럼 내 자리에 앉아 있었다. 교실 앞쪽을 바라보고 있는데 학짱이 누군가와 함께 들어오고 있었다. 옆에는 여자였다. 옆 여학생 반 친구인가 보다. 그 친구는 단발머리였다. 염색을 한 것 같았다. 한 가닥 한 가닥 띄엄 띄엄으로 검은 색 원래 머리와 약간 갈색 머리가 교차된 헤어스타일이었다. 얼굴은 귀여웠다. 눈은 동그랗고 코는 작지만 아기자기하고 입술은 가늘었다. 그리고 뺨은 약간 가볍게 분을 칠한 것 같았다.

학짱은 교실 앞쪽에서 데리고 온 여자아이 옆에 자기 똘마니들과 장난을 치고 있다가 여자아이랑 다시 이야기를 하고, 아이는 주머니에서 껌을 꺼내더니 한 개는 자기가 씹고 하나는 옆에 서 있던 학짱 그놈에게 건넸다. 그 녀석도 껌을 입에 넣고 서로 씨익 웃다가 여자아이의 시선이 내 쪽으로 향했다. 여자아이의 시선을 알아차린 학짱이 고개를 돌려 나를 바라보더니 씨익 웃으면서 아이한테 무어라 말을 했는데, 멀어서 무슨 말인지는 알아듣지 못했다. 아이의 시선은 줄곧 내게로 고정되어 있었다. 둘은 천천히 내가 앉아 있는 자리로 걸어오기 시작했다.

"야, 전학생. 아니, 장훈이 베스트 프렌드, 학교 적응은 좀 잘 돼 가냐?"

내 앞에 선 학짱 녀석이 웃는 채로 나를 내려다보며 물었다.

"얘가 며칠 전에 전학 온 애야?"

여자 아이가 나를 빤히 바라봤다. 눈은 알 수 없는 미소를 띠고 입으론 껌을 씹으면서 옆에 서 있던 학짱에게 물었다.

"이 새끼, ×발, 싸움 좀 하는 놈이더라? 전학 온 지 둘째 날에 나랑 맞짱 떴다니까?"

"귀엽네? 존× 귀엽게 생겼네."

여자아이가 뭔가 비웃는 표정으로 내게 말했다.

"얘는 뭔데? 네 여자 친구냐?"

나는 학짱에게 물었다.

"그래, 내 여자 친구다. 왜?"

"×발, 안 닥쳐? 여자 친구는 무슨 ×같은 새끼가."

아이가 학짱에게 인상을 쓰며 버럭했다.

"미안. 여자 친구는 내 바람이고. 하하."

학짱이 어색해하는 모습은 처음 봤다. 얘도 남자는 남잔가 보다. 여자한테는 쩔쩔매네.

"귀엽다. 난 바로 옆에 5반 황혜진이야. 앞으로 자주 보자."

아이가 악수를 건넸다. 나는 약간 얼떨떨했지만,

"그… 그래."

하며 악수를 했다.

11

그날 내내 여자아이가 머릿속에서 떠나지 않았다. 이름은 황혜진이라고 했다.

황혜진, 황혜진….

왜 자꾸 생각나는지는 모르겠다. 한참 어린아이인데.

같은 반 학짱하고는 서로 카톡하는 사이가 됐다. 이런 상황은 전혀 신기할 일이 아니다. 원래 주먹 좀 쓰고 화끈하고 통쾌한 녀석들이 보통 뒤끝도 없고 오히려 본인처럼 깡 있는 친구들을 좋아하고 친해지려 하는 법이다. 아까 황혜진과 셋이 얘기 나누고 학짱 녀석이 나에게 장난식으로 농담을 툭툭 던지다가 전화번호를 물어보길래 선뜻 가르쳐 줬다. 그리고 아까 전에는 그 녀석한테서 먼저 카톡이 와 메시지를 몇 통 주고받았다.

다음 날도 학교에서는 물론, 하교하고 자취방에 돌아와서도 황혜진 생각이 계속 머릿속에서 잊히지 않았다. 예전에도 이런 비슷한 일이 있었나? 아마 없었던 듯하다. 처음 느껴 보는 감정이었다. 내 마음이 왜 이럴까.

답답한 마음에 학짱한테 전화를 걸었다. 신호 연결음이 들렸다.

두두두두두.

"어, 그래. 굴러 들어온 전학생."

"어. 야, 지금 뭐하고 있냐?"

"나? 지금 집에서 배그 한다. 오늘 삘 잘 받네. 나한테 다 발리고 있다. 하하하."

"배그를 PC방 가서 안하고 집에서 하냐?"

"×발, PC방에서 담배 못 피잖아. 아 존× 짜증난다, ×발."

"그렇지. 요즘 PC방에서 담배 못 피지. 너 혹시 골초냐?"

"줄담배 필 때도 있지. 야, 넌 뭐 피냐? 말보루?"

"난 담배 안 펴."

"×발, 내숭 떨고 있네. 에세 피냐?"

"하는 게 있는데 너랑은 차원이 다르단다. 너랑 나랑은 클래스가 이미 달라."

"킥킥킥. 클래스 같은 소리하고 있네. 네가 뭐 그리 대단하냐?"

"야, 학짱. 넌 그냥 양아치 학짱 디그니티겠지만 난 훨씬 대단한 디그니티다."

"뭔 디그니티. 무슨 개소리를 하려고."

공작원 디그니티다. 어린노무 새끼야.

"그나저나…."

"어. 뭔데? 말해."

"네 친구 황혜진 있잖아…. 어떤 애냐?"

"아, 황혜진?"

하하하.

휴대폰 너머로 학짱의 통쾌한 웃음소리가 들려왔다.

"너 황혜진 좋아하냐? 마음 있냐?"

216

나는 갑자기 당황해서

"뭐라고 하냐, 이게. 나는 그냥… 그냥… 네가 친해 보이길래."

"쪼다 새끼. 좋으면 좋다고 해야지 남자새끼가. 왜, 내가 다리 놔 줘?"

"뭐…."

나는 뭐라고 대답해야 할지 조금 망설여졌지만, 나도 모르게 통화 분위기에 취하고 내 이상한 감정에 취해서 그랬는지는 몰라도 바보같이 대답하고 말았다.

"뭐… 그래도 좋지."

12

학교 마치고 자취방에 있었다. 오늘은 바로 그날이다. 나는 저녁을 혼자 해결하고 난 뒤 소파에 앉아서 시계만 올려다보고 있었다.

띵동.

"누구세요?"

"작은삼촌이다."

"네, 삼촌."

삐리릭.

도어 록이 열렸다. 곧 문이 닫히면서 잠겼다. 팀장은 평소와 같이 말했다.

"자, 배달 왔다. 빨리 하고 해치우자고."

이번에 나는 마음을 다잡고 천천히 주사를 내 팔에 놓았다. 나는 소파에 기대 눈을 반쯤 감고 조그맣게 신음 소리를 내고 있었고, 팀장은 맞은편 소파에 앉았다.

"학교생활은 좀 어떠냐?"

"예, 뭐 큰일은 아직까지 없는 듯하고 대략 전체 직원들 동향 파악 중입니다."

"아니, 그거 말고."

"담임 건 사건은 아무 일 아닌 것 같습니다. 일개 개인의 이탈이 있을 뿐입니다."

"아니, 그거 말고."

"예?"

내가 당황해서 물었다.

"너, 어떤 어린 년 좋아한다는 말이 있던데… 원조 교제냐?"

"아, 아닙니다. 팀장님. 저를 뭘로 보시고."

"괜찮다. 우리가 네 신분 세탁 철저히 해 놨으니까 걸릴 일은 없다. 다들 널 고3으로 알고 있는데, 뭐."

"아, 예."

"그런데, 한 가지….”

"예, 말씀하십시오."

팀장이 잠시 망설이다가 무섭게 내 두 눈을 노려보며 다시 말했다.

"…모든 건 네가 조국에 충성했을 시의 얘기다. 네가 배신하면 우린 널 어떻게든 감방에라도 집어넣을 수 있어."

팀장의 목소리가 살벌했다. 솔직히 말보다, 그 두 눈빛이 매서웠다.

13

여러 날이 지났다. 인연이란 게 도대체 알 수가 없다. 학짱이란 놈과 난 꽤 친한 사이가 됐고 그 녀석이 고맙게도 나랑 황혜진 사이에 다리를 놔 준 덕으로 난 황혜진하고도 친해졌다. 정신을 차려 보니 나도 모르는 새 우리 셋은 베스트 프렌드가 되어 있었다.

우린 학교 끝나고, 또 주말에 시내에서 자주 만났다. 만나서 밥도 같이 먹고 카페에서 커피도 자주 마시고 보드게임 카페도 다 같이 가 보고 영화도 보고 노래방에 자주 갔다. 하루하루 추억거리가 쌓여만 갔다.

대학생 때까지도 누려 보지 못한 우정이었다. 난 어려서부터 태권도도 다니고 합기도도 다니긴 했지만 내 최우선 순위는 오로지 공부였기에 친한 친구들이 몇 없었고 학교 밖에서 따로 만나 어울린 적은 거의 없었다. 나는 요즘 들어 내 인생에서 제2의 학창 시절을 보내는 것 같다는 생각이 한 번씩 들곤 했다. 그것도 아주 소중한 학창 시절 말이다.

밖에서 친구들과 많이 싸돌아다니다 보니 팀장님을 만날 기회가 거의 없었다. 연락도 뜸해졌다. 팀장한테서 전화가 오면 대충 전체 동향 파악 중이라고 얼버무리고 난 다시 즐겁고 재밌는 학창 시절의 생활을 즐겼다.

자취방에 있는 시간도 줄어들면서 자연히 팀장이 찾아와도 집에 들이는 날이 드물어졌다. 그래서 최근에는 마약을 한 지도 꽤 오랜 시간이 지났다. 마약이라는 이름이지만 이건 국정원에서 특수 가공처리를 해서 중독성은 거의 없는 비교적 최근 상품이었다. 그래서 내게 물뽕 금단 증상은 일어나지 않았다. 몸은 망가졌는지 잘 모르겠지만 생활하는 데 큰 문제 될 거리는 없었다. 나는 스스로가 생각해도 아직 충분히 건강했다.

14

"야, 이 새끼. 요즘 상태가 왜 그래?"

팀장의 목소리다.

"예? 아… 요즘 학교 동향 파악 중입니다. 동향 파악이라는 게 그리 쉽지가 않…."

"입 다물어. 내가 너 요새 어떤 짓거리 하는지 모르고 있는 줄 아냐?"

휴대전화 너머로 흥분한 목소리가 들려왔다. 나는 지금 자취방에 형광등도 켜지 않고 어두컴컴한 원룸에서 소파에 기대어 앉아 있다.

"죄송합니다."

"잘 들어라. 네가 정 조국의 부름을 배신하고 네 인생 네가 알아서 살겠다고 한다면, 뭐 내가 널 말릴 자격은 없지만 최소한 감방에서 5년은 썩어야 할 거다. 그게 이쪽 바닥 배신자들의 끝이라는 말이다. 네가 임무를 완수하고 깔끔하게 나가지 않는 이상."

"무슨… 무슨 말씀입니까, 5년을 감옥살이 한다니요?"

"우리가 너한테 물뽕 괜히 시킨 줄 아냐?"

물뽕… 그게 그런 거였구나. 이런.

팀장이 이어서 말했다.

"그 신종 마약이 체내에서 완전히 빠져나갈 때까지 약 2년이 걸린다. 그 안에 위쪽에서 지시만 하달되면 넌 마약범으로 빼도 박도 못하고 빵 가는 거야, 새끼야."

"×발."

나도 모르게 욕이 튀어나왔다. 팀장에게 얼떨결에 한 첫 욕이었다.

"뭐? 뭐캤노? 방금 뭐라캤노? 뭐라캤노?"

"갑자기 감정 조절이 안 돼서 그랬습니다."

"내가 이렇게 긴급하게 연락한 데는 다 이유가 있다."

"예, 뭡니까?"

"네 안전에 관한 얘기다."

"네?"

나는 깜짝 놀랐다. 두 눈이 저절로 휘둥그레졌다.

"안타깝게도 북괴 공작원들한테 네 정보가 다 노출되었다. 이제 네 신상이 위험해졌어. 언제 놈들에게 제거될지 모르는 상태다."

"…."

나는 무슨 말을 해야 할지 몰랐다.

"미안… 하다, 참…."

아쉬운 소리하는 팀장의 모습을 처음으로 마주해 보니 비로소 실감이 났다.

"그럼… 이제 저는 어떻게 해야 됩니까?"

"지금 금요일 저녁이니까 학교는 월요일부로 다시 다른 학교로 전학 가는 걸로 해 놓겠다. 월요일부터 원에 복귀하도록. 윗선에서 어느 정도는 널 이해해 줄 거다. 내가 네 얘기 잘 해 뒀어. 아들 같은 새끼, 좋은 삼촌 만난 걸 복이라고 생각해라."

"예, 알겠습니다. 감사합니다. 팀장님."

전화가 그렇게 끊겼다.

따르르릉.

어쩐 일로 전화가 끝나자마자 얼마 안 돼 다시 전화가 왔다. 당연히 팀장님인 줄 알았는데 학짱이었다.

"뭐 하냐? 계속 통화 중이데?"

"어? 뭐… 아무것도 아니야. 그냥 쉬고 있었어."

"나 지금 황혜진이랑 한강 산책하고 있는데 얘가 너도 불렀으면 좋겠다고 하네? 나올 수 있냐? 같이 바람 한 번 쐬자, 새끼야."

이제 못 볼 아이들… 그동안 정도 많이 들었는데. 한숨이 나왔다. 회자

정리라지만 이별이 이렇게 일어나게 되는 거구나. 나중에 추억하며 보고 싶어지겠지. 그래. 한 번 만나자.

15

셋이 함께 어둑어둑한 저녁 한강 길을 산책하다가 학짱은 아버지 전화를 받고 일찍 집으로 돌아갔다. 나랑 황혜진, 우리 둘만 남았다.
"우리 저기 벤치에 잠깐 앉을래?"
황혜진이 말했다.
"그래, 잠깐 쉬자."
가까운 벤치에 앉았다. 날이 늦어서 이제 거니는 인적도 아주 드물었다. 잠깐 침묵의 시간이 흐르다가, 달빛을 받으며 황혜진이 조심스레 말했다.
"너… 나 어떻게 생각하냐?"
"뭐… 뭐를?"
순간 당황했다. 하지만 대화를 끝내고 싶지 않았다. 이 아이가 이어서 말을 계속해 주기를 속으로 바랐다.
"나 어떻게 생각하냐고."
"뭐… 그냥… 좋은 친구지. 베스트 프렌드."
"그거 말고, 그런 거 말고. 나 여자로 생각한 적 있냐?"
있지. 당연히 있지. 그렇게 말하고 싶었지만 선뜻 용기가 나지 않았다. 나는 이 귀여운 아이를 보면서 가슴 깊숙이 나도 모르게 설레었다.
"나, 너 좋아한다. 우리 오늘부터 1일 하자. 나 원래 쉬운 여자 아니다? 지금 아니면 영영 기회 없을지도 몰라. 그러니까 빨리 대답해."

"어… 나도… 너 좋아하기는… 좋아하는데… 그게… 우리는 원래 이어질 수 없는 관계…."

갑자기 입술이 따뜻했다. 아이가 내게 입을 맞추었다. 나도 모르게 눈이 스르르 감겼다. 그렇게 우리는 1분 가까이 따뜻하게 옆으로 나란히 앉아 있었다.

16

"상황이 아주 긴박해졌다. 엄청 위험해졌어. 지금 네 위치 쪽으로 남파 간첩놈들이 접근해 오고 있다는 첩보가 방금 입수됐다. 꼭 필요한 것만 챙기고 빨리 원으로 복귀해라! 위험하다!"

"예, 알겠습니다."

알겠다고 말하는 내 목소리에 진하게 떨림이 묻어 나왔다.

어제 혜진이랑 키스했는데…. 그 추억을 마지막으로 이렇게 다 끝나는구나…. 상당히 아쉬웠다. 처음으로 국정원에 입사하게 된 게 후회스러웠다. 나도 이제 평범한 인생을 살고 싶었다. 누군가를 쫓고 내가 쫓기는 인생을 이젠 살기 싫다. 하지만 돌이킬 순 없었다. 신이 원망스러웠다. 왜 인생에서 가장 소중한 건 그걸 영영 놓치고 난 후에 깨닫도록 만드는 걸까. 내 진짜 열아홉이 지금과 같았더라면 지금쯤 난 어떤 인생을 살고 있을까.

띵동.

아! 벌써… 인가? 초인종 소리가 울렸다. 난 황급히 권총을 내 허리와 청바지 뒤쪽 틈새 사이에 끼워 넣었다.

띵동. 띵동.

소리를 죽이며 조심스레 문구멍으로 바깥을 바라보았다. 학짱과… 혜진이다!

아, 내 베스트 프렌드들….

울컥하며 문을 열어 주었다. 이번에 정말 마지막 작별 인사를 하자. 학짱이 먼저 웃으며 말했다.

"새끼, 왜 이렇게 문을 늦게 여냐? 안에 있었으면서…."

"어? 어어… 그게…."

"준표야, 잘 있었어? 뭐하고 있었어?"

혜진이가 귀엽게 내게 물었다.

"무슨… 일이야? 이렇게 늦게…."

나는 초조하게 시계를 올려다보며 물었다. 빨리 작별 인사를 해야 했다. 시간이 없다. 곧 간첩놈들이 들이닥칠 거다.

"뭐, 우리 사이에 별일이 있어서 찾아오냐? 심심해서 왔지, 새끼야. 하하."

학짱이 대답했다. 이어서 혜진이는,

"네가 생각나서… 보고 싶어서 와 봤어."

아이가 와락 안겼다. 내 허리춤을 감쌌다.

"이… 이러지 말고… 나도 할 말이 있는데…."

"어? 이거 뭐야? 총이네?"

혜진이가 내 허리춤에 있던 권총을 빼더니 눈이 동그레지며 물었다.

"어? 아… 아무것도 아니야. 장난감 총…."

아니다. 오히려 그게 이상하다.

"…그게 아니고 얼마 전에 총포사에서 호신용으로 권총을 하나 구입했는데…."

척.

혜진이가 권총으로 내 얼굴을 겨냥했다.

"이렇게 하는 거 맞아? 어때, 폼 좀 나냐?"

하하.

혜진이와 학짱이 동시에 웃었다.

"장난치지 말고 그만 줘. 나 지금 시간 없어. 빨리 어디 가야 돼."

초조한 마음에 다시 한번 시계를 올려다보았다. 심하게 불안해지기 시작했다. 내가 권총을 빼앗으려는데, 혜진이가 피했다.

"간나 새끼. 하하하."

"종간나 새끼, 첩보 입수했구만, 그래?"

"뭐?"

처음으로 북한 말투를 구사하는 모습에 나는 당황해 버렸다.

"남조선 국정원의 개 같은 새끼. 네가 우리 둘 뒤쫓고 다녔다며?"

"혜진아…."

아!

그랬군. 그랬구나. 얘들이 남파 간첩놈이었구나! 젠장, 이럴 수가. 나는 말문이 막혔다.

"쏠 거냐? 쏴라, 북한 괴뢰놈들."

"마지막으로 한마디 할 기회는 주갔어."

"아니, 마지막으로 내가 너희한테 물을게."

"…."

둘은 아무 말이 없었다.

"너희들에게 난 어떤 의미였니?"

17

결국 둘은 급히 출동한 내 팀원들에 의해 검거되었다. 녀석들은 끝내 나를 쏘지 않았다. 또한 그들은 특수부대원들이 총을 겨누며 제압하러 다가와도 별다른 저항을 하지 않았다. 둘은 순순히 협조하며 검거되었다.

나는 팀장으로 승진되었다. 어쨌거나 남파간첩을 둘이나 검거하는 데 큰 몫을 일조했다는 사실을 인정받았다. 팀장으로 승진한 후 첫 근무 날, 나는 팀장 자리에 앉아 잠깐 상념에 잠겼다. 조국은 위대하다. 조국은 소중하다. 우리는 국가의 보호를 받고 국가라는 울타리 안에 소속되어 안녕과 행복을 누린다. 그런데 그렇다면 개인은 무엇인가? 일개 국민은 어떤 의미인가? 국가의 부름을 받는 건 영광스런 일이다. 조국을 위해 헌신하는 건 내 가족과 이웃, 모든 국민을 위해 봉사하는 것과 같다. 하지만 그렇다 하더라도, 조국을 위한 헌신이라 할지라도 우리는 오직 공동체만을 위해, 공동체가 요구하는 바에 따라서는 무슨 가면이든지 써야만 하는 걸까? 소리 없는 헌신, 참 멋지다. 그러나 그 과정 속에서 나라는 사람은 한낱 껍데기, 가짜가 된다. 가명을 쓰고 거짓된 관계를 맺고 거짓된 우정을 키워 간다. 그런 삶이 과연 충분히 멋진 삶이라고 감히 떳떳하게 외칠 수 있을까? 내가 그랬듯 지금의 이 팀장 자리를 꿈꾸는 내 모든 부하직원들에게 묻고 싶다. 너희들에게 너 자신은 누구냐고. 진짜를 살 건지 자원해서 가짜로 살아갈 건지.

책상 위에 준비해 간 사직서를 올려놓고 조용히 건물 밖으로 나왔다. 난 아직 젊다. 뭐라도 하면 밥은 먹고살 것이다. 난 이제 진짜를 위해 발걸음을 옮겼다. '새로운 피조물', 곧 내 인생, 나만의 진솔한 이야기를 쓰기 위해.

이게 전직 공작원 디그니티다.

하루는 하나님의 아들들이 와서 여호와 앞에 섰고 사단도 그들 가운데 왔는지라

여호와께서 사단에게 이르시되 네가 어디서 왔느냐 사단이 여호와께 대답하여 가로되 땅에 두루 돌아 여기 저기 다녀 왔나이다

여호와께서 사단에게 이르시되 네가 내 종 두 번째 현진을 유의하여 보았느냐 그가 앞으로 하나님을 경외하며 악에서 떠날 것이니라

사단이 여호와께 대답하여 가로되 두 번째 현진이 어찌 까닭 없이 하나님을 경외하리이까

이제 주의 손을 펴서 그를 치소서 그리하시면 정녕 대면하여 영원히 주를 욕하리이다

여호와께서 사단에게 이르시되 내가 그를 네 손에 붙이노라 오직 그의 생명에는 네 손을 대지 말지니라 사단이 곧 여호와 앞에서 물러가니라

1

고등학생 시절 담임 선생님의 수업 시간이 생각났다. 담임 선생님은 물리를 가르치셨다. 세상사가 뭐든지 다 그렇겠지만, 시간이 지나 기억 속에 남는 건 단연코 첫인상이다.

물리학 첫 시간, 선생님께서 말씀하셨다.

"물리학에서는 힘이란 게 있다. 이게 중요하거든. 내가 이 분필을 저기 저 맨 뒤에 앉은 녀석한테 던지면 이 분필은 날아가겠지. 여기에 힘을 가해 주었기 때문에 날아가는 거야. 힘을 줬다 이거야. 뉴턴이 만든 역학에서는 사물의 위치와 힘만 알면 모든 걸 알 수 있어. 대단하지."

선생님의 표정은 물리학인지 아니면 뉴턴인지는 모르겠지만 아무튼 둘 중 하나에 심히 경도되어 있는 듯 보였다.

"이해돼? 이해가 돼? 모든 걸 알 수 있다고. 모든 걸."

교실 안은 적막했다. 그러자 드디어 선생님은 우리에게 와닿는 이야깃거리로 감성 짙게 호소하셨다.

"스타크래프트해 봤냐? 딱, 시작하면 미네랄 캐는 놈 움직이고 뭐, 저글링 뽑아내고 뭐, 이러쿵저러쿵하잖아? 스타크래프트 그거 별거 아닌 거… 딱 한 가지만 알면 누가 이길지 게임 시작할 때부터 미리 알 수 있다고. 네가 모든 프로토스 유닛이 다음 순간 어디로 이동할지만 알고, 모든 저그 유닛이 다음 순간 어디로 이동할지만 알고, 또 마찬가지로 모든 테란 유닛이 다음 순간 어디로 이동할지만 알게 된다면, 그러니까, 그러니까 모든 유닛의 현재 위치와 다음 순간 어디로 이동하게 하는 힘만 알게 되면, 게임은 이미 끝난 거야."

나는 이쯤 돼서 주위 반 친구들의 얼굴들을 살폈다. 거의 모든 애들의 눈이 동그래져 있었다. 선생님께서는 이어서 말씀하셨다.

"결정론이거든, 이게…."

와….

"그런데 결정론의 세상에서 또 딱 한 개 신기한 것이 있거든. 이게 사물이 작아지고 작아지면 양자역학이라고, 확률이 돼. 확률. 그게 뭔지 알아? 아냐고."

아니요.

"아무것도 알 수 없다는 거야."

아무것도 알 수 없다니….

"됐어. 치우자. 양자의 세계는 골 때리니까 넘어가고."

들을수록 빠져드는 명강의였다.

"내가 한 가지만 더 얘기할게. 한 가지만."

여전히 교실 안은 적막했다. 모든 아이들의 시선은 오로지 선생님의 눈동자만 향했다.

"뉴턴은 천재였어. 단연코 천재였다고 말할 수 있어."

무슨 말씀을 하시려는 걸까.

"…물리학에서 사물의 위치와 힘만 알면 미래뿐만 아니라 모든 것을 알 수 있다고 했잖아? 그럼 그 '힘'은 어디서 나왔냐 이거야…. 뉴턴은 뭐라고 설명했을까…."

그게 이 물리학 수업의 핵심이었다.

2

어렸던 시절, 나는 음란의 죄 앞에 넘어지고 또 넘어졌었다. 이런 말을 하면 바로 몇몇 여자들한테는 내가 '벌레'로 보이겠지만, 뭐 남자아이라면 누구나 겪는 일종의 성장통이랄까. 어쩌면 모든 남자들이 반드시 거쳐 가고 또 거쳐 가는 게 당연한, 남자의 보편적인 인생 편린이라고 해도 될까. 난 잘 모르겠지만, 내가 지금 하고 싶었던 얘기는 나 또한 그 예외가 아니었다는 것이다.

내가 처음 음란을 알게 된 것은 누군가가 음란의 죄 앞에 굴복하는 것을 지켜보았기 때문이다. 나는 그렇게 그 사람에 의해서 음란을 알게 되었다. 누군지는 굳이 얘기하지 않겠다. 나중에, 그러니까 낮말은 새가 듣고 밤말은 쥐가 들어서 말이 돌고 돌아 그 사람의 귀에까지 들어가게 된다면 그 사람은 심히 얼굴을 붉히고 내게 노하는 마음을 품을 것이기 때문이다. 아무튼 그렇게 나의 죄는 타인으로부터 내게 들어왔다.

만약 내가 그 계절의 그 오후 때 그 장소에 있지 않아서, 그래서 내가 그 사람이 하고 있는 것을 보지 않았다면 내게 음란의 죄는 들어오지 않았을까. 과연 그랬을까.

나이를 몇 살 먹고 초등학교를 잘 다니면서 입시 학원에 다니게 되었다.

여자 선생님이셨는데, 나는 마음으로 선생님을 좋아했다. 그런데 선생님은 나를 좋아해 주지 않았다.

나는 선생님을 미워하기 시작했다. 언제부턴가는 학원에 들어가면서도 선생님께 인사조차 하지 않았다.

다 이유가 있지만, 일일이 모든 걸 설명하기에는 횡설수설로 치달을 것이고, 또 내 얘기를 듣고 있는 당신도 지치고 재미없어할 것이다.

나는 그 선생님을 상상하면서 죄를 저지르기도 했다.

나는 그때부터도 이미 죄인이었다.

3

또 간음치 말라 하였다는 것을 너희가 들었으나 나는 너희에게 이르노니 여자를 보고 음욕을 품는 자마다 마음에 이미 간음하였느니라 만일 네 오른 눈이 너로 실족케 하거든 빼어 내버리라 네 백체 중 하나가 없어지고 온 몸이 지옥에 던지우지 않는 것이 유익하며 또한 만일 네 오른손이 너로 실족케 하거든 찍어 내버리라 네 백체 중 하나가 없어지고 온 몸이 지옥에 던지우지 않는 것이 유익하니라

(마태복음 5:27~30)

4

무표정이란 소리를 참 오랫동안 들었다. 지겹도록 들었다. 내가 가만히 있기만 하면 누군가는 내게 다가와 "넌 세상 다 산 것 같이 앉아 있네."라고들 말했다. 그게 무슨 의미일까.

언젠가 인터넷으로 본 적이 있는데, 음란의 죄를 많이 저질러도 정신병이 온다고 한다.

맞는 말인 것 같다.

5

음란의 마귀 앞에 단단히 사로잡힌 후부터 내 청소년기는 한마디 말로 표현할 수 있으니, 그것은 '무표정'이었다.

이제야 알게 된 사실인데, 강한 쾌락을 지속적으로 반복하면 사람의 뇌는 그러한 쾌락을 일으키도록 하는 도파민이라고 부르는 신경전달물질이 과하게 분비되는 상태가 익숙하게 되어 결국에는 뇌가 그러한 비정상적인 상태로 변화한다고 했다. 극단적인 예로 마약을 하면 뇌의 구조가 바로 바뀌게 된다. 그래서 웬만한 자극에는 무덤덤해져서 무표정해지는 것이었다.

6

결국 나는 정신병이 발병하고 말았다. 한때 정신없이 난리 났었고, 후에 남는 건 '사람들 얼굴 어떻게 보지' 하는 부끄러움뿐이었다.

7

정신 재활 시설에 다니게 되었다. 발병 후 무려 10년을 다녔다. 대학생 때 발병을 했으니까 20대를 통째로 버린 셈이다. 휴지통에 버린 거면 다시 주울 수야 있지, 이건 뭐 시프트+딜리트 곧 '제거'나 다름이 없어서 난 일반적인 건강한 사람들과 좁힐래야 좁힐 수 없는 엄청난 간극이 있다. '간극'이라는 말… 참 묘하다.

8

시설에 참 다양한 사람들이 있다.
노루는 겉보기에 많이 아파 보였다. 걷는 폼도 어설프달까, 어색하달까, 아무튼 그랬다. 노루는 참 순진무구하고 마음이 깨끗한 사람이다. 물론 나한테 먼저 약속 만들었다가 몇 시간 후에 말도 없이 바로 자기 혼자 어기기도 했지만, 그래도 동심이 있어서 얘기를 나누다 보면 정말 재미있는 말들이 많이 나왔다. 대화가 재밌었다.
언제는 나한테 이렇게 말하곤 했다.
"현진아, 마인 부우 멋있더라."
내 이름은 현진이라고 해 두자.
"마인 부우가 누구예요?"
"〈드래곤볼〉에 나오는 거."
"아… 〈드래곤볼〉에 나오는 마인 부우가 멋있어요?"
"응."
또 한 번은 내게 이렇게 말했다.

"현진아, 이순신 멋있더라. 난 이순신처럼 되고 싶다."
나는 재미있게 이어 가고 싶어서 짓궂게 굴기 시작했다. 웃으면서,
"이순신 죽었잖아요."
"죽었지."
"노루도 죽고 싶어요?"
"아니! 뭐 꼭 그런 건 아니고…."
그런데 중요한 건 그게 아니고, 이런 대화들이다.
"현진아, 나 한국사 공부 열심히 할게. 한국사 7급 따 놨다. 열심히 공부해서 특급까지 준비해 볼게."
"예, 열심히 해 보세요."
"현진아, 나 우체국 계리직 시험도 준비해 볼게."
"예, 열심히 해 보세요."
"현진아, 나 공인중개사 시험도 준비해 볼게. 60점만 넘으면 합격한다더라."
"60점 맞기 쉬워요?"
"쉽지."
"아, 쉽구나."
"현진아, 나 수능 공부해서 서울대학교 역사학과에 다녀 볼게."
"예, 열심히 해 보세요."
"현진아, 나 수능 공부해서 동국대학교 불교학과에 다녀 볼게."
"노루는 대학교 졸업했다고 하지 않으셨어요?"
노루가 답했다.
"졸업했지! ××전문대 문화재학과랑 ××대학교 약용식물학과 졸업했다."

"그래도 대학교 또 다니실려고요?"
"응! 내가 회사에서는 집에 가라고 해도 학교는 다니게 해 준다."
사회에서는 안 받아 줘도 학교에서는 받아 준다는 뜻이다.
"아, 그렇구나. 열심히 공부하세요."
"응."
노루는 왜 그렇게 공부에 매달리는 걸까. 한번은 왜 공부만 하는지 물어봤다. 맞는 답을 찾은 건 아니었지만 아무튼 노루는 이렇게 답했다.
"난 집에 있으면 못 눕는다. 부모님이 밤 되기 전에는 못 누워 있게 하셔. 앉아 있어야 한다."
그럴듯한 정답 같아 보이지만 사실 이게 정답은 아니었다.

9

딱정벌레랑은 몇 번 밖에서 본 적이 있는데, 특이한 걸 알게 되었다.
"어휴, 여기는 안 되겠다. 나가자."
"여기도 안 돼요?"
"응."
다른 곳에 가서,
"어휴, 여기도 안 되겠다. 딴 데 가자."
"여기도 안 돼요?"
"응. 미안."
다른 곳에 가서,
"어휴, 여기도 안 되겠다. 어떡하지."
결국 딱정벌레와 나는 음료수 하나씩 사서 편의점 앞 테이블에 앉았다.

딱정벌레는 사람이 많이 있는 장소에는 있을 수 없다고 했다. 많이 불안하다고 했다. 왜 그럴까 생각해 보았다. 그건 나중에 내게 말해 주었다.

10

시설 점심시간이 돼서 다들 식당으로 내려가는데 이번에도 호랑이는 사라졌다. 시설 회원들 중 그 누구도 호랑이와 같이 식사를 해 보았다는 사람은 없었다. 호랑이는 왜 우리들이랑 같이 밥을 먹지 않는 걸까. 가끔 점심시간에 호랑이를 목격했다는 신고가 들어오곤 하는데, 호랑이가 편의점에서 혼자 편의점 도시락을 먹고 있는 장면을 보았다는 첩보와, 호랑이가 중국집에서 혼자 짜장면을 먹고 있다는 첩보, 호랑이가 김밥집에서 김밥 한 줄을, 어떤 날에는 돈가스를 혼자서 먹고 있다는 첩보도 입수하곤 했다.

호랑이는 대체 왜 그러는 걸까. 그냥 혼밥 자체가 좋아서?

11

기린하고 언제 한 번 카페에서 차를 함께 마신 적이 있었다. 우린 아무 얘기나 하려고 했다.

기린이 말했다.

"넌 사람들 의식하지 않고 길거리 잘 다니네?"

"예. 다들 그렇죠."

"난 그게 안 돼."

"왜요? 걸을 때 사람들이 의식돼요?"

"내가 길을 걷고 있으면 거리의 사람들이 나를 보고 불쾌해하거든."

응?

"기린이 길을 걷고 있으면 다른 사람들이 기분 나빠 한다고요?"

"응."

"왜 그렇게 생각하세요?"

"내가 길을 가면 사람들이 저 앞에서 팔을 올리잖아. 그게 나 때문에 그래. 기분이 나빠서. 난 그걸 알아. 느낌으로 아는 거지. 앞에 사람이 왜 잘 걸어오다가 옆으로 돌아가는지도 알고. 난 그게 나 때문에 기분이 나빠서 그러는 거라는 걸 알고 있어."

"모든 사람이요?"

"거의 모든 사람들이."

"기린이 모르는 사람들도요?"

"응. 내가 모르는 사람이라도 그 사람이 나를 알고 있을 수가 있잖아."

왜 그렇게 생각하는 거지. 정답을 찾기 전 나는 그 이유를 도무지 알 수가 없었다.

12

언제는 유튜브를 보면서 맞춤 동영상으로 이리 갔다가 저리 갔다가 하다 좀 영성스러운 영상을 찾았다. 임사 체험에 관한 동영상이었다. 팸 레이놀즈라는 사람의 임사 체험 이야기였는데, 나는 뭔가 갈급하던 것이 해소되는 충격이었다.

"임사 체험은 뇌가 만들어 내는 환각입니다. 우리는 약물로써 임사 체험을 경험한 상태를 똑같이 만들어 낼 수 있습니다."

사후 세계와 영혼의 존재를 부정하는 사람들은 이렇게들 말하지만,

"그녀의 몸에서 모든 피가 빠져나가고 그녀의 뇌와 심장이 활동하지 않는다는 사실을 기계가 증명했는데도 그녀가 그 이후의 수술실 장면을 정확히 증언한다는 건 육체와 분리된 영혼이 있다는 증거입니다."

사후 세계와 영혼의 존재를 긍정하는 사람들은 이렇게 말한다.

"임사 체험을 부정하는 사람들은 스스로 모순 속에 있습니다. 뇌의 모든 활동이 멈춘 이후에 겪는 것이 임사 체험인데 그들은 그것이 뇌의 환각이라고 말합니다. 뇌가 활동을 멈추었는데 어떻게 뇌가 환각을 느끼는 활동을 할 수가 있습니까."

13

복잡하지… 복잡한데… 나는 복합적인 여러 가지와 함께 그래도 결정타로서는 임사 체험 동영상을 통해 믿음을 강하게 가지게 되었다.

사후 세계는 있는 것 같았다. 그리고 그녀가 본 것은 천국이었다. 그리고 예수님의 숨결….

14

황성주 박사님이 쓰신 《내 삶을 변화시키는 감사의 기적》이라는 책을 사서 읽었다. 좋은 말이 많이 있었는데, '감사는 말기 암 환우의 고통 완화를 위해 사용하는 모르핀보다 훨씬 더 강력한 항진통 기능이 있어서 뇌가 제조하는 마약이라 불린다'라는 말이 인상 깊었다.

그리고 "'감사합니다'를 순우리말로 바꾸면 '고맙습니다'인데, 일부 학

자는 '고맙다'가 절대자에 대한 감사를 내포하고 있다고 해석하기도 합니다…. 당시 고대인들에게는 공경, 존귀의 대상이 '절대자'였기 때문에 '고맙다'가 신에 대한 감사를 뜻한다."라는 주장입니다.

또 "'임재의 문'도 열 수 있습니다. '임재'란 기독교에서 '하나님이 인간에게 나타나는 일'을 뜻합니다. 감사력 충만한 삶을 살다 보면, 일상에서 순간순간 감사하다 보면 절대자의 임재를 경험하게 될 것입니다."

이후 한동안 '예수님 감사합니다'란 말을 혼자 속으로 참 많이도 되뇌었다. 하지만 그럴 때마다 기분이 나쁘진 않았다. 오히려 기분이 좋았다. 정말 예수님께서 내 삶에 역사하시는 기분이 들었다. 예수님의 영광이랄까…. 어디서 읽었는데 '영광이란 그 존재가 최고로 드러나는 상태'라고 했다. 그렇다면 예수님의 영광이란 다른 게 아니고 내가 내 삶 속에서 예수님이 선명하게 보이는 것이 아닐까. 그것이 예수님과 피조물인 인간이 서로 소통하는 길인 것이다.

떠먹는 요구르트를 플라스틱 숟가락으로 떠먹으면서도 한 숟갈 한 숟갈 입에 넣을 때마다 '감사합니다, 예수님. 감사합니다, 예수님….' 하고 계속 계속 되뇌었다.

신기하게도 그러면 요구르트가 훨씬 맛있어졌다. 그건 내가 겪어 봐서 확실히 안다.

15

10년여의 길고 긴 재활의 시기를 거치면서 드디어 나도 일을 해 봐야겠다는 마음을 가졌다. 몇 번 넘어지기도 했다. 그래서 '난 이제 일 안 할 거야'라고 몇 번 되뇌며 어머니한테도 말하곤 했다. 그래도 얼마간의 시간이 지나면 '다시 일을 해 보자!' 하고 내 스스로 응원을 해 주기도 했다. 그러다 사람인에 자기소개서를 잘 써 놔서 아웃소싱 업체로부터 면접제의 연락을 받았다.

"예, 꼭 일하고 싶습니다."

휴대폰 너머로 씩씩하게 대답했다. 면접 일정이 잡혔다. 기본적인 안내만 받고 면접은 간단히 끝났다. 집에서 기다리다가 전화로 며칠 후에 출근하라는 말을 들었다.

친하게 지내던 곰을 만났다. 나는 내가 생산직 공장에 취직했다는 말을 했다. 고깃집이었다.

"현진아, 취직한 거 축하하고 고기 잘 먹을게."

"예, 많이 드세요."

"나도 20일 날 급여 들어오면 한턱 쏠게."

"예, 고마워요."

그렇게 고기를 굽다가 내가 곰에게,

"그런데요 곰, 제가 큰 건 안 바라고요, 나중에 집에 가서 혼자 있을 때 '현진이 사고 없이 오랫동안 일 잘하게 해 주세요'라고 기도 한 번만 해 주세요."

라고 한마디 했다.

"응, 그래 줄게."

16

그새 기도에 대해서 고민도 많이 해 보고 책도 골라 읽어 보며 마침내 기도가 뭔지 나름 이해하게 되었다. 기도에 응답도 많이 받았다. 나는 참

복 받은 사람이라는 생각이 들었다. 예수님의 큰 사랑을 느끼고 있으니.

공장으로의 첫 출근 전날 밤, 나는 내일 낯선 곳에서 처음으로 일을 하게 되는데 적응을 잘 하기를, 내가 일을 훌륭히 잘 해낼 수 있기를 바랐다.

그래서 방의 불을 꺼 놓고 침대에 걸터앉아 예수님께 기도했다.

"예수님, 제가 내일 일을 잘해 낼 수 있게 도와주시옵소서. 은혜 내려 주시옵소서. 능력 부어 주시옵소서…."

그리고 한 가지, 남을 위해 중보기도 하는 걸 좋아하는 곰에게 식당에서 나를 위해 기도해 달라고 부탁했던 것이 생각났다.

"예수님, 제가 내일 일을 잘해 낼 수 있게 도와주시옵소서. 예수님, 제 기도에 응답하소서. 예수님, 예수님께서 사랑하시는 곰의 기도에도 응답해 주시옵소서. 곰의 기도에 응답하시는 것이 제 기도에 응답하시는 것입니다. 예수님, 기도합니다. 기도합니다…."

몇십 분을 그렇게 앉아서 두 손 마주 잡고 기도를 했던 것 같다.

놀라운 건, 그러다가 갑자기 내 가슴 깊은 곳에서 후련하고 시원한 기분이 든 것이다.

17

역시 기도에 응답을 받았던 것이다.

현장 사람들은 모두들 친절하고 좋은 분들이셨다. 일도 물론 무거운 물건을 들거나 옮기긴 했어도 돌이켜 보면 다 사람이 할 수 있는 일이었고 사람이 못할 일은 시키지 않았었다. 3일을 잘 일했는데, 어머니에게 아웃소싱으로 일하는 거라고 말씀드리니 어머니께서 너무 부정적으로 보셔 일을 그만하고 나오기로 했다. 아쉬웠지만 지금 와서 생각해 보면 그때 그 결정으로 인해 지금의 내가 여기에 있다는 사실만으로도 나는 충분히 만족한다.

18

다시 재활 시설에 다니기 시작했다.
다시 노루도 만나고 곰도 만나고 딱정벌레도 만나고 호랑이도 만나고 기린도 만났다. 다시 그들을 만나 대화해 보면서 나는 깊은 깨달음을 얻었다. 모든 것에는 이유가 있는 것이었다. 마치 저글링이 열심히 달리는 건 프로 게이머가 그를 그쪽으로 움직였기 때문인 것처럼.

19

기린이 말했다.
"나는 예전에 교회 다닐 때 오픈을 하고 다녔거든. 교회 사람들 다들 친절히 대해 주시고 잘 지냈어. 근데 잘 다니다가 내가 증상이 있어서 다른 사람들한테 '저 사람은 지옥 갈 거야'라는 말을 하고 다녔어. 너무나 쉽게 쉽게. 그래서 사람들하고 멀어지고 교회를 안 나가게 됐어."
그랬다. 기린은 이런 이유로 길거리의 사람들이 '나를 싫어하면 어쩌지, 싫어하는 건 아닐까, 교회 다니면 내가 모르는 사람도 나를 알게 되곤 하듯이 내가 모르는 길 위의 저 사람도 나를 싫어하는 나를 아는 사람이 아닐까' 하는 걱정을 가지게 된 것이었다.
호랑이와 대화할 기회가 생겼다. 호랑이는 말했다.
"내가 아주 어렸을 때부터 턱관절장애를 앓고 있거든. 그래서 턱을 움직이면 턱 쪽에서 자주 사그락사그락 거리는 소리가 들려. 그것도 아주 크게. 들어 봐, 지금. 자, 들리지? 안 들려? 들릴 텐데. 그래서 다른 사람들이 밥 먹을 때는 같이 밥 안 먹어. 이 소리가 음식물 쩝쩝거리는 소리랑 비슷하잖아. 그래서 밥맛 떨어지게 할까 봐 신경이 많이 쓰이더라고. 그래서 다른 사람들과 같이 밥 먹는 게 나는 불편해."

이해할 수 없었던 호랑이도 호랑이만의 이유가 있었다. 정말 아무에게도 들리지 않는 소리가 본인한테는 난다고 했다. 호랑이는 자기한테만 들리는 소리가 다른 사람 귀에도 들린다고 굳게 믿고 있었다.

딱정벌레와 얘기했다.

"내가 숨을 쉬면… 탁한 기운이 생겨 나오는 것 같거든…. 그래서 좁은 공간에 여러 사람들이랑 함께 있으면 되게 불편해. 내가 카페에도 가 보고 식당에도 가 봤는데, 내가 들어갈 때에는 사람이 많았는데 내가 들어가니까 바로 사람들이 확확 나가더라고. 다 내가 내뱉은 나쁜 기운 때문에…."

딱정벌레에게도 자기만의 문제와 이유가 다 있었다.

마지막으로 노루….

20

"노루는 왜 그렇게 공부를 많이 하는 거예요?"

노루가 대답했다.

"공부를 안 하고 있으면 불안해서."

"공부를 안 하고 있으면 불안하세요?"

"응."

"뭐가 불안하세요?"

"〈야인시대〉 시라소니 린치당하는 거 불쌍하더라."

갑자기 생뚱맞은 전개. 원래 노루는 이렇다.

"린치가 뭐예요?"

"응, 두들겨 맞는 거."

"아, 그렇구나."

"그런데, 현진아."

"예."

"열심히 공부해도 사람들이 괴롭힐 수 있나?"

아하.

더 대화를 이어 가 보니 노루는 중학생 때 친구들로부터 괴롭힘을 당했었다고 한다. 그러면 이런 추리가 가능하다. 학교에 다닐 때 우리는 학생 신분이니까 괴롭힘을 당하는 친구라 하더라도 그 친구가 공부를 하고 있으면 아예 괴롭히지 않거나 덜 건드릴 것이다. 내 학창 시절에도 그런 게 있었다. 사교성이 부족하고 인기가 없는 아이라도 공부만 잘하면 또래 사이에서 무시하지 않는 분위기랄까 사회적 합의랄까 관습이랄까 아무튼 당연한 그런 게 있었다. 아마 그런 이유에서 노루는 열심히 공부하겠다는 얘기만 꺼내는 게 아닐까.

21

다들 자기만의 문제가 있고, 자기만의 답을 찾는다. 누군가는 스스로의 답을 찾지 못해 불안해하고, 누군가는 남의 답을 남몰래 찾아내기도 한다. 인생은 그런 것이다. 미처 풀지 못한 자기만의 숙제가 있고, 모든 사람들은 답을 찾아내려고 한다. 하지만 그게 쉽지만은 않다.

이제 나는 나의 답을 나의 죄에서 찾았다. 음란으로부터 시작되는 죄의 끝도 없는 연쇄에서 찾았다. 그러다 기도를 경험했다. 예수님을 발견했다.

모든 사람들에게 답이 있다. 나에게도 답이 있었다.

22

고등학생 시절 담임 선생님의 수업 시간이 생각났다. 담임 선생님은 물리를 가르치셨다. 세상사가 뭐든지 다 그렇겠지만, 시간이 지나 기억 속에 남는 건 단연코 첫인상이다.

물리학 첫 시간, 선생님께서 말씀하셨다.

"물리학에서는 힘이란 게 있다. 이게 중요하거든. 내가 이 분필을 저기 저 맨 뒤에 앉은 녀석한테 던지면 이 분필은 날아가겠지. 여기에 힘을 가해 주었기 때문에 날아가는 거야. 힘을 줬다 이거야. 뉴턴이 만든 역학에서는 사물의 위치와 힘만 알면 모든 걸 알 수 있어. 대단하지."

선생님의 표정은 물리학인지 아니면 뉴턴인지는 모르겠지만 아무튼 둘 중 하나에 심히 경도되어 있는 듯이 보였다.

"이해돼? 이해가 돼? 모든 걸 알 수 있다고. 모든 걸."

교실 안은 적막했다. 그러자 드디어 선생님은 우리에게 와닿는 이야깃거리로 감성 짙게 호소하셨다.

"스타크래프트 해 봤냐? 딱, 시작하면 미네랄 캐는 놈 움직이고 뭐, 저 글링 뽑아내고 뭐, 이러쿵저러쿵하잖아? 스타크래프트 그거 별거 아닌 거… 딱 한 가지만 알면 누가 이길지 게임 시작할 때부터 미리 알 수 있다고. 네가 모든 프로토스 유닛이 다음 순간 어디로 이동할지만 알고, 모든 저그 유닛이 다음 순간 어디로 이동할지만 알고, 또 마찬가지로 모든 테란 유닛이 다음 순간 어디로 이동할지만 알게 된다면, 그러니까, 그러니까 모든 유닛의 현재 위치와 다음 순간 어디로 이동하게 하는 힘만 알게 되면, 게임은 이미 끝난 거야."

나는 이쯤 돼서 주위 반 친구들의 얼굴을 살폈다. 거의 모든 애들의 눈이 동그래져 있었다. 선생님께서는 이어서 말씀하셨다.

"결정론이거든, 이게…."

와….

"그런데 결정론의 세상에서 또 딱 한 개 신기한 것이 있거든. 이게 사물이 작아지고 작아지면 양자역학이라고, 확률이 돼. 확률. 그게 뭔지 알아? 아냐고."

아니요.

"아무것도 알 수 없다는 거야."

아무것도 알 수 없다니….

"됐어. 치우자. 양자의 세계는 골 때리니까 넘어가고."

들을수록 빠져드는 명강의였다.

"내가 한 가지만 더 얘기할게. 한 가지만."

여전히 교실 안은 적막했다. 모든 아이들의 시선은 오로지 선생님의 눈동자에만 향했다.

"뉴턴은 천재였어. 단연코 천재였다고 말할 수 있어."

무슨 말씀을 하시려는 걸까.

"…물리학에서 사물의 위치와 힘만 알면 미래뿐만 아니라 모든 것을 알 수 있다고 했잖아? 그럼 그 '힘'은 어디서 나왔냐 이거야…. 뉴턴은 뭐라고 설명했을까…."

신.
그게 이 물리학 수업의 핵심이었다.

하루는 하나님의 아들들이 와서 여호와 앞에 섰고 사단도 그들 가운데 왔는지라
여호와께서 사단에게 이르시되 네가 어디서 왔느냐 사단이 여호와께 대답하여 가로되 땅에 두루 돌아 여기 저기 다녀 왔나이다
여호와께서 사단에게 이르시되 네가 내 종 이 어머니를 유의하여 보았느냐 그가 앞으로 하나님을 경외하며 악에서 떠날 것이니라
사단이 여호와께 대답하여 가로되 이 어머니가 어찌 까닭 없이 하나님을 경외하리이까
이제 주의 손을 펴서 그를 치소서 그리하시면 정녕 대면하여 영원히 주를 욕하리이다
여호와께서 사단에게 이르시되 내가 그를 네 손에 붙이노라 오직 그의 생명에는 네 손을 대지 말지니라 사단이 곧 여호와 앞에서 물러가니라

"엄마, 나 갔다올게!"

딸아이가 급하게 검은색 책가방을 맨 채 헐레벌떡 현관문을 나서며 외쳤다.

"밥 한 숟갈이라도 먹고 가야지!"

나도 현관문 쪽으로 달려가며 딸아이에게 큰 소리로 말했다. 말이 끝나기가 무섭게 현관문은 쾅 소리를 내며 굳게 닫혔고, 나는 집 안에 머물렀던 딸의 음영이 서서히 희미해져 가는 모습을 우두커니 선 채 멍하니 바라보고 있었다.

"아 씨, 엄마 왜 깨워 달라는 시간에 안 깨웠어!"

오늘 아침에 자기를 늦게 깨운 나에게 딸아이가 신경질을 내며 침대

에서 급하게 내려왔다.

"야! 네가 이제 몇 살인데 아직도 엄마한테 깨워 달라고 그래. 너 나이 되면 안 깨워도 스스로 일어나야지! 그리고 이게 어디서 엄마한테 짜증이야, 짜증이긴!"

내가 매서운 눈으로 딸아이를 노려보며 말했다.

오늘은 딸의 고2 수학여행 날이다. 제주도로 2박 3일 일정이다. 이 녀석은 수학여행 며칠 전부터 자기는 지금껏 살면서 제주도 한 번 놀러 갔다 오는 게 소원이라고 말하곤 했었다. 아이는 학교에서 친구들이랑 수학여행으로 꿈에 그리던 제주도를 갈 수 있게 되었다고 방방 뛰며 틈만 나면 자랑하곤 했다.

어제 빨래와 청소 그 밖의 잡다한 집안일들을 너무 늦게까지 했는지, 어젯밤에 아이가 학교에 여섯 시까지 모여야 하니까 다섯 시까지 깨워 달라고 했었는데 내가 너무 피곤한 나머지 휴대전화에 알람 맞춰 놓은 걸 깜빡하고 약속 시간보다 30분이나 늦게 일어나고 말았다. 그래서 아이가 내게 짜증을 내고 씻기만 한 채 학교로 간 것이다.

"엄마, 김밥은."

아이 점심 도시락으로 싸 줄 김밥을 내가 오늘 아침 너무 늦게 일어나서 미처 준비하지 못했다.

"엄마가 오늘 깜빡하고 늦게 일어나서 김밥을 못 쌌어. 조금만 기다려 봐. 냄비에 밥 안쳐 놨어. 금방 아침 차려 줄게."

내가 미안해하며 아이에게 말했다.

"됐어. 벌써 늦었어."

딸아이는 그 말을 한 후 몇 분 안 돼서 내게 학교 간다는 말을 남기고 그렇게 영영 떠나 버렸다.

요즘 아이가 학교가기 전에 아침을 거르는 날이 잦았다. 내가 제시간에 일어나서 밥을 차려 주지만, 이 녀석은 씻고 나서 머리 말리고 고데기를 하는 것에 시간을 다 보내느라 요즘에 아침을 거르고 학교 가는 게 다반사였다.

'밥은 먹고 가야 할 텐데. 학교에서 배고플 텐데⋯.'

엄마로서 걱정은 많이 되지만 그 나이 때 아이들은 워낙 마음이 외모 꾸미는 데에 가 있으니 그러려니 했다.

"수진이 아침 먹고 갔어?"

출근 시간에 맞추어 일어난 남편이 나에게 물었다.

"몰라요. 좀만 늦게 깨웠다고 얼마나 짜증을 내던지⋯."

나는 어물쩍 넘어갔다.

"애 밥은 먹이고 학교 보내라니까."

남편이 아쉬운 표정으로 넌지시 한마디 남겼다.

"오늘도 잘 다녀오세요."

"갔다 올게."

남편이 출근하며 말했다.

"수진이 무슨 일 생기면 바로 전화하고."

"예, 별일은 무슨."

내가 무덤덤하게 대답했다.

냉장고를 열어 봤는데 희한하게도 안을 꽉 채운 것들 가운데 마땅히 꺼내 먹을 반찬이 없었다. 밥은 아까 냄비밥을 지어 놓아서 먹을 수 있는데 반찬이 없다는 사실을 깨닫고 나는 아침을 먹을지 고민이 되었다. 솔직히 반찬 하기가 귀찮게 느껴졌다.

'에이, 점심때 먹자' 하고 냉장고 문을 닫았다.

아이가 학교에 가고 남편도 회사에 출근했기에 바쁘지 않고 이른 아침이기도 해서 바로 다시 침실로 갔다. 그리고 나서 침대에 누워 잠을 청했다.

'아 배고파. 너무 배고프네?'

10시 반쯤 되어서 배가 너무 고파 잠에서 깼다. 배고픈 걸 무시하고 계속 누워 있으려고 했는데 이건 너무 배가 고파서 안 되겠다 싶었다. 이제 뭘 좀 먹어야 될 것 같다.

'아, 며칠 전에 빵 사 놓은 게 있었지.'

다행히 기억이 나 냉장고에서 빵을 찾았다.

한창 허기진 상태여서 그런지 빵이 너무 맛있었다. 그러다 갑자기 딸아이 생각이 났다.

'수진이 아직까지 아무것도 안 먹었으면 배 많이 고플 텐데….'

걱정스러운 마음과 함께 엄마로서 괜히 미안한 생각이 들었다.

띠리링.

갑자기 휴대 전화 벨이 울렸다. 전화였다.

'누구지?'

딸이었다. 나는 반갑게 전화를 받았다.

"어, 수진아. 제주도 잘 도착했니? 아직 배 안이야?"

그런데 전화기 너머로 딸아이가 흐느끼는 소리가 들려왔다. 나는 순간 느낌이 좋지 않았다.

"수진아! 수진아! 왜 그래, 무슨 일 있어? 수진아! 대답해 수진아!"

한동안 아무 말도 들리지 않고 오직 아이가 울고 있는 모습만 눈에 선하게 그려졌다.

"엄마…. 흑흑…."

"왜 그래 수진아! 무슨 일 있어?"

나는 갑작스러운 상황에 너무 놀라 가슴이 두근거렸다.

"배가… 배가 기울어서 가라앉고 있어. 엄마, 어떡해…."

"뭐?"

"엄마, 나 죽기 싫어. 살려 줘…. 흑흑."

아이가 더 간절히 흐느꼈다.

"수진아! 엄마 말 잘 들어. 전화 끊지 말고. 알았지? 일단 선생님 말씀 잘 듣고…."

하나님 제발….

"엄마, 폰 배터리 다되어 가. 꺼질 것 같아…. 흑흑."

"수진아!"

내 두 눈에선 눈물이 흘러내렸다.

"엄마 사랑해…. 제주도 가는 게 평생소원이었는데…."

그 말을 끝으로 수진이와의 전화 연결이 끊겼다.

나는 미친 듯이 거실로 가 리모컨을 찾았다. 그리고 TV를 틀었다. 연합뉴스 채널이 나왔다.

"수학여행을 떠난 고등학생 300명을 태운 여객선이 침몰하고 있습니다. 김대원 기자, 상황 전해 주시죠."

"오늘 아침 7시, 한국고등학교 학생들을 태운…."

안 돼. 안 돼, 수진아!

내 모든 게 무너진 날이었다. 나는 그 일 이후로 며칠째 밥도 먹는 둥 마는 둥 하며 침대에만 누워 지냈다. 눈을 감은 채 마음속으로 계속해서 하나님께 기도했다. 하나님, 수진이 천국 가게 해 주세요. 아니, 수진이 분명 천국 간 거 맞죠?

"여보, 수진이는 그렇게 됐지만 이제 당신이라도 다시 힘을 내야지…."

침대에 누워 울기만 하는 나에게 남편이 가끔씩 이런 말을 해 주곤 했다.

며칠째 거의 먹지 않고 기도하며 보냈다. 오늘 하루도 몇 시간 동안 아무것도 먹지 않았다. 창밖은 화창하게 해가 떠서 햇빛이 방 안으로 들어왔다. 방 안은 아주 밝았다.

갑자기 배가 너무 고프다는 생각이 들었다. 하루 종일 아무것도 안 먹어서 그런 것이었다. 물론 오늘 아침도 굶었다.

문득 그날 아침 수진이가 떠올랐다. 그날 수진이도 아침을 못 먹었다. 차가운 바닷속에서 딸아이는 얼마나 춥고 배고팠을까.

기도했다. 내 마지막 소원을 빌기로 마음먹었다. 이것만 하나님께서 이뤄 주신다면 비록 수진이를 잃어버렸지만 힘내서 다시 일어나겠다고 맹세했다.

"엄마, 반찬 뭐야?"

수진이가 씻고 나와 머리를 말리면서 내게 물었다.

"응, 네가 세상에서 가장 좋아하는 갈비찜이지. 머리 다 말리고 빨리 밥 먹으러 나와. 점심 도시락으로 싸 갈 김밥도 다 말아 놨고…." 내가 주방에서 미소를 지으며 딸아이에게 말했다.

"와, 갈비찜 진짜 맛있다."

딸아이가 행복한 미소를 지으며 말했다.

"시간 많으니까 많이 먹어."

나도 모르게 든 잠에서 깼다.

여전히 침대에 옆으로 누워 있는 내 두 눈에서 눈물이 흘러내렸다. 꿈이었구나. 내 딸에게 따뜻한 밥 한 끼 먹이는 걸 허락해 주신 예수님, 감사합니다….

창문으로 들어온 햇빛으로 가득 찬 방이 여전히 환했다. 얼굴을 타고 내려오는 두 줄기 눈물보다, 가슴속 한편이 더 따뜻했다.

배가 고팠다. 눈물을 훔치며, 나는 누워 있던 몸을 이제 다시 일으켰다.

2

기독교 변증

시간에서 자유로워지자. 여기 김 아무개의 벼슬이 적힌 신분증(호패 같은 것)이 있는데 만약 (역사적) 기록에 몇 년, 며칠에 왕이 그에게 벼슬을 주었다는 말이 있다면 김 아무개의 호패는 짝퉁이 아닌 이상 정말 당시에 있었던 물건임이 입증된다.

마찬가지로 여기 분명 예수님이 살아 계셨는데, 기록(구약)에 예수님이 이렇게 사셨다 함이 적혀 있다면 그 기록이 짝퉁이 아닌 이상 정말 그 당시에 쓰였던 기록이 맞다고 입증된다.

무엇이 먼저(과거)고 무엇이 나중이냐가 중요한 것이 아니다. 예언이든 일기든 그런 것이 중요한 것이 아니다. 무언가를 입증할 때 그런 것은 아무 상관이 없다. 김 아무개의 호패와 역사적 기록, 또 예수님과 기록(예언)은 서로가 일치하는 한에서 분명 한쪽이 다른 한쪽을 증명하는 것이다. 예수님이 실제로 채찍질을 당했다면 예수님이 채찍질을 당하신다는 기록 역시 사실이다. 예수님이 먼저든 기록이 먼저든 어떤 게 과거인가는 상관없는 것이다. 그리고 다들 인정하듯이 구약의 저술 시기가 탄소연대측정법이나 과학적 추정 등으로 우리가 믿는, 예수님보다 앞선 시기가 맞다면 그 구약의 예언 기록은 후대의 날조가 아니라 정말 그 당시에 쓰였던 것이다. 즉 구약이 사기가 아니라는 말이다. 예수님이라는 한쪽이 구약 기록이라는 다른 쪽을 분명히 증명하기 때문이다. 그러므로 예수님은 신이 맞을 수밖에 없고 구약을 믿을 수밖에 없다(적어도 예수님에 대한 예언은 명백하게). 단순한 인간이 구약의 그 디테일하고 수많은 예언들을 다 실현한다는 건 설사 계획적으로 한다 하더라도 그 가능성은 불가능에 가깝기 때문이다! 그러므로 예수님은 단순한 사기꾼도 아니고 단순히 사람일 뿐인 것도 아니다.

"나는 안 훔쳤어요."라고 어떤 사람이 말했는데 (CCTV를 보니) 실제로 그 사람이 훔친 게 아니라면 그가 말했던 "나는 안 훔쳤어요."는 사실이 된다.

"나는 정치인이 될 거야."라고 어렸을 때 말했는데 커서 그가 정말로 정치인이 되었다면 어렸을 때 그가 말했던 "나는 정치인이 될 거야."는 사실이 된다.

A 때문에 B가 있고 B는 A 때문에 있다면, A가 있기 때문에 B가 있는 것이고 B가 있는 것은 A가 있었기 때문에 있는 것이다. 즉 A의 존재('있기 때문에')가 B의 존재('있는 것')를 가리키고 B의 존재('B가 있는 것')가 A의 존재 혹은 존재함('A가 있었기')을 가리키고 시사하는 것이다. 공이 아래로 떨어지는 것(사실)은 중력의 존재를 증거하고 중력은 공이 아래로 떨어지는 것(사실)을 확실케 한다. 같은 논리로, 구약의 말씀들(및 요한복음에 의하면 말씀이 육신되시는 '태초의 말씀')은 예수님을 증거하고 예수님은 구약의 말씀들을 마찬가지로 증거(확실케)하는 것이다. 또한 구약의 말씀들이 예수님을 증거할 때, 구약은 예수님을 그리스도(메시아)이자 신임을 증거하고 예수님은 구약이 진리(진실, 사실)임을 확실하게 증거한다. 이렇게 말하면 어떤 사람은 'B가 있는 것은 B에게 B를 있게 하는 다른 요소 C에 의한 것(B는 A가 아닌 C 때문에 있다)일 수도 있지 않느냐고 반문할지도 모르는데, 기독교에서 예수님은 (공이 아래로 떨어지는 것은 중력 외에 다른 원인이 없는 것과 마찬가지로) 예언이 아닌 그 어떤 것도 그분의 존재를 지시하는 것이 전혀 없다. B가 있는 것은 필연적으로 A가 있음을 반드시 그리고 확실하게 증거하는 것이다.

이제 성경 전체를 탐구해 보면, 우선 대부분의(어쩌면 전부가 될 수도 있다) 말씀들은 앞뒤의 문장과 서로 상관관계를 가진다. 예를 들어 성경을 임의로 펼쳐서 무작위로 하나의 구절을 선택해 그것을 묵상하면, 묵상 자는 반드시 그 구절 말씀 한두 문장만으로 말씀의 뜻을 정확하게 파악하기란 쉽지 않다. 만약 그럴 경우 자칫 잘못하면 예수님의 뜻을 왜곡해서 받아들이게 된다. 문대원 목사님께서 말씀하셨다. "빌립보서 4장 13절 바울의 고백, '내게 능력 주시는 자 안에서 내가 모든 것을 할 수 있느니라'라는 말씀의 뜻은 '나는 할 수 있다. I can do it!'이 아닙니다. 문맥상 그것은 하나님 안에서 내가 어떠한 상황에서도 자족하고 기뻐할 수 있다는 뜻입니다." 살펴보면, 4장 10절 말씀부터 "내가 주 안에서 크게 기뻐함은…"으로 시작하고, 11절에서 "내가 궁핍하므로 말하는 것이 아니라 어떠한 형편에든지 내가 자족하기를 배웠노니"라는 말씀이 있고, 문제의 말씀 바로 앞 구절인 12절은 "내가 비천에 처할 줄도 알고 풍부에 처할 줄도 알아 모든 일에 배부르며 배고픔과 풍부와 궁핍에도 일체의 비결을 배웠노라"라는 말씀이 나오고 그다음 이어지는 말이 "(그러므로) 내게 능력 주시는 자 안에서 내가 모든 것을 할 수 있느니라"인 것이다. 앞뒤 문맥 말씀과 서로 깊은 상관관계가 있는 것은(또 그것들을 살펴야 하는 것은) 예의 10절 말씀 바로 다음으로 오게 되는 말씀과도 적용된다. 14절 말씀은 "그러나 너희가 내 괴로움과 함께 참예하였으니 잘하였도다"이다. 예를 다시 한번 들어 이번에는 14절의 말씀을 묵상한다고 할 때 14절의 앞 문맥인 13절의 말씀을 무시하게 되면 해당 말씀 14절은 도대체 무슨 뜻을 가지고 있는지 알 수 있는 도리가 없는 것이다. 이렇게 성경의 대부분 혹은 전체의 말씀들은 앞의 말씀과 또 뒤의 말씀과 긴밀한 관계가 있다.

   그런데 이 긴밀한 관계는 ('문맥'이라는 특수한 상황에 말미암아) 거짓이 아닌 진실의 관계일 수밖에 없다. 예를 들어 보자. '1 더하기 1은 2'이고 '2 더하기 3은 5'라고 했을 때, 첫째 명제(1+1=2)와 이어지는 둘째 명제(2+3=5)는 서로 긴밀한 상관관계를 가지며(첫째 명제에 나온 2가 둘째 명제에도 나온다) 첫째 명제도 진리이고 둘째 명제 또한 진리이다. 그렇다면 그다음에 이어지는 새로운 명제 '3 더하기 5는 8'이다는 앞(또는 앞뒤) 문맥상의 명제들이 모두 참이므로 이것 역시 참이 된다. 그런데 만약 '1+1=3(사실 오류)'이고 '2+3=5'라는 명제들을 '진리로 선언'했을 때, 이어지는 명제 '3+5=8'은 거짓이 된다. 마찬가지로 '1+1=2'이고 '2+4=5(사실 오류)'라는 명제들을 '진리로 선언'했을 때, 이어지는 명제 '3+5=8'은 거짓이 된다. 또 앞 문맥의 명제 전부, 즉 '1+1=3(사실 오류)'이고 '2+4=5(사실 오류)'라는 명제들을 '진리로 선언'했을 때 이어지는 명제 '3+5=8'도 역시 거짓이 된다. 즉 '문맥상의' 한 명제라도 거짓이 된다면 정말 진정으로 사실인 명제 역시 거짓으로 둔갑된다.

그럼 다시 본론으로 돌아와서, 성경 말씀의 문맥들을 왜 이야기한 것인가. 앞서 밝혔듯이 예수님의 존재는 구약 속 수많은 예언 등의 구절들로 참임이 증명되었다. 그런데 그 해당 말씀이 놓인 문맥의 앞뒤 말씀 속에서 만약 거짓된 말이 있다면, 그것은 '3+5=8(참)'인데 '1+1=3(거짓)'이거나 '2+4=5(거짓)'이거나 혹은 둘 다인 것과 같은 경우가 된다. 만약 그렇게 될 경우 두 명제에 이어지는 세 번째 명제, '3+5=8'역시 마찬가지로 거짓이 될 수밖에 없다. 왜냐하면 그것을 바라보는 사람의 입장에서는 '1+1=3' 혹은 '2+4=5' 혹은 둘 다가 진리로 받아들여지기 때문이다. 그럴 경우 사실 진리가 맞는 '3+5=8'은 그에게 '거짓'으로 받아들여지게 된다. 즉 어떤 한 구절이 참이기 위해서는 그 구절의 문맥상에 놓인 다른 명제들 역시 참이어야 하는 것이다. 만약 그렇지 않다면 사실 참인 명제도 문맥 중 하나의 거짓 명제에 의해 거짓으로 둔갑되고 진리가 가려진다.

그런데 예수님을 증거하는 구약 구절은 성경 곳곳에 있다. 그 구절들은 앞에서 논증했듯 명백하게 참(사실)이다. 그렇다면 그 해당하는 수많은 각각의 말씀들의 앞뒤 문장에 놓인 명제들 역시 위의 논증대로라면 함께 참일 수밖에 없다. 그리고 성경의 모든 말씀들은 그것이 그것의 앞뒤 '문맥상'에 존재하는 것이므로, 그렇게 우리는 예수님이 살아 계셨음을 근거로 성경을 한 구절 한 구절씩 진리임을 확신하게 된다.

예를 하나 들면, 창세기 3장 15절은 예수님을 증거하는 구절이다.

"내가 너로 여자와 원수가 되게 하고 너의 후손도 여자의 후손과 원수가 되게 하리니 여자의 후손은 네 머리를 상하게 할 것이요 너는 그의 발꿈치를 상하게 할 것이니라 하시고"

이 명제가 예수님을 증거하는 구절이므로 우리는 이 명제가 참임을 확신한다. 그런 후 우리는 이 명제 안에서 '누군가가 여자와 원수가 되었음'을 확신할 수 있다. 이때 '누군가'는 앞 구절을 살핌으로써 알 수 있다. 14절은, "여호와 하나님이 뱀에게 이르시되 네가 이렇게 하였으니 네가 모든 육축과 들의 모든 짐승보다 더욱 저주를 받아 배로 다니고 종신토록 흙을 먹을지니라"이다. '여자의 원수'는 '뱀'임을 알 수 있다. 논리가 이렇게 진행이 되면, 어떤 사람은 15절에서 '여자와 원수가 되는 누군가는 뱀이 아니라 곰일 수도 있지 않냐'라고 반문할지도 모르는데, 이때 그것이 뱀임을 확신하고 또 앞 구절 명제 역시 참임을 확신하는 이유는 예수님으로 이어지는 15절의 구절이 문맥상 그것 자체 내에 '여자의 원수는 뱀'이라는 명제를 포함하기 때문이다. 쉽게 말해, '이것만 먹고 공부해야지' 하고 약속한 후 그가 케이크를 먹었다면 '이것만 먹고 공부해야지'는 그가 나중에 찹쌀떡을 먹고 공부를 할 것을 의미하는 것도 아니고 마카롱을 먹고 공부할 것을 의미하는 것도 아닌, 오로지 '케이크'를 먹은 후에 공부할 것을 명제 '이것만 먹고 공부해야지' 안에서 확증된다. 왜냐하면 그때 그가 말한 '이것만 먹고 공부해야지'라는 명제는 그가 '케이크'를 먹고 공부할 것임을 전제로 한 상태에서 내뱉은 발화였기 때문이다. 다시 말해, 발화(명제)는 그것이 발화된 환경 및 전후 상황 조건이라는 바탕 위에서 이루어진 것이기 때문이다.

다시 성경으로 돌아가면, 15절의 '여자와 원수가 됨'을 알려 주는 명제는 그것이 14절이라는 문맥에서 내뱉어진 발화(명제)이다. 15절은 여호와께서 (앞쪽 문맥의 내용인) '여자에게 선악과를 먹도록 유혹한 뱀'을 심판했다는 사실을 말하며, 그렇기 때문에 그 뱀은 '여자에게 여호와를 바보라 말하라고 유혹한 뱀'이 아니며 그 뱀은 분명 선악과를 먹도록 유혹한 뱀임을 앞쪽 문맥의 사실로서 확인할 수 있다.

1. 여호와께서는 여자에게 선악과를 먹지 말라고 하셨다. (참, 거짓 아직 알 수 없음)
2. 뱀이 여자에게 선악과를 먹으라고 유혹했다. (참, 거짓 아직 알 수 없음)
3. 뱀이 여호와로부터 심판을 받았다. 여자의 후손은 뱀의 머리를 상하게 할 것이다. (참)

이라면, 이때 분명 참인 명제3이 그것의 발화 전제 조건상에서 '여자에게 선악과를 먹도록 유혹한 뱀'을 심판했다는 사실을 참이라고 시사한다면, 뱀이 여자에게 선악과를 먹도록 유혹했음을 진술하는 명제2 역시도 자연스럽게 참인 명제임이 드러난다.

또한 예수님이 탄생하시기 훨씬 오래전에 예수님을 증거하는 참의 명제를 기록했다면, 그것은 앞뒤 문장들과 무관하고 생뚱맞게 기록되었을 가능성이 적다. 다시 말해, '하나님께서 이 세상의 모든 것들 및 사람을 창조하셨다는 것과, 그분께서 선택하신 백성을 통하여 온 인류에게 구원의 길을 보여 주기 위해 기록(성서원 성경 참고)'한 것이 저술 목적인 창세기가 집필되었을 당시에 예수님을 미리 알고서 나머지 구절은 거의 거짓이고 예수님과 관련된 몇몇 구절들만 의도적으로 참인 구절로 저술했을 가능성은 아주 적다. 즉 합리적이지 않은 것이다. 오히려 창세기를 저술한 저자는 창세기를 통해 '사람의 타락과 하나님의 구원 계획(성서원 성경 참고)'이라는 주제에 집중하여 저술을 하는 도중 성령의 감동 등을 통해서 자연스럽게 예수님을 가리키는 말씀을 중간중간 보태게 된 것이라는 설명이 훨씬 합리적이다. 즉 창세기의 저자는, 나름 자신의 주제 의식을 중심으로 그것을 수미일관적이게 (문맥상으로) 연속적인 이야기를 전개한 것으로, 자연스럽게 앞 문맥이 다음 문맥과 이어지고 다음 문맥이 그다음 문맥과 이어지는 전개를 했을 것이라 생각하는 것이 합리적인 추론인 것이다.

  그러므로 복음은 진실일 수밖에 없다. 아멘.

3

크라이스트 프로젝트

예수께서 힘쓰고 애써 더욱 간절히 기도하시니 땀이 땅에 떨어지는 피방울 같이 되더라
(누가복음 22:44)

(20××년 4월 1일)
어느 가정집 거실. 소파에 한 부부가 나란히 앉아서 쉬고 있다. 아내는 TV 채널을 돌리고 있고 남편은 혼자 스마트폰을 보고 있다.
"어!" 아내가 채널을 돌리다가 한 뉴스 프로그램에서 멈추며 놀랐다.
"여보, 저것 좀 봐 봐."
"뭔데." 남편은 여전히 폰에만 시선이 고정되어 있었다.
"드디어 유인 타임머신이 시험 운행에 성공했대."
"응?" 남편은 이제야 놀라며 TV 화면으로 시선을 돌렸다.
"TIME-X가 시간 여행자를 20분 동안 과거에 보낸 후 성공적으로 다시 현재에 복귀시켰습니다." 기자가 말했다.
"와… 대단하네?" 남편이 말했다.
"아빠, 시간 여행자가 뭐예요?" 5살짜리 아들이 물었다.
"응, 여행하듯이 과거나 미래로 오고 가는 사람이야." 아버지가 대답했다.
"성공할 줄 몰랐는데, 그치?" 아내가 남편의 표정을 살피며 물었다.
"이것은 닐 암스트롱이 달에 발자국을 남긴 이후로 인류에게 있어 최고의 역사적인 순간으로 영원히 기억될 것입니다." TV에서 말했다.

(4월 2일)
이탈리아 로마 교황청.

○○교황이 CNN과의 인터뷰에 출연했다.

"어제 인류가 오랫동안 고대하던 시간 여행을 성공적으로 마쳤는데요, 이 사건에 대한 로마 가톨릭 측과 교황님의 생각은 어떠하신지 여쭙고 싶습니다." 젊은 여성 기자가 물었다.

교황은 말했다.

"인류가 고도의 과학 기술 발달에 힘입어 사람을 과거에 보내는 데에 성공했습니다. 정말 역사적인 순간이 아닐 수 없습니다. 하지만 로마 가톨릭과 교황청은 이 사건에 대해 부정적인 입장을 견지합니다. 과거로 사람이 보내진 후 그 사람이 미래를 완전히 바꾸게 될 선택을 할 경우 우리의 현재는 어떻게 될지 아무도 모를 것입니다. 우리는 시간에 대해 겸손한 자세로 그것을 신의 손에 맡겨 놓아야 합니다."

(4월 3일)
미국과 전 세계에서 대규모 '시간 여행 금지 시위'가 일어났다.
TIME-X의 개발사의 주가는 폭락했다.

(4월 4일)
미국 국가 정보원.
"20××년 전으로 공작원을 보낸다고요?" 부장이 당황해하며 말했다.
"그래. 우리가 그분을 테러로부터 항시 보호해야 할 것 아닌가." 본부장이 답했다.
"그게 과연 바람직한 일일지…."
"위쪽에서 내려온 지시다. 우리는 할 말 없어."
본부장 역시 어딘가 꺼림직한 표정을 지었다.

(4월 5일)

"속보입니다. 국제 해커단 ○○가 TIME-X의 개발사 ○○를 해킹했습니다. 타임머신이 정치, 외교, 경제, 윤리, 종교 등 사회의 전방위적으로 민감한 이슈이다 보니 국제 사회는 긴급회의를 개최하기로 협의했습니다. 해커단 ○○는 반기독교 단체인 '안티크라이스트'와 긴밀히 연결되어 있다고 알려져 있어 국제 사회는 상당한 염려를 나타내고 있는데요, 취재 기자 연결해 보겠습니다. 이○○ 기자?"

(4월 6일)

어떤 단체들 간의 인터넷 화상 대화.

"우리 ○○ 국제 해커단이 귀 안티크라이스트 단체와 손잡게 되어서 매우 기쁘게 생각합니다. 우리 역시 무신론적 입장을 밝히며 귀 단체와 이번 기회를 통해 활발한 교류를 하기로 약속되어 다시 한번 기쁘게 생각한다고 말씀드리고 싶습니다."

"감사합니다. 우리 안티크라이스트 역시 귀 해커 단체와 같은 아주 실력 높은 단체와 길을 함께 가게 됨에 큰 복이라고 생각합니다."

"어제 ○○를 해킹한 결과 예수가 살던 20××년 전으로 납치단 수 명을 보내는 방법을 알아냈습니다. TIME-X에 납치단 몇 명이 들어가면 수 초 안에 예수가 살던 시대로 그들을 성공적으로 보낼 수 있습니다. 행정 전산을 우리가 해킹했기 때문에 원격으로 기계를 조작하면 되어서 그것은 아주 쉬운 문제입니다."

"그럼 내일 저희 안티크라이스트가 타임머신이 있는 미국 ○○주 ○○ 구역에 무장 공비 20명을 보내겠습니다."

"다시 한번 말씀드리지만, 예수가 유다에 의해 대제사장들의 무리들에 넘겨진 다음에는 로마의 공권력을 상대해야 하는 것이기 때문에 납치가 어려워집니다. 반드시 그 전에 공작을 완수해야 합니다."

"다시 한번 감사드립니다."

(4월 7일)
미 현지 시각 오후 1시.
"속보입니다. 정체를 알 수 없는 테러범들이 TIME-X가 있는 ○○구역에 침입했습니다. 미 정부는 상황을 보고받은 후 즉시 특공대 등 최정예 군대들을 파견해 그들의 공격을 막아 내고 있습니다."

미 현지 시각 오후 4시.
TIME-X가 있는 미 ○○주 ○○구역이 정체를 알 수 없는 테러범들에 의해 완전히 점령되었다.

그 시각, 20××년 전 예수는 기도하고 있었다. 타임머신 TIME-X는 시간 여행 중 시차가 발생하기 때문에 이곳은 밤중이었다.
성경은 당시를 이렇게 기록한다.

> **예수께서 이 말씀을 하시고 눈을 들어 하늘을 우러러 가라사대 아버지여 때가 이르렀사오니 아들을 영화롭게 하사 아들로 아버지를 영화롭게 하게 하옵소서**
> **아버지께서 아들에게 주신 모든 자에게 영생을 주게 하시려고 만민을 다스리는 권세를 아들에게 주셨음이로소이다**
> **영생은 곧 유일하신 참 하나님과 그의 보내신 자 예수 그리스도를 아는 것이니이다**

아버지께서 내게 하라고 주신 일을 내가 이루어 아버지를 이 세상에서 영화롭게 하였사오니

아버지여 창세 전에 내가 아버지와 함께 가졌던 영화로써 지금도 아버지와 함께 나를 영화롭게 하옵소서

세상 중에서 내게 주신 사람들에게 내가 아버지의 이름을 나타내었나이다 저희는 아버지의 것이었는데 내게 주셨으며 저희는 아버지의 말씀을 지키었나이다

지금 저희는 아버지께서 내게 주신 것이 다 아버지께로서 온 것인줄 알았나이다

나는 아버지께서 내게 주신 말씀들을 저희에게 주었사오며 저희는 이것을 받고 내가 아버지께로부터 나온 줄을 참으로 아오며 아버지께서 나를 보내신 줄도 믿었사옵나이다

내가 저희를 위하여 비옵나니 내가 비옵는 것은 세상을 위함이 아니요 내게 주신 자들을 위함이니이다 저희는 아버지의 것이로소이다

내 것은 다 아버지의 것이요 아버지의 것은 내 것이온데 내가 저희로 말미암아 영광을 받았나이다

나는 세상에 더 있지 아니하오나 저희는 세상에 있사옵고 나는 아버지께로 가옵나니 거룩하신 아버지여 내게 주신 아버지의 이름으로 저희를 보전하사 우리와 같이 저희도 하나가 되게 하옵소서

내가 저희와 함께 있을 때에 내게 주신 아버지의 이름으로 저희를 보전하와 지키었나이다 그 중에 하나도 멸망치 않고 오직 멸망의 자식 뿐이오니 이는 성경을 응하게 함이니이다

지금 내가 아버지께로 가오니 내가 세상에서 이 말을 하옵는 것은 저희로 내 기쁨을 저희 안에 충만히 가지게하려 함이니이다

내가 아버지의 말씀을 저희에게 주었사오매 세상이 저희를 미워하였사오니 이는 내가 세상에 속하지 아니함 같이 저희도 세상에 속하지 아니함을 인함이니이다

내가 비옵는 것은 저희를 세상에서 데려가시기를 위함이 아니요 오직 악에 빠지지 않게 보전하시기를 위함이니이다

내가 세상에 속하지 아니함 같이 저희도 세상에 속하지 아니하였삽나이다

저희를 진리로 거룩하게 하옵소서 아버지의 말씀은 진리니이다

아버지께서 나를 세상에 보내신 것 같이 나도 저희를 세상에 보내었고

또 저희를 위하여 내가 나를 거룩하게 하오니 이는 저희도 진리로 거룩함을 얻게 하려 함이니이다

내가 비옵는 것은 이 사람들만 위함이 아니요 또 저희 말을 인하여 나를 믿는 사람들도 위함이니

아버지께서 내 안에, 내가 아버지 안에 있는것 같이 저희도 다 하나가 되어 우리 안에 있게 하사 세상으로 아버지께서 나를 보내신 것을 믿게 하옵소서

내게 주신 영광을 내가 저희에게 주었사오니 이는 우리가 하나가 된것 같이 저희도 하나가 되게 하려 함이니이다

곧 내가 저희 안에, 아버지께서 내 안에 계셔 저희로 온전함을 이루어 하나가 되게 하려 함은 아버지께서 나를 보내신 것과 또 나를 사랑하심 같이 저희도 사랑하신 것을 세상으로 알게 하려 함이로소이다

아버지여 내게 주신 자도 나 있는 곳에 나와 함께 있어 아버지께서 창세 전부터 나를 사랑하시므로 내게 주신 나의 영광을 저희로 보게 하시기를 원하옵나이다

의로우신 아버지여 세상이 아버지를 알지 못하여도 나는 아버지를 알았삽고 저희도 아버지께서 나를 보내신줄 알았삽나이다
내가 아버지의 이름을 저희에게 알게 하였고 또 알게 하리니 이는 나를 사랑하신 사랑이 저희 안에 있고 나도 저희 안에 있게 하려 함이니이다
(요한복음 17장)

일어나라 함께 가자 보라 나를 파는 자가 가까이 왔느니라
(마태복음 26:46)

(오해를 막기 위해 날짜를 특정하지 않은 20××년 어느 날)
어느 가정집 거실. 소파에 한 부부가 나란히 앉아서 쉬고 있다. 아내는 TV 채널을 돌리고 있고 남편은 혼자 스마트폰을 보고 있었다.
"어!" 아내가 채널을 돌리다가 한 뉴스 프로그램에서 멈추며 놀랐다.
"여보, 저것 좀 봐 봐."
"뭔데." 남편은 여전히 폰에만 시선이 고정되어 있었다.
"겟세마네 지역 근처에서 새로운 마태복음 사본이 발견됐대."
"응?"
남편은 이제야 놀라며 TV 화면으로 시선을 돌렸다.
"예수가 겟세마네에서 기도하시다가 유다와 대제사장들에 의해 잡히기 직전을 기록한 이 새로운 마태복음 사본은…." 기자가 말했다.
"와… 대단하네?" 남편이 말했다.
"아빠, 예수가 누구예요?" 5살짜리 아들이 물었다.
"응, 예수님은 모든 사람들을 죄에서 구원하시려고 우리를 위해 십자

가에 못 박히신 전능하신 하나님이셔." 아버지가 대답했다.

"오늘날 사용되고 있는 최첨단 무기들로 추정되는 물건들로 무장한 괴한들이 기절한 채로 높은 공중에 한참을 떠 있다가 어느 순간 사라졌다고 기록하고 있습니다. 이들은 외계에서 온 외계인들이었을까요, 아니면 미래에 인류가 타임머신을 타고 예수가 살던 시대로 돌아갔었던 것일까요. 우리는 가까운 미래에 공상 과학 소설에서만 접할 수 있었던 타임머신을 만들어 낼 수 있을까요. 또 다른 세계의 미스터리 하나가 추가되는 순간이었습니다…" TV에서 말했다.